À PROPOS DE L'AUTRICE

Lectrice assidue de romans historiques, Jacqueline Navin n'imaginait pas être un jour publiée elle-même, jusqu'au printemps 1998 où son rêve est devenu réalité. Depuis, elle écrit avec le même enthousiasme, nourrissant le caractère de ses personnages par ses recherches en psychologie.

Un Viking pour protecteur

JACQUELINE NAVIN

Un Viking pour protecteur

Traduction française de
JULIETTE FUHS

Les Historiques

HARLEQUIN

Collection : LES HISTORIQUES

Titre original :
THE VIKING'S HEART

Ce roman a déjà été publié en 2019

HARPERCOLLINS FRANCE
83-85, boulevard Vincent-Auriol, 75646 PARIS CEDEX 13
Service Lectrices — Tél. : 01 45 82 47 47 - www.harlequin.fr
ISBN 978-2-2804-9965-1— ISSN 1159-5981

Composé et édité par HarperCollins France.
Imprimé en décembre 2023 par CPI Black Print (Barcelone)
en utilisant 100% d'électricité renouvelable.
Dépôt légal : janvier 2024.

FSC www.fsc.org MIXTE Papier issu de sources responsables FSC® C159065

Pour limiter l'empreinte environnementale de ses livres, HarperCollins France s'engage à n'utiliser que du papier fabriqué à partir de bois provenant de forêts gérées durablement et de manière responsable.

1

Allongée sur les coussins de la carriole, Rosamund s'assoupissait enfin. Près d'elle, sa servante Hilde ronflait doucement, comme si, même dans le sommeil, elle ne pouvait s'empêcher de faire du bruit.

À l'extérieur des rideaux protecteurs de la voiture, les bruits se mêlaient en une rumeur étrangement apaisante — le claquement régulier des sabots, les conversations intermittentes des hommes, et le tintement des armes à chaque pas des soldats sur ce terrain difficile. Ce brouhaha, associé au balancement régulier de la voiture avait fini par avoir raison de l'anxiété qui l'avait tenue éveillée ces trois derniers jours.

Soudain, ses yeux s'ouvrirent, et elle se redressa dans un sursaut affolé. Elle avait dû s'endormir pour de bon. Et le rêve était revenu.

Rosamund cligna plusieurs fois des paupières pour se débarrasser de la pesanteur du sommeil et regarda autour d'elle. Trop vite, hélas, elle se rappela où elle était et où elle se rendait. Un soupir de résignation lui échappa, et elle se laissa retomber sur la litière de coussins en écartant quelques boucles de son front.

Aussi affreux qu'ait été son cauchemar, le réveil ne lui semblait guère plus enviable. À la fin du jour, ils parviendraient à Gastonbury, la forteresse du seigneur Lucien de Gastonbury, l'époux de sa cousine.

Un frisson d'horreur la traversait chaque fois qu'elle songeait à ce lieu. Elle avait entendu tellement d'histoires terrifiantes sur le sombre et téméraire lord Lucien de Montregnier. Dans sa quête vengeresse, il avait conquis un large territoire et épousé de force sa pauvre cousine, Alayna d'Avenford. Elle ne connaissait pas cette dernière mais la plaignait de tout son cœur. Penser à cet homme ne faisait qu'ajouter de l'angoisse aux autres peurs qui la rongeaient de l'intérieur. Instinctivement, elle se mit à se mordiller nerveusement les doigts.

En vérité, Gastonbury, pas plus que son seigneur, n'était le plus terrifiant. Non, ce qui lui glaçait le sang, c'était l'étape ultime de son périple. Le lieu où elle devrait se rendre après avoir rendu visite à sa cousine : Berendsfore Manor. Elle rencontrerait son destin là-bas, lorsqu'elle épouserait Lord Robert. Une sueur froide la prenait chaque fois qu'elle songeait à l'horreur du mariage.

Les images de son cauchemar s'imposèrent à nouveau à elle. Ou bien étaient-ce des souvenirs réels ? Elle ne pouvait en être certaine, et ce doute menaçait de la rendre folle.

Le cauchemar commençait toujours de la même façon : elle se réveillait dans son lit d'enfant, à Hallscroft, alors qu'elle n'était qu'une toute petite fille. Elle pouvait sentir l'odeur de la pluie et du feu de bois. Un rayon de lune éclairait un morceau du tapis. Tout semblait tellement réel, tellement précis. Comment un simple rêve pouvait-il retranscrire ainsi toutes les perceptions sensorielles, dans leur réalité vibrante ?

Dans son rêve, une ombre pénétrait dans sa chambre, dont elle discernait à peine les traits. Mais elle n'avait pas peur. Elle connaissait cette odeur familière et aimée. Elle ferma les yeux sous la douce caresse qui se posait sur son front puis sur sa joue. Les doigts étaient frais et légers.

— Ma douce Rosamund, murmura la voix de sa mère de ce ton caressant qu'elle affectionnait tant.

Puis, soudain, l'ombre maternelle se remit à parler, mais les sons ne parvenaient pas jusqu'à elle, étouffés par les années écoulées ou par l'irréalité du rêve. Rosamund sentait qu'elle aurait dû entendre ces paroles, hélas, ses efforts restaient vains.

Soudain, sa mère se leva et tourna la tête. De profil, elle discernait parfaitement l'arrondi de son ventre. La grossesse de sa mère — si menue, si fragile — avait semblé étrange à Rosamund, menaçante. Avec le recul des années, il lui semblait avoir pressenti que l'évolution de cet enfant à venir les emmenait inexorablement vers la fin.

Sa mère marchait ensuite jusqu'à la fenêtre. Alors, une autre image, terrifiante s'imposait à elle. Sa mère écartait les bras avant de se jeter dans le vide. Elle volait, et le monde de Rosamund éclatait. L'enfant savait au plus profond d'elle que ce n'était pas l'envol magnifique du cygne. Les cheveux de sa mère, les mêmes que les siens, flottaient un instant autour de son beau visage qui lui souriait, puis elle se détournait du tourment de son enfant pour aller à la rencontre de la mort.

Rosamund essayait de hurler, mais aucun son ne sortait de sa gorge. Elle voulait pleurer, mais les larmes refusaient de couler. Elle tentait de rejoindre sa mère dans l'immensité du vide, mais ses pieds ne la portaient plus.

C'est à ce moment précis qu'elle se réveillait en sursaut, d'atroces sanglots bloqués dans la gorge.

Ces derniers temps, le cauchemar était revenu la hanter plus souvent encore, nourri par la terreur de l'avenir. Rosamund se força à déglutir et à respirer calmement. Elle avait les mains moites et de la sueur couvrait son dos.

Il faisait trop chaud dans la litière, à cause des tissus qui avaient été drapés pour les protéger de la poussière de la route, et qui avaient surtout pour résultat d'empêcher l'air frais de circuler. L'air était si épais dans le minuscule habitacle qu'elle arrivait à peine à respirer.

Elle lissa la soie bleu pâle de son manteau d'un air absent.

— Regardez ! Là-haut ! cria soudain une voix d'homme à l'extérieur.

Le cri d'alarme éveilla Hilde en sursaut.

— Quoi ? Qui ? Sommes-nous arrivés ? C'est Gastonbury ? s'écria-t-elle, ahurie.

La servante se redressa et étira ses jambes courtaudes avant de s'exclamer :

— Je meurs de faim. Votre cousine aura sans doute préparé une grande réception pour notre arrivée !

Sur ces mots, elle se frotta les mains d'un air gourmand.

— Comment peux-tu penser à manger dans un moment pareil ? demanda Rosamund, agacée.

Comme à l'accoutumée, son mouvement d'irritation passa totalement inaperçu. De toute façon, personne n'aurait levé le petit doigt si elle s'était mise à hurler comme une folle en s'arrachant les cheveux, alors...

Hilde poussa un cri inquiet lorsque des branches pointues enfoncèrent les pans de la litière.

— Ce doit être un passage plus étroit, expliqua posément Rosamund pour cacher la tension qui montait en elle.

Soudain, la litière s'immobilisa.

— Que se passe-t-il ? s'enquit Hilde en soulevant un pan pour observer les alentours.

Rosamund jeta un œil à travers l'ouverture de la carriole.

— Il n'y a rien d'autre que des arbres, Hilde, comme ces trois derniers jours.

Pourtant, au moment où elle disait ces mots, une sourde angoisse monta en elle. C'est alors qu'elle l'entendit — le silence. Tout s'était tu : les voix des hommes, les claquements des sabots...

— Peut-être que nous sommes arrêtés devant un barrage, suggéra bravement Rosamund pour contrer la menace qui semblait peser alentour. Peut-être un torrent ou bien un pont pour lequel il faut payer une taxe...

Brusquement, des cris retentirent, brutaux, affolés. Le conducteur de leur voiture cria en faisant claquer son fouet pour lancer les chevaux au galop. Rosamund et Hilde se retrouvèrent projetées au fond de l'habitacle tandis que la voiture s'ébranlait.

Malgré la panique qui faisait bourdonner ses oreilles, Rosamund perçut le fracas de l'acier contre l'acier derrière eux. Leur escorte avait été attaquée.

— Au nom du ciel, qu'est-ce qu...

Son cri fut interrompu lorsque l'attelage se lança dans une course folle. Rosamund se sentit soulevée dans les airs avant de chuter douloureusement sur les coussins.

— Oh Seigneur ! Oh Seigneur ! Oh Seigneur ! gémissait Hilde à côté d'elle.

Elle passa ses bras épais autour d'elle. Rosamund n'avait rien contre cette étreinte protectrice, si ce n'est qu'elle dut batailler pour parvenir à respirer. Sa servante passa une jambe lourde en travers des siennes comme si Rosamund était un mât dans la tempête.

— Hilde, pour l'amour du ciel, accroche-toi plutôt aux parois de la carriole ! cria-t-elle pour couvrir le tintamarre des sabots, tandis que l'attelage filait plus vite que le vent.

— Oh Seigneur ! Oh Seigneur ! répétait inlassablement la pauvre femme apeurée.

Cependant, elle ne cessait de resserrer son étreinte autour de Rosamund.

— Hilde ! haleta-t-elle avec le peu de souffle qui lui restait.

Pour toute réponse, elle ne reçut qu'un hochement négatif

de la tête. Hilde ne comptait visiblement pas relâcher son emprise. Soudain, l'attelage prit un virage en épingle et, si Rosamund ne s'était pas tenue de toutes ses forces aux planches de bois, elles auraient été projetées par-dessus bord.

Tout près d'elles, le vacarme d'une cavalcade les fit blêmir de terreur. Rosamund serra les mâchoires et Hilde enfouit le visage dans son cou.

— Hilde, s'il te plaît, je ne peux plus bouger. Laisse-moi regarder ce qui se passe dehors.

— À quoi bon voir les visages de nos assassins ? gémit Hilde. Cela vous réconforterait ?

— Oui ! s'exclama Rosamund en se libérant d'une secousse.

Enfin débarrassée du poids de Hilde, elle s'approcha des rideaux en se raccrochant fermement aux planches et en écarta discrètement les pans, avant de les laisser retomber.

— Quoi, milady ? Qu'avez-vous vu ? demanda Hilde dans un murmure hystérique.

Des yeux, la jeune femme chercha frénétiquement un objet qui pourrait leur servir d'arme dans l'habitacle qui était secoué comme une coque de noix sur un océan déchaîné. Comme si une cache d'armes allait subitement apparaître en cette heure de grand danger !

— Il n'y a pas assez de guerriers, souffla-t-elle en réponse. Je crains que...

Elle n'acheva pas sa phrase, car sa servante avait déjà dû comprendre la gravité de la situation. Un bruit éclata au-dessus de leurs têtes, comme si quelque chose de lourd avait atterri sur le siège du conducteur.

— Nous sommes perdues ! lança Hilde d'une voix stridente.

— Chut !

— Ils combattent juste à côté !

— Hilde ! Chut !

La carriole accéléra dans une descente au point que les roues se mirent à crisser horriblement. Hilde se blottit à nouveau contre Rosamund, qui se mit à prier, murmurant à toute allure les paroles du *Pater Noster* puis de l'*Ave Maria*.

L'attelage était devenu incontrôlable. Ils roulaient de plus en plus vite, à tel point que le vent sifflait à leurs oreilles. Au-dessus de leurs têtes, sur le banc du conducteur, la bagarre continuait toujours. Au bout d'interminables secondes, la litière s'immobilisa enfin. Les bruits de lutte avaient cessé.

— Sommes-nous... Sommes-nous sauves ? balbutia Hilde dans un murmure tremblant.

— Je ne sais pas.

Elles entendirent quelqu'un sauter à terre depuis le siège du conducteur, puis des bruits de pas. Hilde poussa un gémissement affolé au moment où les pans de l'habitacle se soulevèrent. Un homme se tenait devant l'ouverture. Rosamund aperçut une tunique de cuir, une peau sombre et des boucles noires sur lesquelles était posé un chapeau rouge surmonté d'une plume.

À côté d'elle, Hilde poussa un hurlement de terreur avant de s'évanouir.

2

Dans la cour de Gastonbury, les deux hommes se faisaient face, tournant l'un autour de l'autre, l'arme à la main, prêts à s'élancer. Lucien, très brun, tenait une épée dans une main, une dague dans l'autre. Agravar, très blond, portait à deux mains sa large épée viking. Son corps se mouvait avec agilité malgré sa haute taille et sa musculature imposante. Le contrôle qu'il exerçait sur chacun de ses mouvements faisait écho à la démarche féline de son adversaire, à peine plus petit que lui. De la sueur lui coulait sur le front, qu'il essuya d'un rapide mouvement du bras.

Dans un coin de la cour, trois jeunes filles gloussaient en regardant le spectacle que Lucien et Agravar offraient.

— Tu veux un joli ruban pour attacher tes belles boucles blondes ? se moqua Lucien. Je suis certain que l'une de ces charmantes demoiselles serait heureuse de t'offrir le sien.

Pour toute réponse, Agravar émit un grognement menaçant. Un autre homme que Lucien aurait pu s'inquiéter, lui se contenta d'éclater de rire.

Une seconde plus tard, Lucien se jeta sur lui, et le choc de leurs lames provoqua des étincelles.

— Tu as déjà utilisé cette attaque, fit remarquer Agravar. Tu te fatigues ou tu t'ennuies ?

— Tais-toi, satané Viking ! rétorqua Lucien. Tu saurais mieux faire, peut-être ?

— Ne m'oblige pas à t'humilier devant tes gens, Lucien.

Les trois beautés gloussèrent de plus belle à cette provocation. Lucien se renfrogna tandis qu'Agravar sourit largement.

— Tu ferais bien de ne pas provoquer mon sale caractère, le prévint son ami.

— Je n'en ai pas peur, répliqua-t-il.

Lucien se jeta sur lui, cherchant à atteindre son ventre de sa dague tandis qu'il levait haut son épée. Agravar n'avait aucun espace pour manœuvrer son arme imposante, aussi envoya-t-il un coup de poing vers l'estomac de son assaillant. Lucien para le coup en saisissant son poignet d'une main.

L'épée du Viking tomba au sol dans un bruit mat. Sans perdre une seconde, Agravar recula et tira de sa ceinture un filet empesé. Il fit des moulinets habiles en fanfaronnant :

— Je ne suis pas moins dangereux sans arme.

— C'est ce qu'on va voir…

Mais Lucien avait à peine fini de prononcer ces mots qu'il se retrouva plaqué au sol, empêtré dans le filet. Aussitôt, il utilisa son poignard pour déchirer les mailles avant de tirer Agravar d'un coup sec. Celui-ci perdit l'équilibre, et Lucien en profita pour lui asséner un coup de poing.

— Match nul ? proposa le Viking sur le dos.

— Jamais, rétorqua Lucien en souriant.

Il se redressa vivement sur ses genoux, sa courte épée serrée dans ses deux mains, ses yeux plongés dans les siens alors qu'il levait l'arme. Agravar resta parfaitement immobile jusqu'au tout dernier instant. Alors seulement, il se cabra et se releva d'un seul mouvement. La lame siffla, à deux doigts de lui entailler le flanc.

— Bon sang, Agravar ! jura Lucien, furieux. Pourquoi as-tu bougé ? Tu as vu à quel point j'étais près ? J'aurais pu te blesser sérieusement !

— Pas du tout. Si le coup avait été porté pour tuer, il

aurait été dévié sur mon flanc quand j'ai bougé. Et comme tu ne comptais pas réellement me tuer, rien ne s'est passé.

Et sur cette explication nonchalante, il projeta son pied botté dans la poitrine de son ami et l'envoya rouler à terre. En un instant, Agravar était sur lui, il avait empoigné la courte épée qui avait failli l'entailler un instant plus tôt et la maintenait contre le cou de son adversaire.

— Rends-toi, ordonna-t-il avec un large sourire.

— Bâtard ! jura Lucien.

— Ce n'est pas faux !

Un peu plus loin, les trois nymphes hilares lui envoyèrent des petits signes de la main. Il leur tourna le dos en retenant un grognement d'exaspération. À côté de lui, Lucien s'était redressé et époussetait la poussière de ses vêtements.

— Tu as seulement eu de la chance, aujourd'hui, grommela-t-il.

— Bien sûr, si on considère que la chance est le fruit du talent et de l'entraînement…

Son ami et seigneur lui jeta un regard noir. Lucien n'avait jamais été bon perdant.

— C'est moi qui t'ai fait mordre la poussière la dernière fois.

— Et moi la fois d'avant. Si je me rappelle bien, tu crachais encore de la boue au souper.

Agravar fut soudain distrait de leur dispute amicale par une silhouette familière qui passa dans son champ de vision.

— Pelly, salua-t-il.

— Mon capitaine, répondit le jeune chevalier en venant s'incliner devant eux. Mon seigneur, continua-t-il à l'adresse de Lucien. Ma dame m'envoie vous demander si euh… si vous avez oublié votre promesse de rejoindre l'escorte de sa cousine pour les conduire jusqu'au château. Ce sont ses mots.

— Mince ! J'avais complètement oublié ! s'écria Lucien en

se passant une main nerveuse dans ses cheveux noirs comme l'ébène. Était-elle... semblait-elle en colère ? demanda-t-il en jetant à son ami un regard inquiet.

Le pauvre Pelly se balança d'un pied sur l'autre, visiblement mal à l'aise. Lui aussi leva les yeux vers le Viking, en quête d'un peu de soutien.

— Ne t'en fais pas, mon garçon, le rassura Agravar. Nous savons tous que le caractère de notre dame n'est pas des plus faciles à présent qu'elle approche de la délivrance.

Sur ces mots, il gratifia le garçon d'une tape amicale sur l'épaule qui le projeta en avant. Lucien laissa échapper une bordée de jurons tout en s'éloignant à grands pas vers la forteresse. Agravar se retint de lever les yeux au ciel et donna congé à Pelly. Il ramassa les armes qui gisaient dans la poussière et s'efforça d'ignorer les sourires et les œillades des jeunes femmes.

Dans les écuries, il retrouva Lucien dont l'humeur ne s'était pas améliorée.

— Pourquoi tu ne couches pas avec elles, histoire que nous ayons enfin un peu la paix ? grommela-t-il.

— Toutes ensemble ou chacune son tour ?

— Je m'en moque, du moment qu'elles arrêtent leurs insupportables simagrées.

— Désolé, tu vas devoir t'y faire parce qu'elles ne m'intéressent pas.

Lucien maugréa dans sa barbe, la mine sombre.

— Est-ce qu'Alayna va bien ? demanda Agravar avec une nonchalance feinte. J'ai noté que ton caractère naturellement désagréable était encore plus insupportable dernièrement.

Lucien secoua la tête.

— Agravar, je te jure sur le sang du Christ et tout ce qu'il y a de sacré en ce monde que je chéris cette femme plus que ma propre vie, mais j'ai peur de devenir fou à lier avant même l'arrivée de ce bébé. Elle n'est plus elle-même !

Elle n'est jamais contente, elle passe du rire aux larmes en quelques secondes, et le moindre de ses caprices non satisfait la met dans une rage folle. Elle est en train de devenir un véritable tyran !

— Elle redeviendra elle-même quand le bébé sera né, répondit mollement Agravar pour le rassurer.

En vérité, il avait beaucoup d'admiration pour Lady Alayna, une femme pleine de bonté dont le cœur était aussi fier que celui de son époux. Aussi, même s'il comprenait l'impatience de son ami face aux sautes d'humeur de sa femme, il n'avait guère de tolérance face à ses plaintes.

Lui savait combien les bontés du destin pouvaient être changeantes. Lucien avait été béni en recevant le cadeau d'un amour sans égal. Un tel amour, Agravar ne l'avait jamais connu, sous aucune forme. Et aujourd'hui, à trente-quatre ans passés, il s'était résigné à ne jamais le connaître.

Ces pensées moroses continuèrent de l'occuper tandis qu'il sellait sa monture. Lorsque Lucien reprit la parole, sa voix n'était plus qu'un murmure angoissé.

— Je… Je n'arrive plus à réfléchir posément dans l'attente de sa délivrance. Son agitation… J'ai un mauvais pressentiment. Je suis… Je…

Agravar ne sut pas quoi dire pour aider son ami. Il se sentait honteux d'avoir cru que Lucien se prélassait dans l'apitoiement sur soi, alors qu'il était en réalité dévoré d'angoisse pour la femme qu'il aimait.

Lucien se reprit rapidement et lui demanda :

— Dis-moi où tu as appris la manœuvre qui m'a mis à terre tout à l'heure. Elle pourrait être utile si jamais je me retrouvais — par malchance… ou par manque de talent — sur le dos, en pleine bataille.

— Ce sont les Gitans qui me l'ont apprise.

Face au regard stupéfait de Lucien, Agravar se contenta de hausser les épaules.

— Eh bien quoi ? Je prends les techniques de combat là où je les trouve.

Lucien grommela des paroles inaudibles avant de tendre le bras en direction de la forge.

— Passe devant. Parler de combat et de techniques m'a rappelé que j'ai reçu d'Espagne une arme nouvelle, une épée très fine et bien plus légère et maniable que nos lames. Apparemment, elle les surpasserait largement.

— Impossible, décréta Agravar.

— Nous verrons bien. Garron ! appela Lucien.

Le forgeron accourut aussitôt de l'arrière de la forge.

— Montre au capitaine les nouvelles épées que tu as forgées sur le modèle de cette arme importée d'Espagne.

— Oh ! vous allez voir, elles sont belles, mon seigneur ! s'exclama Garron.

En dépit de sa méfiance, Agravar fut impressionné par la finesse du travail accompli. La lame était luisante et semblait facile à manier. Lorsqu'il l'agita pour l'éprouver, elle fendit l'air dans un sifflement aigu.

— Jolie..., admit-il. Néanmoins, je doute qu'elle parvienne à couper un ennemi en deux comme le ferait ma solide épée. Cela dit, elle semble très maniable, elle a l'air douée d'une vie propre en vérité.

Agravar passa l'arme à Lucien qui fit quelques mouvements d'attaque et de parade avant de la lui rendre. L'épée de son père ne quittait jamais son flanc et il n'était pas question pour son ami d'utiliser une autre lame, aussi exceptionnelle fût-elle. Pour Lucien, cette épée était le symbole de son retour à la vie. Il était sorti de l'enfer et avait reconquis, en même temps que ses terres, son âme.

Pendant des années, la quête de Lucien avait donné un but à l'existence errante d'Agravar. Il était devenu son bras droit. Et bien plus que cela. Il avait même commis l'acte le plus condamnable qui soit aux yeux de la société pour sauver la vie de cet homme qu'il considérait comme un frère.

Aujourd'hui, leur combat pour la justice était achevé et, en ces temps de paix, Agravar pouvait bien se permettre d'essayer cet instrument délicat et de laisser un peu son épée meurtrière. L'arme était aussi douce et paisible que sa vie actuelle.

— Je vais essayer cette lame, dit-il en ôtant son arme pour la tendre au forgeron. Aiguise-la bien en attendant. À mon retour, je te dirais ce que je pense de ce nouvel acier venu d'Espagne.

Les deux amis se mirent en route, accompagnés de quelques hommes. Comme ils étaient atrocement en retard pour leur mission d'accueil, ils empruntèrent un raccourci qui coupait à travers bois. Lucien, peu désireux de contrarier davantage sa femme, avait promis à Alayna qu'ils rejoindraient sa cousine dès qu'elle et son escorte pénétreraient sur leurs terres.

Ils allaient sortir d'un taillis épais pour s'élancer sur une prairie lorsque deux cavaliers déboulèrent devant eux. Ou plus précisément, un cavalier et une cavalière, nota Agravar. Très vite, ils disparurent dans la forêt.

— Étrange, marmonna Lucien à voix basse.

Les deux hommes échangèrent un regard lorsque des cris perçants leur parvinrent. Étaient-ce des pleurs ? Le passage des deux cavaliers semblait plus suspect encore à présent...

— Une simple promenade ? lança-t-il à son ami.

— Sans doute, oui. Cependant, je ne les ai pas reconnus. Cela dit, nous sommes à bonne distance.

— Mieux vaut s'assurer que tout va bien. Je vais les

suivre, décida soudain Agravar. De ton côté, va voir d'où proviennent ces espèces de miaulements.

Lucien n'appréciait guère de recevoir des ordres. Néanmoins, il lança son destrier dans la direction des pleurs tandis qu'Agravar se lançait au galop à travers la prairie, à la poursuite des deux cavaliers.

3

Agravar s'approcha sans bruit du cours d'eau. C'est là qu'il entrevit un point de couleur à travers les arbres. Apparemment, les cavaliers s'étaient arrêtés, sans doute pour abreuver les chevaux. Il sauta à bas de sa monture et avança doucement à l'abri des fourrés. En silence, il sortit sa nouvelle arme de son fourreau et la garda baissée, au cas où un rayon de soleil traverserait la canopée et ferait scintiller l'acier.

L'homme et la femme n'étaient plus qu'à quelques pas devant lui. La femme était penchée au-dessus de la rivière et prenait de l'eau dans ses mains en coupe. Ses cheveux avaient la couleur du miel sombre éclaboussé de soleil. Les boucles étaient épaisses et brillantes, laissées libres à la manière des jeunes filles non mariées. Il n'apercevait que son profil — un petit nez droit, une bouche généreuse et un menton volontaire. Ses longs cils noirs se détachaient sur la peau pâle de sa joue. De toute évidence une femme noble.

Une femme noble inconnue, les choix ne paraissaient pas infinis. Or, il n'avait jamais vu cette beauté sur ces terres. Rosamund Clavier, peut-être ? Si c'était elle, qu'était-il arrivé à son escorte et qui était cet homme qui l'accompagnait ?

L'homme en question observait les bois avec attention. Il portait un chapeau rouge orné d'une plume qui cachait ses traits. Son attitude révélait sa nervosité, cependant, il laissa la jeune femme boire suffisamment longtemps pour qu'Agravar se rapproche.

— Venez, nous devons nous hâter, dit-il finalement en posant la main sur le bras de la jeune femme.

Comme elle ne bougeait pas, il insista :

— Lady Rosamund.

La jeune femme se redressa en même temps qu'Agravar. C'est alors qu'il vit ses yeux, deux disques de miel doré. Il fit trois pas sans qu'aucun d'eux ne bouge, toujours inconscients de sa présence. Ce n'est que lorsqu'il s'approcha de l'homme par-derrière que ce dernier finit par se rendre compte du danger et se retourna d'un coup pour lui faire face. Ce n'était qu'un gamin !

— Écarte-toi. Je suis Agravar le Viking et je suis venu m'assurer que la dame parvienne au château sans encombre.

L'expression d'horreur qui s'afficha sur le visage de la jeune femme, son mouvement instinctif de recul l'agacèrent. Certes, il était habitué à ce que les gens réagissent face à sa carrure d'homme du Nord. Sa haute taille et sa musculature imposante inquiétaient souvent. Pourtant, la terreur qu'il lut dans le beau regard farouche le toucha au cœur, comme si elle était parvenue à se glisser sous sa cotte de mailles pour mettre à bas ses défenses.

Son regard revint se poser sur son compagnon, qui avait sorti son épée. En réponse, Agravar leva son arme en une menace silencieuse. Ce maudit instrument ne pesait pas plus lourd qu'une plume. Soudain, le poids réconfortant de son épée lui manquait. Sans quitter le jeune homme du regard, il prit la parole :

— Sois raisonnable. Tu ne peux pas me battre. La rançon que tu comptais tirer de cet enlèvement est perdue.

Malgré sa mise en garde, le jeune homme avança vers lui, l'arme levée haut devant lui comme s'il s'agissait d'une croix qui pouvait éloigner le diable.

— Vous ne l'aurez pas tant que je serai vivant.

— Idiot ! Tu as déjà perdu la partie, maugréa Agravar.

Le regard juvénile brilla d'une lueur déterminée.

— Je ne laisserai pas mon bien m'échapper, sir !

En l'occurrence, le bien s'échappa sans lui. La jeune femme prit sa course sans un bruit, dans une envolée de jupons et de cheveux.

Agravar se dit alors qu'il avait perdu assez de temps avec ces bêtises. Il s'élança à l'attaque. Sa lame était rapide mais manquait de force et de substance. Peu habitué à ce poids trop léger, il perdit l'équilibre et poussa un juron. Il corrigea aussitôt son erreur, et sa seconde attaque entailla la tunique du garçon. Ce dernier abaissa maladroitement sa dague, dans un geste défensif qui vint frapper l'épée d'Agravar. Un bruit étrange résonna quand la lame d'acier — importé d'Espagne pour sa prétendue meilleure qualité — se brisa en deux sous son regard ébahi. Agravar secoua rapidement sa stupéfaction et brandit son arme brisée.

— Tu as cassé mon épée ! gronda-t-il d'une voix menaçante.

Le gamin semblait encore plus horrifié que lui.

— Sir, je suis désolé, je...

Il ne put achever car Agravar profita de sa distraction pour lui assener un coup de poing à la mâchoire. Le chapeau rouge vola dans les airs tandis que le garçon s'effondrait au sol.

Agravar rangea son arme ridiculement brisée sur son flanc avant de se lancer à la poursuite de la femme.

Si elle parvenait jusqu'aux chevaux, elle aurait une chance d'échapper à ce géant blond ! Rosamund remonta ses jupes et accéléra encore l'allure. Jamais elle n'avait tant poussé son corps, pas depuis qu'elle était enfant et qu'elle courait dans les forêts de Hallscroft avec les petits paysans de son âge qui vivaient dans les fermes alentours.

Seigneur ! Jamais elle ne parviendrait à devancer ce terrifiant Viking. Cette pensée lui donna des ailes et ses jambes accélérèrent. Les chevaux… Si elle les atteignait, elle serait libre !

Il était dur de résister à la tentation de regarder en arrière pour voir s'il la poursuivait, mais elle n'allait pas perdre une seule précieuse seconde pour s'en assurer. Soudain, elle dérapa sur le sentier qu'elle ne reconnaissait pas. Ce n'était pas le chemin vers les chevaux ! Elle ne savait pas où elle était ! Elle tourna sur elle-même, tandis que la panique lui bloquait la respiration.

Sur sa droite, au-dessus d'elle, elle perçut un bruit en provenance de la butte qui courait en parallèle du chemin sur lequel elle se trouvait. Les yeux écarquillés d'horreur, elle le vit bondir vers elle dans un tourbillon. Il souriait de toutes ses dents, et ce spectacle la saisit d'horreur. Ses cheveux volaient derrière lui, clairs et brillants.

Rosamund était tellement sous le choc qu'elle ne songea même pas à s'enfuir. Il atterrit juste devant elle, sur ses deux pieds, mais son élan le fit tomber en avant. Ses larges mains se resserrèrent autour de sa taille tandis qu'il l'entraînait dans sa chute. Il parvint à les faire tourner, de telle sorte que c'est son dos à lui qui amortit leur chute. Elle tomba donc sur sa large poitrine étonnamment confortable.

Le Viking laissa échapper un grognement. Il la maintenait toujours, mais sans l'écraser ni l'emprisonner. Aussi, elle ne prit qu'un instant pour retrouver son souffle avant de se relever pour s'enfuir.

Hélas, elle avait à peine esquissé un geste que son étreinte se resserra, lui rendant tout mouvement impossible. Ses mains, néanmoins, restaient libres et, lorsqu'elles rencontrèrent du métal froid, Rosamund reprit espoir. Elle cessa de bouger et déplaça discrètement sa main qui se referma sur l'acier.

En même temps, l'homme roula sur lui-même, l'entraînant sous lui. Elle se retrouva piégée sous son grand corps, toute retraite rendue impossible par ses deux bras plantés de part et d'autre de son visage. Elle leva des yeux craintifs sur le visage de l'étranger qui n'était plus qu'à quelques centimètres du sien.

— Êtes-vous Lady Rosamund Clavier ? demanda-t-il.

Sa voix était grave et son timbre se répercuta étrangement dans tous ses membres. Il sentait un mélange de sueur propre et de savon. Ses dents étaient parfaitement blanches et il était rasé de près. Il ne ressemblait décidément à l'image qu'elle se faisait d'un barbare du Nord. Ce qui ne signifiait pas qu'il n'était tout aussi dangereux...

Elle parvint à acquiescer, à défaut de parler.

— Je suis envoyé par votre cousine, Lady Alayna. Soyez sans crainte, ma lady, je ne vous ferai pas le moindre mal. Si je vous libère, me promettez-vous de me suivre ?

À nouveau, elle hocha la tête.

Il se redressa d'un bond, avec une agilité étonnante chez un homme d'une telle stature. Elle se remit plus lentement sur ses genoux puis sur ses pieds, en prenant le temps de débarrasser son surcot de la poussière. Elle en profita surtout pour glisser sa main à l'intérieur du vêtement pour en sortir ce qu'elle y avait caché.

— Lady Rosamund, je...

D'un mouvement rapide, elle sortit des plis du tissu ce qu'elle pensait être une dague... et qui se révéla être une épée cassée en deux.

Ses yeux stupéfaits passèrent de l'arme inutile au visage du Viking. Il la contemplait de ses yeux rieurs. Des yeux aussi bleus que la mer du Nord.

— Qu'avez-vous l'intention de me faire avec cela ? lança-t-il sans cacher l'humour dans sa voix.

Elle cligna des paupières à toute allure, tentant de réfléchir.

— J'ai de quoi me défendre, au moins, rétorqua-t-elle avec plus d'assurance qu'elle n'en ressentait. Vous ne pouvez pas en dire autant ! Vous n'avez aucune arme !

— Et qu'est-ce qui vous fait dire que j'ai besoin d'une arme, demoiselle ?

Soudain, sa main lui fit mal. Elle baissa les yeux pour en comprendre la raison et découvrit, stupéfaite, que sa main était vide.

— Voilà, à présent, nous sommes à égalité, déclara-t-il en avançant vers elle.

— Comment osez-vous prétendre une telle chose ? Vous faites deux fois ma taille ! se récria-t-elle en reculant de quelques pas.

Il franchit sans peine l'espace qui les séparait, son sourire éclatant toujours aux lèvres.

— Je dirais même trois fois... Mais quelle importance quand vous bénéficiez de la ruse ?

— Que comptez-vous faire de moi ? lança-t-elle avec bravoure.

— Rien de pire que de vous secourir, ma lady.

— Et vous croyez vraiment que je vais vous suivre sans lutter sous ce prétexte ?

Il haussa l'une de ses épaules immenses.

— Cela importe peu, à vrai dire, parce que j'obtiendrai gain de cause, même si nous nous épargnerions tous deux des efforts inutiles si vous vouliez bien coopérer.

À force de reculer, Rosamund finit par buter sur une bûche énorme. La branche arrêta sa retraite et elle vacilla, sur le point de tomber en arrière. En un instant, il était près d'elle, et ses bras passèrent autour de sa taille pour la stabiliser.

— Je ne vous apporte que la sécurité, ma lady, souffla-t-il doucement, d'une voix qui ne traduisait plus ni réprimande ni moquerie.

Son bras, autour de sa taille, était incroyablement chaud. Sa paume couvrait à elle seule sa hanche et une partie de son dos. Son souffle caressait sa joue, et elle retint un frisson étrange... Rien d'autre que de la peur, sans doute.

— S'il vous plaît, ne me touchez pas, pria-t-elle d'une voix faible.

Il obéit aussitôt, à sa grande surprise et recula d'un pas.

— Me suivrez-vous de votre plein gré, à présent ? Ou bien dois-je vous charger sur mon épaule, comme un sac de grain, jusqu'à Gastonbury ?

— Gastonbury ? C'est là-bas que vous m'emmenez ?

— Je dois d'abord rassembler vos chevaux et remettre votre compagnon sur pied. Puis chercher le reste de votre escorte et mes hommes. Néanmoins, nous devrions atteindre la forteresse avant le crépuscule.

Comme elle ne disait rien, il insista :

— N'êtes-vous pas rassurée de savoir que je ne vous ai pas menti ? Je n'ai aucune intention de vous faire du mal, seulement de vous amener jusqu'à votre cousine, saine et sauve.

Rosamund réfléchit un moment avant de répondre, le temps de soupeser toutes ses options.

— Très bien, sir. Je vous accorde ma confiance.

Malgré ses paroles, il ne semblait guère convaincu. Et il faisait bien de se méfier... car elle fuirait à la première occasion.

4

Le Viking conduisait une drôle d'équipée. Davey était jeté en travers de la selle d'un des chevaux, elle-même était assise sur l'autre, et le géant blond allait en tête sur son propre étalon. Ils parvinrent ainsi dans la clairière qui se trouvait à l'est de la rivière. D'autres hommes y étaient déjà rassemblés. Ceux de sa propre escorte et ceux qu'elle supposait être les soldats de Gastonbury.

Ils poussèrent tous des cris d'enthousiasme en les voyant arriver. Un homme s'avança vers le Viking qui sauta à bas de sa selle. Elle entendit l'autre prononcer le mot « Agravar ». Oui, c'était ainsi qu'il s'était présenté à elle.

L'homme qui lui parlait ressemblait à un démon avec ses boucles sauvages et ses yeux noirs. Lorsqu'il se tourna vers elle, elle se raidit instinctivement. Sentant sa peur, sa jument renâcla.

Le Viking fut à son côté en un instant pour s'emparer des rênes et apaiser la bête.

— Venez, ma lady. Voici l'époux de votre cousine.

Seigneur ! Elle était face au légendaire Lucien de Montregnier ! Il la salua d'un signe de tête avant de prendre la parole :

— Je sais que vous avez connu un voyage éprouvant, Lady Rosamund. Nous allons prendre un peu de repos avant de rejoindre ma demeure. Ma femme est impatiente de vous voir.

Il passa une main dans ses cheveux noirs comme le jais et ébaucha ce qui devait être un sourire. Rosamund se fit la réflexion qu'il était presque beau lorsque son expression s'adoucissait de la sorte. Pour autant, elle le trouvait toujours aussi effrayant.

— Je vous serais infiniment reconnaissant si vous pouviez apaiser vos craintes avant que nous repartions, poursuivit-il, sans quoi je serai tenu pour responsable de vos mésaventures à cause de mon retard.

Un peu déboussolée par sa demande, Rosamund prit quelques secondes pour répondre.

— Oui... Oui, bien sûr.

Agravar l'aida à mettre pied à terre, et la proximité de ce grand corps plein de force la troubla autant qu'un peu plus tôt dans les bois. Elle s'écarta de lui à peine les pieds posés au sol. Il laissa retomber ses bras inutiles le long de son torse puissant.

Soudain, un couinement suraigu fendit les airs et Rosamund vit Hilde se ruer vers elle depuis l'autre bout de la clairière, les bras grand ouverts, ses jupes flottant comme les voiles d'un navire. Rosamund se prépara à recevoir la charge. Hilde la serra contre son ample poitrine avec une telle force qu'elle vit bientôt des points noirs danser devant ses yeux.

— Vous êtes sauve ! Oh ! que tous les saints soient loués ! Ma douce maîtresse !

— Hilde, souffla Rosamund, à demi étouffée.

La femme l'écarta un instant avant de la reprendre contre elle.

— Venez, interrompit la voix grave du Viking tandis qu'il la saisissait fermement par le bras.

Miraculeusement, il parvint à extraire Rosamund de

l'étreinte de sa servante sans protestation ni cris, sans doute parce que Hilde jetait sur lui un regard empli d'effroi et de dégoût. Ce qui eut au moins le mérite de lui faire lâcher prise.

Avec galanterie, il conduisit la jeune fille vers un rocher.

— Reposez-vous pendant que les hommes abreuvent les chevaux. Il ne faudra pas longtemps pour les préparer au retour. Le château n'est pas bien loin.

Rosamund garda les yeux baissés, honteuse face à sa gentillesse. Les yeux sur ses bottes, elle hocha la tête. Les bottes firent demi-tour. Alors seulement, elle suivit du regard sa haute silhouette tandis qu'il rejoignait son prisonnier.

Davey avait repris connaissance, et elle sentit son regard posé sur elle, vigilant. Rosamund réfléchit à toute allure. Elle devait saisir sa chance.

Après un moment, elle interrompit Hilde qui s'était lancée dans un monologue à propos des horreurs qu'elles avaient traversées.

— Je meurs de soif. S'il te plaît, va me chercher une coupe d'eau.

— Oui, ma lady, certainement. Je suis plus qu'heureuse de pouvoir servir ma douce maîtresse.

Agravar fit son rapport à Lucien alors que les soldats blessés lors de l'attaque subie par l'escorte de Lady Rosamund étaient pris en charge. En passant non loin d'eux, il entendit un bout de leur conversation :

— J'étais à terre, l'homme n'aurait eu qu'un geste à faire pour en finir, et pourtant, il est reparti…

Agravar le questionna aussitôt :

— Voulez-vous dire que les bandits qui vous ont attaqués se sont montrés magnanimes ?

— Pas pour moi, en tout cas, grommela un soldat plus âgé en levant sa main pour montrer les moignons sanglants de trois doigts. Dicky a simplement eu la chance de tomber sur un tout jeunot. À cet âge, ils n'ont pas encore pris goût au sang.

En songeant à l'unique prisonnier de la bande de bandits qu'il avait réussi à capturer, Agravar demanda :

— Avez-vous une idée de la signification de ce chapeau rouge ? Les autres portaient-ils le même ?

— Non, non, c'est le seul maudit chien que j'ai vu porter un attirail pareil, lança le soldat avant de cracher comme pour illustrer l'opinion qu'il avait de toute la bande. Y a autre chose : tous les autres se sont éparpillés dans les bois, ils connaissaient les lieux !

— Des voleurs qui viennent du coin..., conclut Agravar.

Brusquement, une voix stridente à présent familière lui transperça les tympans.

— Oh Seigneur ! Elle est à nouveau enlevée ! Ce démon l'a emmenée !

Agravar étouffa un juron avant de lancer à la femme hurlante :

— Qu'y a-t-il encore ?

— Ma lady ! Elle n'est plus là ! Et lui non plus — le bandit ! Ah çà ! Vous êtes doués, vous, à laisser ce pauvre agneau se faire enlever alors qu'elle est sous votre protection ! Je vous dis qu'il l'a enlevée ! Ils ne sont plus là !

— Bon sang ! Cette femme attire les ennuis ! Lucien ! Elle a disparu.

La dénommée Hilde se pendit à son bras avec la force d'une ancre.

— Oh non, sir ! Je vous assure que c'est la jeune fille la plus douce, la plus délicate, la plus...

La femme continua sa litanie de louanges, pendue à son bras, à tel point qu'Agravar s'inquiéta de devoir la bousculer pour s'en débarrasser. Il parvint heureusement à se libérer sans en arriver à de telles extrémités. La voix plaintive de Hilde le poursuivit tandis qu'il se hâtait vers sa monture.

— Pelly, occupe-toi de la servante, ordonna-t-il en ignorant la soudaine pâleur du jeune chevalier. Et mets les gardes en alerte ! Les autres, venez avec moi !

Il sauta en selle et fit signe à Lucien qui était déjà sur son cheval.

— A-Viking !

Lucien lui répondit par le même cri de guerre qu'ils utilisaient avant chacun de leurs combats.

Alors ils s'élancèrent dans les bois.

Davey, toujours coiffé de son couvre-chef rouge, l'entraîna soudain dans un ravin tapissé d'arbustes touffus. Rosamund serra les dents pour ne pas émettre la moindre plainte alors que de petites branches pointues se prenaient dans ses cheveux et griffaient ses poignets exposés. Davey, qui était à pied, alors qu'elle était à cheval, devait supporter beaucoup plus d'inconfort qu'elle.

— Regardez, ma lady. Voilà notre point de rencontre, juste après le pont là-bas. J'ai prévenu les autres juste après que nous nous sommes séparés dans notre fuite. Ils vous attendront là-bas. En tout cas, ils devraient, je les ai bien payés pour cela.

Rosamund amena son cheval à sa hauteur en prenant note des indications. Lorsqu'elle le vit poser une main sur son front comme pour évacuer une douleur, elle se baissa vers lui pour poser instinctivement une main sur son épaule.

— Tout va bien, Davey ?

Il secoua la tête pour se secouer.

— Ce maudit Viking m'a donné un sérieux coup de poing... J'ai le crâne dur, à ce qu'on dit. Il doit être fait de métal pour avoir résisté à ce point ! s'exclama-t-il en lui adressant un sourire enfantin. C'est mon seigneur, votre frère, qui me répétait souvent ça !

— Il devait avoir raison, répondit-elle gentiment, parce qu'Harold ne mentait jamais.

Davey voulut rire, mais il finit par se prendre la tête entre les mains en gémissant.

— Allons, venez, ma lady. Ils ne mettront pas longtemps à se rendre compte de notre absence. Vous nous avez donné une petite chance de nous échapper, essayons de ne pas la gâcher.

— Je ne pouvais pas les laisser te retenir prisonnier, Davey. Pas alors que tu as tant fait pour moi.

Le jeune homme tourna vers elle un regard brillant d'adoration muette.

— Je le referai sans hésiter, et bien plus encore, ma lady.

Des bruits derrière eux les ramenèrent brusquement aux dangers de l'instant présent. Ils se mirent en mouvement et remontèrent les parois du ravin. Le cœur de Rosamund cognait fort dans sa poitrine. Elle y était presque ! Une fois le ravin passé, ils seraient hors de vue. La victoire était à portée de main, lorsque Davey chuta lourdement et roula au bas du ravin.

Elle serra trop fort ses rênes et sa monture se cabra, heureusement sans la désarçonner. Elle guida l'animal vers le corps inerte du jeune homme avant de sauter à bas de sa selle pour le rejoindre.

Davey n'était pas inconscient, mais simplement étourdi. Était-ce en raison du coup porté par Agravar ou de sa chute, elle n'aurait su le dire. Il la repoussa avec de grands gestes.

— Partez sans moi ! Tout de suite ! C'est votre seule chance !

— Non, Davey, viens, je t'en prie ! Ce Viking de malheur te tuera s'il te trouve !

Hélas, tandis qu'elle tentait de le remettre sur pied,

elle comprit qu'il n'était pas en état de fuir une bande de soldats entraînés — et même deux bandes désormais, car les hommes de son escorte avaient rejoint ceux de Gastonbury à présent.

Dans un douloureux éclair de lucidité, elle comprit que tout était perdu. Elle ne retrouverait pas la liberté.

Sa fuite, ingénieusement masquée par les apparences d'un enlèvement, semblait pourtant reposer sur un plan solide. Cependant, avec le recul, toute cette stratégie lui semblait folle et désespérée. Une folie qui risquait bien de coûter la vie à Davey, son seul ami dans les années de solitude qui avaient suivi la mort de son frère.

Voilà ce qui rendit sa décision aussi facile.

— Qu'y a-t-il ? marmonna Davey, toujours confus, tandis qu'elle l'aidait à se hisser en selle.

Sans lui répondre, elle administra une claque sur les flancs de l'animal et regarda le cavalier disparaître dans les fourrés toujours verts en ces derniers jours d'été.

Muni d'un cheval, Davey trouverait bien son chemin hors de la forêt quand son étourdissement serait passé. Pour l'heure, il devait rester caché. Quant à elle, eh bien, elle partirait en quête de son indépendance un autre jour, voilà tout.

Rosamund se mit à courir en sens inverse, droit vers la clairière où s'étaient installés les soldats. Peut-être qu'elle devrait crier pour attirer leur attention et les détourner de Davey ? Elle prit une profonde inspiration et se lança dans une imitation assez honorable des couinements stridents dont Hilde était coutumière. En quelques minutes, les hommes la retrouvèrent.

Lucien de Montregnier fut le premier sur les lieux et il était en train de descendre de cheval lorsque Agravar arriva comme une tornade et sauta près d'elle sans même attendre que son cheval soit à l'arrêt.

Sous l'intensité de son regard, Rosamund se sentit frémir de la tête aux pieds. Elle parvint heureusement à ne pas détourner les yeux. Seulement, lorsqu'il était si près d'elle, elle se sentait prise au piège. Devinerait-il ses mensonges ?

Elle inspira en tremblant :

— L'homme... Il essayait de m'enlever quand il est tombé dans la rivière alors que nous avancions sur le chemin escarpé qui longe le cours d'eau.

Rosamund pria pour que son anxiété — bien réelle — la rende plus convaincante.

— Le courant l'a emporté. C'était... Mon Dieu, c'était horrible ! Je l'ai vu remonter un instant avant que le flot ne l'engloutisse.

Elle ferma les yeux et feignit un frisson d'horreur.

— J'ai eu tellement peur de tomber à mon tour, que je suis descendue de cheval pour courir jusqu'ici.

Elle avait vu tout ce qu'elle décrivait, ce qui rendait ses mensonges parfaitement crédibles. Cela suffirait-il ? Le moment qui suivit ses déclarations lui sembla durer une éternité. Enfin, Lucien prit la parole :

— Nous enverrons des gens rechercher le corps un peu plus bas, là où le cours s'apaise. En attendant, rentrons au château. La journée a été assez longue sans que nous commencions à draguer la rivière.

Rosamund se mordit les lèvres pour retenir le cri de soulagement qui montait en elle. Davey était sauf, du moins pour le moment. Elle, en revanche, était dans la même mauvaise posture qu'au début de la journée.

Elle ne protesta pas lorsqu'une paire de mains entoura sa taille et la souleva dans les airs comme si elle n'avait été qu'un fétu de paille. Elle suivit sans broncher les indications qui lui disaient de placer une jambe ici, l'autre là ; et c'est ainsi qu'elle se retrouva juchée sur un cheval immense. Lorsqu'elle jeta un œil en bas, elle fut prise de vertige.

Elle s'agrippa à la selle lorsque son poids vacilla vers l'arrière alors que celui qui l'avait mise en selle montait à son tour. Son odeur l'enveloppa comme un manteau. Elle se rappelait ce parfum de grand air et les bras musclés qui passaient à présent de part et d'autre de sa taille pour s'emparer des rênes. Elle reconnut aussi la voix grave qui donna l'ordre de se mettre en marche.

Elle était littéralement dans les bras du Viking et elle ne pouvait s'empêcher de trembler.

C'était étrange d'avoir ainsi une femme contre lui. Une chose étrange et nouvelle, à vrai dire. Ce n'était pas désagréable cependant. À vrai dire, c'était plutôt l'inverse, et, le temps qu'ils parviennent aux murs de la forteresse, les nerfs d'Agravar avaient été mis à rude épreuve.

Pour commencer, il y avait son parfum, un mélange de senteurs qui ne lui étaient pas familières et lui causaient un léger vertige. Et puis, il y avait la façon dont ses fesses rondes pressaient contre ses reins, le distrayant sans cesse. Ses longues jambes s'étendaient d'un côté de la selle, fermement enserrées sous la sienne. Ses cheveux soyeux lui chatouillaient le visage chaque fois que la brise s'intensifiait. Ses boucles étaient incroyablement douces et brillantes, comme de l'or liquide.

Bon sang ! Il en devenait poète ! C'était ridicule. Pourtant il ne put s'empêcher de se pencher pour inhaler son odeur délicieuse. Cette fois, il n'eut pas le tournis. Sans doute s'habituait-il déjà à ce parfum délicat.

— À quelle distance se trouve le château ? demanda-t-elle.

— Il est un peu plus loin. C'est une chance que vous ayez été aussi près lorsque ces bandits vous ont attaquée, sans quoi nous ne vous aurions jamais rejointe à temps.

Un long silence suivit.

— J'ai remarqué que Lord Lucien semblait soucieux du bien-être de ma cousine. Est-elle malade ?

— Pas malade, non. Elle était simplement inquiète de ne pas vous voir arriver, et je parie qu'elle sera contrariée d'apprendre ce qui vous est advenu.

— Ces terres sont-elles dangereuses ?

— Elles sont sans doute parmi les plus sûres d'Angleterre, mais aucun lieu sur terre n'est à l'abri du diable, n'est-ce pas ?

— C'est vrai, le diable est partout.

Agravar fut surpris par sa déclaration énoncée d'un ton voilé.

— Ce n'est pas faux, admit-il.

Elle ne répondit pas et ils s'abîmèrent un moment dans le silence, jusqu'à ce que Lucien les rejoigne.

— Ne vous inquiétez pas, Lady Rosamund, après les épreuves de votre voyage, nous allons vous offrir du confort et du repos pour vous remettre. Et mon épouse sera plus qu'heureuse de vous accueillir.

Agravar sentit la jeune femme se raidir, et elle marmonna une réponse indistincte, le regard baissé. Il échangea un regard perplexe avec Lucien. Comme son ami n'était pas connu pour son tact et sa diplomatie à l'égard du beau sexe, il éperonna son cheval sans demander son reste, les laissant à nouveau seuls.

— Mon seigneur vous a-t-il déplu ? lui demanda-t-il avec gentillesse.

Elle redressa si brusquement le visage qu'elle faillit lui cogner le menton.

— Non ! Je... Je suis désolée. Me suis-je montrée impolie ? Lui ai-je déplu, croyez-vous ?

— Du calme, ma lady. Lucien ne sait pas ce qu'est une insulte, il en profère sans cesse sans même s'en rendre compte. Il est bien trop obtus pour réagir avant une agression véritable.

— Alors je ne l'ai pas énervé ? Vous êtes sûr ? J'essaierai de me racheter la prochaine fois que nous nous parlerons.

Agravar était déconcerté par son anxiété. Certes, Lucien avait la réputation d'être un guerrier sans peur et sans pitié sur le champ de bataille, mais une jeune demoiselle n'avait rien à craindre de lui. Le mystère qui entourait la jeune femme s'épaississait à chaque instant.

Lorsque Gastonbury se profila devant eux, le spectacle fut saisissant : les murs de pierre jaune s'élevaient au-dessus de prairies vertes et se détachaient sur un ciel céruléen. Pourtant, Rosamund se tendit, et Agravar crut entendre un petit gémissement de peur lui échapper.

— Gastonbury, souffla-t-il à son oreille.

— Oui, répondit-elle d'une voix rauque d'émotion.

Il avait du mal à reconnaître la fière guerrière qui l'avait défié de son arme un peu plus tôt dans cette fragile jeune femme tremblante. Comment pouvait-elle ainsi passer de la virago combative à cette pauvre silhouette effacée ?

Le plus étrange dans tout cela restait toutefois la façon dont les émotions de cette femme l'affectaient, lui. Il était obligé de lutter pour ne pas resserrer son étreinte autour d'elle. Il avait… besoin de la protéger, sans même comprendre de quoi.

La sensation n'était pas désagréable, seulement, c'était un besoin qu'il ne pouvait satisfaire. Il connaissait parfaitement le motif de la visite de Lady Rosamund à Gastonbury. Elle n'était ici que pour un court séjour, avant de rejoindre Berendsfore Manor, la demeure du très estimé Sir Robert de Berendsfore, l'homme auquel elle était promise.

Alors, Agravar garda le silence et se garda bien de lui montrer qu'il avait remarqué son étrange tension tandis qu'ils approchaient de la forteresse.

5

Une fois passé les remparts, leur groupe se dirigea directement vers la cour d'honneur, sans s'arrêter aux écuries. Les hommes étaient fatigués et affamés, aussi confièrent-ils leurs montures aux domestiques.

Les lieux étaient accueillants. Seulement, Rosamund se sentait épuisée, elle était couverte de boue et tout ébouriffée. Elle avait vaguement la nausée et, tout au fond d'elle-même, elle était absolument terrifiée.

Tirée de ses pensées par quelqu'un qui appelait son nom, elle leva les yeux et vit une belle jeune femme se hâter vers elle. Agravar, qui avait déjà sauté à terre, l'aida à descendre.

— Bienvenue, chère Rosamund, s'écria la femme. Je suis votre cousine, Alayna.

Rosamund se retrouva attirée entre les bras chaleureux de l'inconnue. La sensation lui procura un choc à cause du ventre gonflé de la jeune femme. Elle se figea instantanément, le cœur glacé, le souffle bloqué dans sa gorge. Devant ses yeux aveugles, elle voyait se mouvoir la silhouette arrondie de sa mère. Celle-ci plaçait les paumes sur son ventre, comme pour protéger la vie à l'intérieur. Elle se tournait vers Rosamund et ouvrait la bouche…

Alayna s'écarta d'elle pour la regarder avec un grand sourire qui disparut aussitôt. Son mouvement avait heureusement ramené Rosamund à la conscience et elle entendit sa cousine lui demander :

— Que se passe-t-il ? Est-il arrivé un malheur ?

Rosamund inspira profondément en remerciant le ciel que la beauté brune d'Alayna n'eût rien en commun avec l'élégance éthérée de sa mère. Par bonheur, l'absence de ressemblance lui fit rapidement retrouver ses facultés.

— Un bandit de grand chemin, acquiesça-t-elle d'une voix encore un peu éprouvée. J'ai dû affronter une course-poursuite. Même deux...

Les yeux d'Alayna s'écarquillèrent avant que sa voix ne claque comme un fouet, aux antipodes de la douceur dont elle avait fait preuve jusque-là.

— Lucien ! Comment une telle chose a-t-elle pu se produire ? lança-t-elle en se tournant vers son époux qui les avait rejointes.

D'abord choquée par l'éclat de sa cousine, Rosamund s'inquiéta rapidement des conséquences qui ne manqueraient pas de suivre. Affolée, elle vit une veine palpiter sur la tempe de l'homme qui serrait les mâchoires.

— Nous en discuterons plus tard. En privé, rétorqua-t-il sombrement.

Le cœur de Rosamund cessa de battre lorsqu'elle entendit l'avertissement dans sa voix.

— Tout va bien, cousine, balbutia-t-elle en posant une main sur l'épaule d'Alayna.

Mais la jeune femme ne sembla pas s'en préoccuper.

— Est-ce que je ne t'ai pas demandé de chevaucher jusqu'aux frontières de tes terres pour escorter ma cousine en toute sécurité ? Ne m'as-tu pas promis de le faire ?

— Tout est ma faute, intervint Agravar en se plaçant près de son seigneur.

— Ah non, satané Viking ! Il n'a pas besoin de toi pour le défendre !

Rosamund se couvrit la bouche de sa main pour réprimer un cri d'horreur. Allait-elle être frappée ? Battue ? Mais, pour toute réaction, Agravar baissa humblement le menton. Elle remarqua que ses épaules étaient saisies d'un tremblement.

— Eh bien ? insista Alayna en regardant son mari sans aménité.

— Je... J'ai oublié ma promesse, Alayna.

Lord Lucien avait prononcé les mots à voix basse, comme si cela lui coûtait de l'admettre. Rosamund attendit l'explosion qui n'allait pas tarder. Néanmoins, il reprit d'un ton apparemment plein de remords.

— Pardonne-moi. S'il te plaît.

— Je veux d'abord entendre ce qui s'est passé avant de décider de t'accorder mon pardon. Honnêtement, Lucien ! Crois-tu que mes requêtes soient des caprices ?

Elle interrompit soudain sa diatribe pour poser une main sur son ventre. Aussitôt, son époux blêmit et la prit dans ses bras.

— Quoi ? Qu'y a-t-il ? Le travail commence ? Pelly ! Appelle le médecin !

Alayna lui administra une tape sur la main pour l'écarter.

— Non, pas du tout ! Tu perds la tête ! Arrête un peu de me persécuter, à la fin ! Ce n'est qu'un coup de pied. N'en profite pas pour détourner mon attention. Allons, viens ! J'ai encore des questions à te poser !

Et, sans un regard en arrière, elle fit volte-face et monta d'un pas lourd les quelques marches qui menaient à l'intérieur.

Son époux se passa une main dans les cheveux tout en lançant à sa femme un regard meurtrier. À personne en particulier, il marmonna :

— Un jour ou l'autre, je vais me balancer au bout d'une

corde, simplement parce qu'un nouveau caprice lui sera venu.

Du haut des marches, Alayna se retourna brusquement.

— Tu as quelque chose à dire, Lucien ?

— Rien d'important, répondit-il.

Et avec un dernier regard noir destiné à quiconque oserait se moquer, il suivit la pétulante jeune femme.

— Venez, Lady Rosamund, appela doucement Agravar.

— Va-t-il la battre ? demanda-t-elle avec angoisse.

Elle était tellement affolée qu'elle posa sans y songer une main sur son bras. Il lui renvoya un regard interloqué.

— La battre ?

— Oh ! je vous en prie, empêchez-le ! Elle... Elle ne pensait pas à mal !

— Ma lady, Lord Lucien ne lèverait jamais la main sur son épouse ! Il l'adore. Seigneur, il serait prêt à se couper le bras pour elle. Croyez-moi, il ne ferait jamais rien qui pourrait lui causer la moindre peine.

Malgré ses protestations, Rosamund sentait un froid intense envahir ses os. Elle serra ses bras autour d'elle et se détourna. Il ne savait pas. Il ne comprenait pas. Personne n'avait jamais soupçonné Cyrus non plus. Elle ne parviendrait pas plus à ouvrir les yeux d'Agravar sur la violence de son ami.

— J'aimerais aller me rafraîchir, murmura-t-elle.

— Suivez Margaret. Elle vous conduira jusqu'à la chambre que Lady Alayna a fait préparer pour vous. Je vous reverrai au souper.

— Très bien.

Elle faillit le remercier, avant de se reprendre. Il lui avait retiré sa liberté et l'avait lui-même conduite vers sa prison. Elle n'avait pas de raison de le remercier.

Le front baissé, elle suivit la servante qu'il avait désignée. Comme elles passaient devant un groupe de femmes, elle sentit peser sur elle le regard d'une jeune fille — plantureuse, elle avait des fossettes sous ses pommettes hautes et une couronne de cheveux clairs qui lui tombaient sur les épaules. Une main sur la hanche, elle regardait Rosamund par-dessus son épaule avec un sourire mauvais qui ourlait ses lèvres pleines.

L'une des deux autres femmes dit quelque chose, et elles éclatèrent toutes de rire. La fille lui sourit froidement et se détourna avec une moue dédaigneuse.

— Par ici, ma lady, dit poliment Margaret.

Docilement, Rosamund lui emboîta le pas.

Lady Veronica d'Avenford était une version plus petite, plus âgée et à peine moins spectaculaire, de sa fille Alayna. Debout au milieu de la pièce, elle lissa la dernière robe de Rosamund avant de la tendre à Hilde pour qu'elle la range dans le coffre.

— Parfait, déclara-t-elle avec un sourire satisfait. Tout semble en ordre. Après toutes ces aventures, vos pauvres robes méritaient bien un peu de soin.

— C'est aimable à vous de m'aider, la remercia Rosamund.

— Je vais sortir votre robe verte pour le souper, déclara Hilde.

Ce fut Veronica qui lui répondit :

— Non, Hilde. Votre maîtresse doit se reposer ce soir. La journée a été éprouvante pour elle, comme pour vous, j'imagine. Amenez-lui à souper ici et vous pourrez vous coucher tôt toutes les deux.

Rosamund marcha vers la fenêtre pour admirer la vue.

— Ne t'inquiète pas pour moi, Hilde, je n'ai pas vraiment faim.

— Allez lui chercher quelque chose, commanda cependant Veronica d'une voix aimable mais ferme.

La réaction de Hilde, qui avait d'ordinaire tendance à se montrer autoritaire et n'obéissait que rarement aux ordres, étonna Rosamund car la servante se contenta de hocher la tête en se dirigeant vers la porte.

— Très bien, ma lady.

Décidément, Veronica savait comment la manier ! De fait, il semblait tout simplement impossible de discuter ses ordres tant elle en imposait par sa tranquille autorité.

— Rosamund, venez ma chère, vous devez être épuisée.

— Pardonnez-moi, j'étais perdue dans mes pensées, s'excusa-t-elle avant de prendre place sur le siège qu'on lui désignait.

— La journée a dû être éprouvante, ma pauvre enfant. Comme votre servante est occupée, laissez-moi vous coiffer, afin que vous soyez prête à aller au lit juste après manger.

Hilde avait disposé son nécessaire à cheveux : une brosse en argent et des peignes d'ornement incrustés de perles.

— Très jolie, commenta Veronica qui avait pris la brosse dans une main.

— Un cadeau de mon beau-père, expliqua Rosamund avec raideur.

— Ce doit être un souvenir aimé.

Rosamund ne répondit rien. Veronica se mit en devoir de démêler ses longues boucles et, après un moment, elle rit doucement.

— J'espère que ma fille ne vous a pas donné une mauvaise impression de Gastonbury ?

— Alayna ? Pourquoi donc serait-ce le cas ?

— Vous ne la connaissez pas, mais elle n'est plus elle-même en ce moment. Lucien en devient fou d'inquiétude. Bien sûr, il ne l'admettra pas, mais il est terrifié. Je le vois dans ses yeux, au regard hanté qu'il pose sur elle. Et Alayna n'arrange rien avec son caractère impossible. Elle le sait parfaitement, d'ailleurs, seulement, elle affirme qu'elle ne parvient pas à dominer ses accès d'humeur. J'ai beau être sa mère, je vous assure que ses crises sont insupportables !

Elles rirent toutes les deux, puis Rosamund demanda :

— Est-ce que, vous aussi, vous vous inquiétez pour elle ?

— Non, enfin, si, un peu, je suppose. Une mère s'inquiète toujours, même si je sais bien que ce ne sont que la chaleur estivale et le poids du bébé qui la mettent dans cet état. Pourtant, elle n'était pas comme cela pour les autres. C'est son troisième, en fait. J'ai déjà un petit-fils que vous verrez dès demain — Aric est toujours en train de courir autour de la forteresse. Et puis il y a Leanna, un vrai petit ange qui roucoule adorablement. Bah ! Ne laissez pas une vieille femme pérorer sur ces petits-enfants ! Je vous ennuie !

— Pas du tout, ma lady ! C'est agréable d'entendre la fierté et le bonheur dans votre voix.

— Vous êtes très gentille, ma chère.

— Absolument pas. C'est moi qui bénéficie de votre gentillesse et je vous en suis reconnaissante.

— Si ma fille allait mieux, elle serait en train de vous réconforter après vos mésaventures. Je sais qu'elle se sent responsable de ce qui est arrivé.

— Oh ! elle ne doit pas, ma lady ! Elle n'est en rien responsable !

— Lucien a envoyé un message à Lord Robert. Il aimerait que vous restiez auprès de nous jusqu'à ce qu'il reçoive la réponse.

Le cœur de Rosamund battit plus vite en entendant le nom de Robert de Berendsfore. Dans son dos, Veronica serra ses cheveux en une tresse qu'elle attacha avec un lien de cuir.

— Et voilà. Je vais vous laisser manger et dormir à présent.

— Merci beaucoup, ma lady.

Veronica lui adressa un sourire bienveillant en posant une main caressante sur sa joue.

— Reposez-vous bien. Et mangez ! ajouta-t-elle par-dessus son épaule avant d'ouvrir la porte.

Rosamund rit de bon cœur et promit d'essayer.

Rosamund se réveilla dans l'obscurité complète, haletante et en sueur. Sa mère tombait… encore et encore.

Elle secoua la tête comme pour échapper aux derniers lambeaux du cauchemar qui s'accrochaient encore à elle. Après avoir écarté les cheveux qui s'étaient défaits de la tresse et retombaient sur ses yeux, elle se leva pour se rafraîchir grâce au linge et au broc d'eau fraîche qui avaient été déposés pour sa toilette du matin. Elle frotta son visage et son cou avec le linge mouillé jusqu'à avoir la chair de poule. La nuit n'était pas froide, néanmoins, une douce brise rafraîchissait la pièce. À présent qu'elle se sentait mieux, la sensation lui paraissait agréable.

Elle s'approcha de la fenêtre et tira un petit tabouret afin de profiter du concert des bêtes nocturnes. Peu à peu, le chœur plaisant l'apaisa. Elle s'accouda à l'appui de la fenêtre et posa son menton sur ses bras croisés.

Le cauchemar avait desserré ses griffes, cependant, elle était parfaitement réveillée à présent. Elle songea à Alayna qui s'était tant préoccupée de son faux enlèvement. Elle pensa à sa mère, Lady Veronica, qui s'était montrée si gentille et accueillante. D'une certaine façon, elle lui rappelait sa propre mère. Non qu'elles aient beaucoup de points communs, sinon la façon toute maternelle dont elle prenait les choses en charge. Certaines phrases, des regards, un sourire… qui dégageaient cette douce chaleur si particulière aux mères.

Rosamund songeait également à Lord Lucien et à son

air lugubre. À Agravar dont les mains s'étaient posées sur elle avec une telle douceur. La proximité du Viking provoquait en elle un émoi inconnu qui n'avait rien de désagréable, mais qui l'affolait cependant.

Où pouvait bien être Davey ? Que ferait-elle s'il ne la retrouvait pas ?

6

Au bout de deux semaines, la chaleur caniculaire finit par tomber, et les habitants de Gastonbury purent enfin sortir de la fraîcheur obscure du château dans laquelle ils avaient été confinés.

Pour l'occasion, une large tente fut montée dans la prairie qui s'étendait à l'extérieur des murailles. Les enfants d'Alayna pouvaient enfin s'ébattre dans l'herbe. Veronica, Alayna et Rosamund avaient pris place sur des coussins à l'ombre des arbres tandis que les hommes paressaient au soleil. Des couples se promenaient ensemble ou se cachaient sous le couvert des arbres en quête d'un peu d'intimité. Des musiciens entonnaient des chants joyeux et l'air vibrait de rires. Cette sortie avait toutes les apparences d'une véritable fête.

— Margaret ! Chante-nous une ballade ! s'exclama un admirateur de la jeune servante.

La domestique se tourna vers Lady Alayna pour demander l'autorisation.

— Ma lady ?

Alayna donna son accord d'un hochement de tête. Malgré les températures plus supportables, elle semblait toujours aussi pâle et affaiblie.

Margaret se leva et s'avança vers un joueur de lyre. Elle

lui murmura ses instructions, et il lança quelques notes. La chanson qu'elle entonna était charmante.

Rosamund ferma les yeux, un sourire aux lèvres. Confortablement installée sur un large coussin, elle laissa la paix du jour s'insinuer en elle.

— Elle chante comme un rossignol, admit Veronica en chuchotant, mais elle est atrocement vaniteuse à ce sujet...

Comme en écho, une voix masculine, dure, résonna dans les oreilles de Rosamund. *Catin vaniteuse !* Ses yeux se rouvrirent brusquement, et elle croisa le regard placide et calme de Lady Veronica. Celle-ci lui sourit, et le souvenir terrifiant s'effaça, ne lui laissant rien, sinon les battements effrénés de son cœur. Puis, même cela disparut.

Elle parvint enfin à répondre quelques mots, heureuse que Veronica ne relance pas la conversation. Elle massa ses tempes douloureuses. Parfois, elle avait peur de devenir folle. Cependant, la douleur était toujours brève, comme un point de lumière brillant dans la nuit qui disparaît aussitôt que le jour se fait. Ces courts instants de terreur ne laissaient derrière eux qu'une odeur dérangeante dans ses narines et l'angoisse qu'ils ne surviennent à nouveau.

Voilà ce qui se produisait chaque fois que le passé refaisait surface.

— Rosamund ?

— Ou... Oui ?

— Allez-vous bien ?

— Oui, ma lady, tout va bien, assura-t-elle en se forçant à sourire.

Malheureusement, ce n'était qu'un pieux mensonge. Un sentiment d'inquiétude continuait de l'habiter. Elle sentit soudain le regard d'Agravar posé sur elle. Le Viking la regardait avec une étrange flamme dans le regard. Son intérêt l'effrayait et la troublait tout à la fois. Trouble qu'elle ne comprenait pas le moins du monde.

Elle détourna hâtivement le regard, comme si le simple fait qu'il plonge ses yeux si clairs dans les siens risquait de lui donner accès à toutes ses pensées. Comme s'il risquait de découvrir tous ses secrets.

Le coup brutal qu'elle reçut au tibia la sortit de ses pensées avec un cri. Le jeune Aric de Montregnier, âgé de quatre ans, se tenait devant elle, les yeux écarquillés et la bouche grande ouverte. Il avait l'expression exacte de tout enfant qui sait qu'il a fait une belle bêtise.

— Oh oh, fut tout ce qu'il put dire.

— Aric ! s'exclama sa mère.

— Je suis désolé ! Je suis désolé ! s'exclama-t-il. Je ne voulais pas lui faire mal, mère ! Je combattais les infidèles. Bryan est Saladin et je suis le roi Richard... J'ai failli tomber et...

— Lucien, appela Alayna d'un ton calme qui n'en était que plus inquiétant tout en retirant l'épée de la main de son fils, as-tu raconté à Aric des histoires de croisades ?

Lucien parvint à paraître à la fois méfiant et sévère tout en articulant quelques mots qui ne confirmaient ni n'infirmaient rien. Rosamund détourna le regard de cet homme qui continuait de l'effrayer malgré elle pour le poser sur le jeune Aric. Le pauvre enfant semblait sincèrement navré et elle ressentit de la compassion pour lui. Il s'était laissé emporter par son jeu et, bien qu'elle comprît l'agacement d'Alayna, le comportement exemplaire de l'enfant après sa bêtise méritait récompense.

Elle se releva et posa les mains sur les épaules du garçonnet.

— Pardonne-lui, Alayna. Aric sait combien j'adore jouer aux soldats, moi aussi.

Le garçon leva sur elle des yeux ahuris, mais elle ne se laissa pas distraire.

— Nous avons tous les deux une fascination pour les croisades et les grandes aventures des chevaliers qui ont entrepris la sainte quête.

Aric continuait de la fixer sans savoir comment réagir. Bien sûr, il savait reconnaître un mensonge quand il l'entendait, toutefois, on lui avait aussi appris à respecter la parole de ses aînés. Le dilemme qui l'habitait s'affichait sans fard sur son visage : devait-il acquiescer à ses mensonges ou bien démentir au nom de l'honnêteté ? Rosamund lui sourit et caressa sa joue, touchée par sa détresse.

— Oh ! bien sûr, nous n'en avons encore jamais parlé, mais les âmes sœurs savent ces choses. Voilà pourquoi Aric savait probablement que j'aimerais jouer à ces jeux avec lui.

— Tu dois toujours faire attention aux dames, le réprimanda Lucien avec douceur.

— Exactement ! renchérit Alayna d'un ton plus sévère.

— Je ne le ferai plus, mère, je vous le promets, promit le petit garçon.

Il adressa un regard d'infinie gratitude à Rosamund.

— Parfait. Dans ce cas, tu reprendras ton épée un peu plus tard et nous verrons si tu en fais meilleur usage.

Émue, Rosamund le vit acquiescer bravement en dépit de son évidente déception. Elle ne résista pas à l'envie de passer une main dans ses cheveux aussi sombres que ceux de ses parents. Ils étaient doux comme de la soie et bouclaient joliment.

Auparavant, Rosamund n'avait jamais fréquenté d'enfants. Elle n'aurait d'ailleurs pas cru apprécier autant leur compagnie, ni même songer de plus en plus souvent à l'enfant qu'elle porterait un jour. Jusqu'alors, seule l'angoisse et l'amertume l'envahissaient lorsqu'elle y pensait. À présent, l'idée la faisait sourire rêveusement. Fréquenter la petite sœur d'Aric, Leanna, avait déclenché une sorte de besoin physique de tenir un enfant entre ses bras.

Aric s'éloigna de leur groupe en même temps qu'Agravar marchait vers elle. Il s'inclina galamment devant elle avant de faire remarquer :

— Ainsi, vous êtes une passionnée des croisades et des aventures chevaleresques ?

— En vérité, mon éducation n'est pas excellente en la matière. Je ne sais que peu de chose des chevaliers et des croisades, admit-elle. Enfin, j'ai tout de même entendu parler du roi Richard, mais qui était l'autre dont parlait Aric ?

Avec un sourire, il lui répondit :

— Saladin était le plus grand ennemi de Richard. Un adversaire brillant et un stratège de génie. Il a souvent empêché notre bon roi d'obtenir la victoire.

— Vous en parlez comme si vous l'admiriez...

— Ce serait une hérésie, n'est-ce pas ? En conséquence, je dois adopter l'opinion commune et affirmer que Saladin était un infidèle, dépourvu d'âme et inspiré par le diable, qui n'a eu de cesse de contrarier les objectifs pieux de notre bon monarque.

Malgré sa méfiance, Rosamund fut amusée.

— Ne vous inquiétez pas, sir, je ne vous dénoncerai pas, répondit-elle, mutine.

Il poussa un soupir emphatique, une main sur le cœur.

— Quel soulagement ! Puis-je ? demanda-t-il ensuite une désignant la place à côté d'elle.

— Bien sûr.

À vrai dire, Rosamund était surprise par sa propre réaction. La perspective de discuter avec lui ne lui paraissait nullement désagréable, comme cela aurait dû être le cas, pour la simple raison qu'il était un homme. Il prit place auprès d'elle, et elle le regarda à travers ses cils.

Au début, il ne parla pas, il semblait simplement content d'être là, une jambe relevée, un bras posé dessus à contempler la compagnie qui s'amusait. Rosamund songea soudain qu'il ressemblait à un ange guerrier au repos, doré et puissant.

Incapable de refréner sa curiosité, elle finit par demander :

— Vous avez dit « notre bon monarque », pourtant, vous êtes danois, non ?

Il garda la tête baissée quelques secondes avant de répondre.

— Je suis anglais.

Mais la raideur de son ton la mit aussitôt sur ses gardes.

— Oh.

— En fait, ma mère était une dame anglaise, expliqua-t-il comme s'il regrettait déjà sa dureté.

Elle acquiesça en silence.

— Comment trouvez-vous Gastonbury ? s'enquit-il, changeant ainsi de sujet.

— Très agréable.

Ils retombèrent dans un silence qui la rendit nerveuse. Elle inspira profondément et s'efforça de cesser de tambouriner avec ses doigts.

— Pourquoi êtes-vous toujours si nerveuse ? demanda-t-il soudain.

— Nerveuse ? Moi ? Non, je ne suis pas nerveuse.

Il se mit à rire gentiment.

— Si. Vous êtes plus nerveuse qu'un poulain nouveau-né.

Rosamund se passa les doigts dans les cheveux en un geste d'apaisement inconscient.

— Peut-être que c'est votre nature suspicieuse qui vous donne cette impression à mon sujet...

— Je vous assure, ma lady, que j'ai la nature la plus agréable qui soit ! Pas méfiant ni soupçonneux le moins du monde. Je trouve en revanche extrêmement suspicieux que vous pensiez cela de moi.

Elle sourit à sa plaisanterie.

— Ah, alors dans ce cas, vous admettez que j'ai vu juste. Vous êtes bel et bien suspicieux !

Il ouvrit la bouche, la referma, fronça les sourcils et finit par déclarer dans un rire :

— Cette conversation ne nous mènera nulle part.

Le silence s'étira à nouveau, plus apaisé. Et Rosamund ne fut guère longue à relancer leur échange.

— Pourquoi me regardez-vous tout le temps ? osa-t-elle demander à voix basse.

Agravar sourit sans la regarder.

— N'est-ce pas évident ? J'admire votre grande beauté.

— Je ne suis pas une beauté, sir.

Cette fois, il se tourna vers elle. Il la contempla un long moment, comme s'il procédait à un examen complet de ses traits.

— Vraiment ? Je pense que vous vous sous-estimez.

— Aucun troubadour ne perdrait son temps à écrire des vers en mon honneur. Les hommages de cette sorte sont réservés aux beautés comme Lady Alayna.

— Si vous le dites. Néanmoins, j'ai souvent pu remarquer que les beautés éclatantes peuvent être une malédiction autant qu'une bénédiction. Il y a bien d'autres attraits qu'une femme séduisante peut posséder. Le mystère, par exemple.

De façon incontrôlable, le cœur de Rosamund se serra dans sa poitrine. La voix résonna au fond d'elle, agressive, mauvaise. *Le mystère des femmes est une abomination du diable !*

— C'est absurde, voyons. Quels mystères pourrait bien posséder une femme ?

— Oh ! beaucoup de mystères, je pense.

— Les femmes n'ont pas le droit aux mystères, sir.

Elle ne parvint pas tout à fait à étouffer l'amertume dans sa voix.

— Pas le droit ? Qu'entendez-vous par-là ?

— Eh bien, nous n'avons ni droits ni choix. Nous sommes à la merci des hommes.

— Raison de plus pour que vos cœurs recèlent des secrets.

— Des secrets, en effet. Nous, les femmes, avons bien des secrets. Mais vous avez utilisé le terme « mystères », ce qui impliquerait que le secret en question soit d'un quelconque intérêt. Or, je crains que nos secrets n'aient que peu d'importance aux yeux des hommes. Ils sont seulement à nous et n'importent qu'à nous.

— Quel dommage que vous pensiez cela ! Je suis certain que Lady Veronica vous réprimanderait pour de telles pensées. Elle pourrait vous donner une vision très différente des femmes et de leur importance.

— Alors vous n'êtes pas d'accord ? demanda-t-elle avec un sourire.

— Ma lady, je suis bien le dernier homme sur cette terre à prétendre connaître quoi que ce soit aux femmes.

— Vous devez pourtant bien avoir quelques connaissances sur le sujet, rétorqua-t-elle d'un ton narquois.

— Aucune, je vous assure.

— Dans ce cas, pourquoi ces trois femmes là-bas n'arrêtent-elles pas de vous jeter des œillades ?

À sa réaction, elle comprit qu'elle l'avait pris de court. La tentation était trop grande de le taquiner un peu, alors elle continua.

— Est-ce que l'une d'entre elles est votre femme ? Si c'est le cas, pourriez-vous la rejoindre afin que je ne subisse pas les coups de dague que m'envoient ses yeux ?

Agravar semblait mécontent. Inquiète, Rosamund crut d'abord que c'était sa plaisanterie qui l'avait énervé, mais il lança un regard courroucé au trio qui continuait de le fixer en gloussant derrière leurs mains. Aussitôt, les trois jeunes femmes se redressèrent pour faire ressortir leur poitrine et arborèrent leur plus beau sourire.

Agravar poussa un grognement exaspéré.

— Ces idiotes m'empoisonnent l'existence.

Avec une innocence feinte, elle le questionna :

— Alors vous ne les portez pas dans votre cœur ?

Il tourna vers elle un visage tellement horrifié qu'il en était comique.

— Damnation ! Certainement pas !

Rosamund retint un gloussement de délice. Elle avait réussi à mettre ce géant impassible dans l'embarras !

— Allons, sir, vous ne devriez pas être gêné par une simple romance. Je suis certaine que chacune serait ravie d'attirer votre attention, à voir comme elles vous sourient.

Il secoua violemment la tête.

— Croyez-moi, Lady Rosamund, je sais parfaitement quelles... attentions elles attendent de moi et je n'ai aucune intention de les leur accorder. Cela ne m'intéresse pas. À présent, si vous n'y voyez pas d'objection, j'aimerais beaucoup que nous changions de sujet.

— Comme vous voudrez. Seulement, elles semblaient tellement perturbées par vos...

— Ma lady, je vous en prie !

Elle haussa les épaules, l'air mutin.

— Mais de quoi voulez-vous parler ?

— Eh bien, pourquoi pas de notre sujet précédent, qui vous concernait, proposa-t-il avec un sourire diabolique. Vous n'êtes pas aussi lisse et sans histoires que vous le paraissez, jeune dame.

— N'étions-nous pas convenus que c'est votre nature suspicieuse qui vous faisait croire cela ?

— Décidément, vous ne cessez de me taquiner de votre langue habile.

Elle, habile ? Seigneur ! Il était plus proche de la vérité quand il la jugeait nerveuse. Du moins, c'était ainsi qu'elle se voyait elle-même. Néanmoins, elle croisait bel et bien le fer avec Agravar et ne s'en sortait pas si mal... Cette prise de conscience était fort agréable, et elle se détendit un peu plus, échangeant avec lui un sourire complice.

— Moi ? Je n'en crois rien, sir. Votre vanité ne vous embrouille-t-elle pas l'esprit ?

La façon dont son sourire relevait les coins de sa bouche était adorable, et Rosamund sentit une tension étrange au creux de son ventre. Elle aimait cette bouche large et expressive, le seul élément de douceur dans ce visage d'une beauté dure.

— Vraiment ? demanda-t-il en se penchant vers elle. C'est bien la première fois que l'on m'accuse d'un tel vice. La fierté, oui, l'orgueil, je l'ai entendu également, l'entêtement semble être l'un de mes plus grands défauts... Mais la vanité... Non, on ne me l'avait jamais reprochée jusque-là.

— Vous êtes un homme peu commun, je dois l'admettre, de reconnaître ainsi vos défauts. Les hommes ont d'ordinaire tendance à se croire infaillibles.

— Eh bien, pour ma part, je ne suis qu'humain. Toutefois, dans un esprit de justice, je n'hésite pas non plus à faire la liste de mes qualités, au premier rang desquelles vient la modestie, évidemment...

— Évidemment.

— Puis le courage. Et enfin, mon immense charme.

— Sans aucun doute, approuva-t-elle, amusée.

De fait, elle aimait bavarder avec légèreté en sa compagnie. Elle aimait son sourire spontané et la douceur de sa voix. Oui, Agravar le Viking était un homme charmant.

— La liste n'est pas terminée, bien entendu, mais en raison de ma grande modestie, je suis dans l'obligation d'éviter la vantardise...

— Ah ! Quel dommage !

— Pourquoi « dommage », ma lady ?

— Mais parce que j'apprenais tant de choses sur vous !

Rosamund leva les yeux vers lui, étonnée de découvrir qu'elle flirtait avec lui ! Mais, en une seconde, son beau visage se ferma. Son sourire disparut brusquement, tout comme les petites rides de joie au coin de ses yeux. Elle vit ses mâchoires se serrer et il détourna le regard. Stupéfaite, Rosamund ne comprenait rien à cette réaction. Que s'était-il passé ? Qu'avait-elle dit pour briser aussi abruptement leur bonne entente ?

— Décidément, nous avons du temps libre en abondance, grommela-t-il en se redressant.

Il jeta un regard alentour, l'air incertain, puis déclara :

— J'ai trop tardé.

Et, sur ces mots, il s'éloigna, la laissant blessée, confuse et en colère. Cependant, l'émotion qui surpassait toutes les autres, était un atroce sentiment de perte. Rosamund tenta de refréner la honte qui montait en elle — avait-elle dit ou fait quelque chose de mal ?

Non ! Elle n'avait rien dit, sinon qu'elle apprenait à le connaître. Et puis, ce n'était qu'un jeu entre eux. Un jeu nouveau, excitant, inconnu. En fait, elle s'était amusée, pour la première fois de sa vie.

Bien sûr, leur conversation était inepte, mais elle était également amusante. Du moins, elle l'avait été pour elle...

Peut-être pas pour lui, néanmoins. Peut-être que, comme à l'accoutumée, elle ne comprenait rien à cet homme et à ses réactions.

Ce qui était pour le mieux d'ailleurs, parce que la nouveauté des sentiments qui l'agitaient quand elle était près de lui était bien trop complexe. Elle n'avait pas d'énergie à y consacrer.

Elle n'était à Gastonbury que pour un bref séjour, au terme duquel l'attendait l'enfer du mariage.

7

Agravar la regardait sans cesse. Dès qu'elle s'aventurait hors de sa chambre, elle sentait sur elle la caresse de ses yeux, aussi clairement que s'il l'avait touchée. Ils avaient reparlé en de rares occasions — des échanges de politesse, sans rapport avec leur conversation de cette journée en extérieur. Cependant, il la regardait tout le temps.

Voilà pourquoi, lorsque Rosamund repéra Davey parmi les convives installés autour des longues tables à tréteaux, un soir, elle comprit aussitôt qu'elle devrait procéder avec une grande prudence.

Quelque chose n'allait pas chez Rosamund, Agravar pouvait le sentir chaque fois qu'il posait les yeux sur elle. Il ne savait pas ce que c'était, mais elle était… différente. Toujours inquiète, toujours sur la réserve… Et il était déterminé à découvrir ce dont il s'agissait.

La veille, Lord Robert avait renvoyé un message à Lucien pour l'informer qu'il viendrait lui-même chercher sa fiancée à Gastonbury. Après qu'il avait appris les mésaventures de la jeune femme, il tenait, disait-il, à assurer lui-même sa sécurité lors de son voyage vers Berendsfore.

En conséquence, Agravar n'avait que peu de temps pour découvrir les mystères qui hantaient cette gracieuse jeune femme aux yeux si tristes. Il ne perdait pas de temps à interroger les raisons de sa curiosité, non, il était trop obnubilé par l'énigme qu'elle représentait.

Or, justement, ce soir, il avait surpris son regard furtif juste avant qu'elle ne quitte la grande salle pour se diriger vers les escaliers de la tourelle.

La discrétion n'était pas la qualité première d'Agravar, la force, en revanche... Cependant, elle ne lui servait à rien en l'occurrence. En un instant, il fut debout. Les escaliers étaient sombres et silencieux. Il n'entendait aucun pas au-dessus de lui. Il commença à monter les marches le plus silencieusement possible, la main posée sur le mur pour se guider dans l'obscurité.

Soudain, il l'entendit avancer, un peu plus haut. Il accéléra l'allure pour qu'elle ne parvienne pas à le semer. Les cinq tourelles du château permettaient de relier les différentes ailes de la bâtisse. Celle-ci en particulier donnait sur des chambres à coucher, la lingerie, la pièce à tisser où les femmes pouvaient se réunir pour profiter d'une bonne lumière, et enfin la chambre d'apparat, pour accueillir les hôtes de marque.

Rosamund n'avait aucune raison de se rendre dans l'une ou l'autre de ces pièces à cette heure du jour. La curiosité l'aiguillonnait. Au-dessus de lui, il vit une forme grise se profiler. Elle accélérait le rythme, sans doute mise en alerte par le bruit de ses pas. Lorsqu'elle se mit à courir, il la rejoignit en trois pas et la saisit. Elle poussa un cri et se débattit.

— Rosamund, ce n'est que moi, Agravar, s'empressa-t-il de dire pour la calmer.

Lorsqu'il inspira, son parfum lui emplit les narines. Seigneur, quelle odeur enchanteresse ! Il ne s'en lassait pas.

Elle se retourna si brusquement entre ses bras que ses

doigts effleurèrent sa taille. Elle était tellement mince entre ses larges paumes.

Ce maudit parfum ! Il en était complètement enivré. Ses mains se resserrèrent autour de sa taille sans qu'il le veuille. Enfin, si, il le voulait, plus que tout, mais il savait qu'il n'aurait pas dû ! Rosamund était une dame noble. Une dame promise à un invité de son ami et seigneur, et cousine de la femme de ce dernier… Par le diable ! Incapable de résister à son instinct, il baissa le visage vers elle.

Le souffle haletant de la jeune femme caressa sa joue. Son propre souffle se fit plus difficile. Il l'attira plus près de lui. Un besoin primitif, puissant et envahissant, montait en lui, qui mettait au défi sa capacité de contrôle.

Heureusement, l'honneur parvint encore à faire entendre sa voix malgré le vacarme du désir qui enflammait ses sens. Oui, l'honneur… Voilà ce qui le définissait, voilà ce qui le différenciait de son père.

Dans ses bras, Rosamund émit un faible son. Lui faisait-il mal ? Par bonheur, cette perspective lui permit de reprendre pied avec la réalité et de relâcher son étreinte.

Chancelante, elle franchit les quelques pas qui la séparaient d'un soupirail creusé dans la muraille. Les doigts agrippés au rebord, elle inspira profondément.

— Vous m'avez fait peur ! lança-t-elle, une fois son souffle retrouvé.

À la faible lumière de la meurtrière, Agravar vit que ses cheveux étaient presque entièrement défaits. Ses peignes ornés ne retenaient plus que les légères boucles autour de son visage. Ses joues étaient embrasées. Elle était absolument magnifique, et il dut refréner l'envie physique de la rejoindre. Pour se dominer, il croisa les bras sur son torse.

— À qui pensiez-vous avoir à faire ? demanda-t-il.

— Pourquoi m'avez-vous suivie ?

— Vous d'abord !

— J'ai cru... Je ne sais pas, en fait. Cela aurait pu être n'importe qui !

Face à lui, elle n'était plus la jeune femme épanouie aux yeux brillants d'amusement, elle ressemblait à une enfant brutalisée qui se soumet pour éviter les coups. Que lui était-il arrivé pour qu'elle adopte un tel comportement ?

— Vous savez sans doute que vous ne risquez rien entre ces murs. Qui pourrait vous faire du mal dans la maison de votre cousine ?

Elle baissa le menton, fuyant son regard.

— Croyez-vous qu'il n'y a que certains lieux où le diable règne en maître ? souffla-t-elle. Il peut entrer partout. Il réside dans des maisons comme celle-ci, je peux vous le dire.

— Êtes-vous une experte en diable, Rosamund ? demanda-t-il doucement.

Lorsqu'elle releva la tête, ses yeux parurent immenses, perdus dans son joli visage. Agravar fut choqué par sa fragilité. Et sa réponse ne fit rien pour enrayer son sentiment de stupéfaction.

— Oui, en quelque sorte, je le suis.

Il cligna des paupières et s'efforça de comprendre ce qu'elle voulait dire. Finalement, ne sachant comment lui venir en aide, il se contenta de lui prendre la main.

— Venez, retournons dans la grande salle.

Elle jeta un regard vers le haut de l'escalier, qui montait aux étages supérieurs, là où plus aucun rai de lumière ne parvenait.

— Je... Je pensais me promener un peu, pour apprendre à découvrir le château.

— Vous faites une bien piètre menteuse.

Il avait parlé d'une voix douce mais elle releva brusquement la tête, les yeux pleins de feu.

— Et vous êtes décidément bien insultant ! Quelle raison avez-vous de m'interroger de la sorte ?

Quelle raison, en effet ? Aucune, sinon que, chaque fois qu'il voyait cette femme, son instinct se réveillait, comme si quelque chose au fond de lui était relié à elle, d'une façon primitive et mystérieuse. Bon sang ! Cela n'avait aucun sens alors qu'il ne la connaissait que depuis quelques semaines !

Seulement, son âme était habitée de sa présence et il sentait que quelque chose clochait.

La vérité, c'est qu'il ne se contrôlait qu'à grand-peine quand il était près d'elle, son esprit ne le conduisait plus. Cependant, il ne pouvait pas le lui avouer. Alors il se contenta de secouer la tête et de lui sourire.

— Je peux vous emmener faire le tour du château. Voulez-vous que nous montions au sommet de la tourelle ?

Sa proposition ne fit apparemment qu'accroître sa nervosité.

— Non, non. Cela fait bien trop longtemps que nous sommes dans ces escaliers de toute façon. L'air n'y semble pas sain. Allons plutôt prendre l'air frais dehors.

— J'insiste, ma lady. Ne changez pas vos plans pour moi.

Et sur ce, il prit sa main pour l'entraîner dans les hauteurs de l'escalier. Elle tenta bien de résister, mais cela ne fit que ralentir leur progression. La chambre tout en haut des marches était cependant vide.

— Vous voyez, lança-t-elle d'une voix tremblante. L'air est vicié ici. Ce n'est pas bon. Allons plutôt dans le jardin ou, mieux encore, dans le verger. Cela nous fera prendre l'air.

Agravar passa lentement la pièce en revue, pour s'assurer qu'il n'y avait nul endroit où se cacher. À quoi pensait-il ? Il était vraiment ridicule d'aller s'imaginer que Rosamund avait un rendez-vous secret. Elle ne connaissait pas encore grand monde à Gastonbury et, de toute façon, il n'y avait personne à qui elle ne puisse s'adresser en public.

Et pourtant...

De nombreuses portes débouchaient sur la tourelle. La

chambre du haut n'était peut-être même pas sa destination. Ou bien si, mais, en les entendant parler, la personne qu'elle devait rencontrer avait pu s'échapper sans être vue.

Rosamund prit le bras qu'il lui tendait, et ils redescendirent les marches côte à côte. Ils traversèrent la grande salle et rejoignirent la porte qui menait au petit verger clos.

Le soleil, qui était descendu dans le ciel, étirait paresseusement ses derniers rayons, rendant l'endroit frais et agréable. Sur un mur, des pieds de vigne s'entremêlaient, encore lourds de grappes. Des pommiers et des pêchers absorbaient les dernières chaleurs du jour, sentinelles silencieuses.

Ce n'était qu'une illusion, toutefois. À Gastonbury, c'était lui la sentinelle. En tant que capitaine, il était chargé de protéger tous ses habitants. Y compris si la menace venaient de belles demoiselles aux cheveux d'or sombre.

À son côté, Rosamund avançait sans but, perdue dans ses pensées. Il resta un peu en arrière, pour garder une distance prudente entre eux. Sa tension n'était pas encore tout à fait redescendue depuis qu'il avait tenu son corps contre le sien.

— Il fait bon ici, dit-elle doucement.

— Oui, le verger est un endroit agréable.

— Le verger de Hallscroft n'est pas aussi abrité que celui-ci, et certainement pas aussi agréable. J'aime beaucoup cet endroit...

— Vous voulez parler du verger ou de Gastonbury ?

— J'aime Gastonbury. J'ai été accueillie avec bonté ici, par Alayna, par sa mère. Lady Veronica est d'une patience infinie avec moi. Je détesterais quitter ces lieux, conclut-elle en serrant ses mains l'une contre l'autre.

Ses paroles eurent un effet brutal sur Agravar. À force de la côtoyer chaque jour, il avait presque oublié l'imminence de son départ. Certes, il connaissait les projets matrimoniaux de Lord Robert, mais son esprit avait mis à distance ces informations qui s'imposaient à présent brutalement à lui. Une étrange sensation de perte s'insinua dans tous ses membres.

— Avez-vous de la famille, ici, à Gastonbury ? demanda-t-elle. Vous m'avez dit que vous n'étiez pas du Danemark.

— Ma seule famille vit dans ce château, répondit-il sobrement.

— Votre famille ? Mais je n'ai vu aucun autre Viking, à part vous.

— Et pourtant, vous avez rencontré mon frère. Je ne crois pas que vous l'appréciiez particulièrement d'ailleurs. C'est Lucien que je considère comme mon frère et il est la seule famille que je me reconnaisse.

— Aucune autre ?

— Aucune.

Elle fit quelques pas en silence avant de s'arrêter, les yeux rivés sur le ciel flamboyant du couchant.

— Moi aussi, je suis seule, dit-elle à voix basse.

Agravar sentit sa gorge se serrer sans comprendre pourquoi. Il ne répondit rien, et ce furent les derniers mots qu'ils échangèrent. Après un bref moment, elle retourna à l'intérieur, tandis que lui restait dans le verger jusqu'à ce que la fût soit tombée. Longtemps, les paroles qu'elle avait prononcées résonnèrent en lui.

8

Gastonbury devait être un lieu enchanté. En effet, ces lieux avaient réalisé l'impossible : la faire oublier.

C'était comme si une nouvelle existence lui était offerte, une vie toute neuve dans laquelle son passé n'avait plus de poids. Après des semaines de confort et de bien-être, elle ne se reconnaissait plus. Pour la première fois, elle découvrait ce qu'était le bonheur ou, du moins, l'apaisement.

Cet après-midi-là, elle était assise à même le sol dans le salon des dames, occupée à jouer avec la petite Leanna. L'enfant avait à peine deux ans et était d'un tempérament placide et doux, très loin de l'énergie téméraire de son frère. Veronica était installée dans un fauteuil non loin et souriait en regardant sa petite-fille adorée construire des tours avec les cubes de bois que Rosamund lui tendait.

— Quel ange ! s'exclama Veronica. Je ne comprends vraiment pas d'où elle peut tenir ce caractère. Sa mère était un petit monstre qui mettait mon panier de tricot à sac. Elle était incapable de rester assise plus d'une minute. Quant à son père, je suis certaine que c'était une véritable terreur.

Rosamund lui sourit en gardant le silence. L'opinion qu'elle avait de Lucien n'avait rien de très flatteur. Le visage effrayant du seigneur de Gastonbury continuait de la faire trembler encore maintenant, plus d'un mois après son arrivée sous son toit.

Veronica poursuivit :

— Je devrais poser la question à sa mère, la prochaine fois qu'elle viendra en visite. Elle vient chaque année à Pâques pour une semaine. Le reste de l'année, elle se cloître dans un couvent.

— C'est étrange. Pourquoi ne vient-elle que pour un court séjour ? Sa compagnie est-elle peu agréable ?

— Pas du tout. Elle est très polie, quoiqu'un peu froide. Mais, quand on connaît son passé, on peut comprendre pourquoi. Elle a fait de nombreuses erreurs dans sa vie. Quelle destinée terrible de devoir vivre avec les conséquences de ses actes ! Vous verrez, Rosamund, quand vous aurez le même âge qu'elle et moi, quand la plus grande partie de votre vie sera derrière vous... Parfois, vous trouverez vous aussi le fardeau lourd à porter.

— Vous ne devez pas avoir de regrets bien amers ! s'exclama-t-elle.

— Des regrets ? Non, pas vraiment. Néanmoins, il y a toujours des choses que l'on voudrait avoir faites différemment... Dire plus souvent, par exemple, ce qu'il y a dans notre cœur. Ne pas autant se soucier d'une simple querelle.

— Vous pensez à votre époux, n'est-ce pas ? Vous manque-t-il toujours ?

Veronica esquissa un sourire tendre.

— Oh ! oui. Et ce sera toujours le cas. C'était un homme merveilleux et je l'aimais.

Le silence retomba un instant avant que Rosamund ne prenne la parole :

— J'ai perdu un frère quand j'avais dix ans et, bien sûr, ma mère me manquera toujours. C'est une tragédie de perdre les gens que l'on aime.

Veronica posa une main réconfortante sur son épaule.

— Assurément, mon enfant.

Le regard et le geste disaient clairement que Rosamund

pouvait se confier à elle et, contre toute attente, elle découvrit qu'elle en avait envie.

— Je n'avais que douze ans lorsqu'elle est morte. La nuit où cela s'est produit, elle est venue dans ma chambre et s'est assise sur mon lit. J'étais à moitié endormie, entre le sommeil et l'éveil. J'ai senti sa main sur mon front, alors qu'elle écartait mes cheveux de mon visage. Elle m'a souhaité de beaux rêves, comme elle le faisait tous les soirs. Elle m'a dit...

Rosamund s'interrompit, soudain submergée par l'angoisse. Sa mère lui avait dit autre chose, quelque chose d'important qu'elle ne parvenait pas à se rappeler. Qu'elle ne voulait pas se rappeler. C'était pourtant toujours là, dans ses rêves, ce souvenir qui la menaçait...

— Rosamund, ma chérie, n'en parlez pas si cela vous éprouve trop.

— Non, non, ce n'est pas difficile d'en parler, parvint-elle à articuler.

— Bien sûr que ça l'est. Mais, parfois, les souvenirs peuvent devenir de véritables poisons qui empêchent les vieilles blessures de se refermer. Aussi douloureux que ce soit, en parler est le seul moyen de faire sortir le poison pour guérir.

Oui, c'était exactement cela. Du poison qui la dévorait de l'intérieur.

— Elle est morte en tombant du haut des remparts. Elle avait dû monter sur le chemin de ronde pour admirer le ciel nocturne. Elle le faisait parfois, quand elle ne trouvait pas le sommeil. Elle a dû s'approcher trop près du bord et perdre l'équilibre...

Elle a été poussée. La voix qui montait en elle lui coupait le souffle. Rosamund s'efforça de se concentrer sur ses mains, dont les jointures avaient blanchi.

— J'imagine que je ne saurais jamais réellement ce qui s'est passé…

Mensonge.

— Ma pauvre enfant, s'exclama Veronica en prenant ses mains jointes dans les siennes.

Son contact bienveillant finit par apaiser légèrement la tension de Rosamund. Néanmoins, l'émotion menaçait de la submerger. Elle baissa le visage en sentant ses cils se mouiller de larmes. Si elle se laissait aller à pleurer, elle ne parviendrait plus à s'arrêter.

Alors elle retira ses mains de l'étreinte rassurante et inspira profondément.

— Merci, ma lady.

Lady Veronica lui écarta tendrement une mèche qui s'échappait de sa coiffure.

— Si jamais d'autres mots venaient après cela, j'aurais toujours une oreille pour vous écouter.

Rosamund acquiesça. Juste à côté d'elle, Leanna fit tomber sa tour, et les deux femmes reportèrent leur attention sur l'enfant.

Lucien était assis près du foyer de la grande salle, une coupe serrée entre les doigts. Agravar avait pris place sur un tabouret. Il se tenait penché en avant, les coudes sur les genoux, les mains pendant mollement entre ses jambes.

— Tu as une mine affreuse, fit remarquer Lucien avant d'avaler une rasade d'alcool. Est-ce que les trois coquines qui te poursuivent sont finalement parvenues à leurs fins ?

— Qui ça ? Ah ! Celles-là… Seigneur, tu n'as vraiment aucun moyen de les bannir du domaine ? Ou de les occuper ailleurs ?

— Eh non. Malheureusement, elles n'ont encore commis aucun crime.

— Alayna est-elle à nouveau dans ses humeurs noires ?

— Elle... Elle est en pleurs. Et je n'ai aucune idée de la cause de ses pleurs. Je ne crois pas qu'elle le sache plus que moi d'ailleurs... Je pense...

Il s'interrompit et serra les mâchoires au point qu'une veine se mit à battre sur sa tempe. Les mots qui suivirent n'étaient plus qu'un murmure presque inaudible.

— Quelque chose ne va pas, Agravar. Elle n'a jamais réagi comme cela auparavant. Quelque chose la mine, bien au-delà du bébé.

— Pourtant, le chirurgien et l'accoucheuse affirment tous les deux que tout va bien, tu me l'as dit toi-même.

— Ce n'est pas le cas... Je le sens.

— On dirait un véritable mystique, Lucien, plaisanta-il pour détendre son ami. Bientôt, tu vas faire brûler du suif et te mettre en transe.

— Ce n'est pas impossible, mon vieux. Si je pensais que ça pouvait la sauver, je me peindrais tout le corps en rouge avant d'aller danser nu sur le pont de la rivière.

— Je ne pense pas qu'il faille en arriver là. Les récoltes sont proches et, si tes gens assistent à un spectacle aussi atroce, ils tomberont comme des mouches et les récoltes pourriront sur place.

Enfin, il parvint à tirer un faible sourire de Lucien.

— Quoi qu'il en soit, j'ai une excuse pour mon état lamentable. Quelle est la tienne ? Est-ce que des envahisseurs ont percé nos défenses sans que tu m'en aies parlé ?

— Pas d'envahisseurs.

Néanmoins, ses défenses avaient bel et bien été percées.

— Comment va cette petite, la cousine d'Alayna ? Cette demoiselle met mes nerfs à rude épreuve, ajouta-t-il en riant. Elle me regarde constamment comme si j'étais un loup prêt à la dévorer !

Comme Agravar ouvrait la bouche, Lucien l'interrompit d'une main levée.

— Et aucun commentaire sur mon apparence terrifiante, je te prie ! J'ai toujours pris grand soin de me montrer sous mon meilleur jour avec elle. J'en arrive à croire qu'elle est simplette et que cela court dans la famille, conclut-il plus sombrement en plongeant le nez dans sa coupe.

— La faiblesse d'Alayna disparaîtra dès que le bébé sera né, lui assura son ami.

— Agravar, la première fois qu'on a tenté de me tuer, j'avais seize ans. Ils n'ont jamais cessé d'essayer depuis — des hommes deux fois plus forts que moi et experts sur le champ de bataille. Pourtant, je suis toujours là aujourd'hui, à discuter avec toi. En revanche, je ne sais pas si je pourrais survivre à... à cela.

Il lui lança un regard sinistre.

— Sois content de n'avoir aucune femme qui te mette dans cet état, mon ami. Tu es le plus sage d'entre nous, crois-moi. Un peu trop sérieux même... Au diable ta conscience, fais-toi plaisir avec ces trois filles qui te courent après. Bois avec tes camarades et, surtout, sois content de posséder ton cœur. C'est plus sûr, crois-moi, que de vivre sans cesse dans la peur du pire.

Agravar ne répondit rien. Il avait la gorge trop serrée pour cela. Pendant longtemps, sa vie n'avait été remplie de rien d'autre que de négligence brutale et de violence. Cependant, il n'avait encore jamais entendu de paroles aussi cruelles. Il se leva et laissa Lucien à son apitoiement pour aller se servir un nouveau verre afin de laver l'amertume du premier.

9

— Ma lady, plus nous attendons, plus nos chances de succès seront faibles ! argua Davey sous la sombre tunique de moine qu'il avait revêtue.

— Je ne suis pas d'accord, répondit Rosamund en avançant sur l'étroit chemin, juste devant lui. Plus longtemps je prétends que tout va bien, moins ils seront sur leurs gardes.

— Mais qui pourrait vous suspecter ? Ils n'ont aucune raison de penser que vous n'avez pas réellement été enlevée.

— Raison de plus pour nous montrer prudents. Nous avons encore l'élément de surprise pour nous. De la sorte, tu ne risqueras plus autant que la dernière fois. Ne viens plus à ma rencontre, à moins que je te cherche, entendu ? Beaucoup des soldats de Lucien t'ont vu lorsque tu as été capturé.

— Seulement, ils ne s'attendent pas à me trouver assis au milieu d'eux, sourit Davey. Et puis, j'ai sacrifié mes cheveux pour ressembler à un moine inoffensif.

Rosamund secoua la tête, toujours pas rassurée.

— Ce Viking le saura. Il voit tout et il a l'instinct d'un chat.

— Est-ce qu'il vous a causé des ennuis, ma lady ? interrogea le jeune garçon, l'air soupçonneux.

— Il me surveille. J'essaie de l'éviter autant que possible, mais il se colle à mes pas et pose beaucoup trop de questions.

Alors qu'elle prononçait ces paroles, un frisson troublant remonta le long de sa colonne vertébrale.

— Vous n'avez pas à le supporter, il n'est pas le seigneur de ces lieux ! Ordonnez-lui de vous laisser en paix. Il est seulement capitaine. Ne laissez pas cet homme vous brutaliser, ma lady. Vous êtes une noble dame, pas lui !

Rosamund rit devant le raisonnement simpliste de Davey.

— Il n'est pas si facile de se débarrasser d'Agravar le Viking !

— Vous avez toujours été trop gentille, c'est votre plus grande faiblesse.

— Je t'en prie, ne nous disputons pas.

— Alors, écoutez-moi, ma lady ! Nous devons vous faire partir d'ici au plus vite ! Il y aura une nouvelle lune dans quelques jours, la nuit sera sombre et nous offrira une excellente protection. Nous pourrions fuir par la rivière, je peux prévoir des arrangements pour un bateau et...

— Non. Pas de bateau, ni de fuite dans la nuit. Ils nous rattraperaient avant le soir ! Lord Lucien est une légende ! Avec ce Viking à ses côtés, il est invincible. Nous ne devons pas agir impulsivement mais avec la plus grande prudence, conclut-elle en posant une main sur son bras pour le calmer.

— Alors trouvez un moyen, ma lady, gronda-t-il, le regard sombre. Que croyez-vous que fera Lord Cyrus s'il découvre que le mariage qu'il projette a été retardé ?

Son souffle se bloqua dans sa gorge.

— Je... Je n'avais pas pensé à cela, avoua-t-elle, le cœur battant la chamade. À ton avis, que fera-t-il ?

— Malheureusement, Lord Cyrus n'est pas un homme prévisible. Raison de plus pour nous hâter de vous éloigner de son emprise.

— Oui, je...

La panique pesait soudain sur sa poitrine comme un étau.

— Lady Rosamund, je suis à vos ordres. Vous n'avez qu'à me dire quoi faire pour votre service.

— Hélas, je n'ai pas encore de plan. Je devrais pourtant être plus rusée après avoir passé des années à observer les réactions de cet homme. Vivre auprès de l'être le plus diabolique de toute la chrétienté aurait dû m'apprendre à ruser. Je... Je vais m'efforcer de réfléchir à une solution et je te donnerai une réponse très vite.

Ses yeux rencontrèrent ceux de Davey, et elle prononça avec conviction :

— Je ne serai pas forcée à ce mariage. Et je n'irai pas à Berendsfore.

Davey la fixa un long moment de ses yeux brillants. Quand il prit la parole, sa voix était comme enfiévrée, presque effrayante.

— J'essaierai moi aussi de réfléchir à un plan. Nous devons partir le plus vite possible.

— Pour l'instant, nous nous mettons en danger en nous rencontrant ici.

— Vous avez raison, je vous quitte ma lady. Et je tiens ma promesse. À bientôt.

Sur ce, il quitta le verger. Rosamund s'y promena un peu plus longtemps. Elle se rappelait une autre soirée entre ses arbres, avec un autre homme. Non ! Elle devait s'interdire d'y songer, car cela fragilisait sa détermination. Elle devait quitter Gastonbury et tout ce qu'elle avait appris à aimer ici. Alayna et les enfants, Veronica, qui avait si bien compris son besoin de se confier... Et elle quitterait aussi le Viking qui lui avait montré, dans les rares moments qu'ils avaient partagés, qu'elle pouvait être une personne différente. Une personne capable de joie et de désir.

Aurait-elle pu découvrir, au fond d'elle, un être différent de la fragile et faible jeune femme qu'elle avait toujours été ? Elle ne le saurait jamais.

Rosamund arriva pour le souper dans un surcot d'or sombre, porté par-dessus une robe couleur crème rebrodée de fils bronze. Elle était belle à couper le souffle, et Agravar ne put détacher son regard de sa silhouette gracieuse tandis qu'elle traversait la grande salle pour atteindre le dais. Elle s'installa au milieu des femmes, près de Veronica, comme elle le faisait toujours. Juste avant qu'elle ne prenne place, il croisa un bref instant son regard.

Il savait qu'il la rendait nerveuse. Ce qu'il comprenait, même si cela ne lui plaisait guère. Il rendait beaucoup de monde nerveux à cause de sa taille et de sa couleur de cheveux qui traduisaient ses origines nordiques. Il était habitué à ces réactions. Du moins, c'est ce qu'il essayait de se répéter chaque fois qu'il voyait Rosamund se tendre en le voyant.

Il vivait avec le malaise des autres depuis l'enfance. C'était désagréable, certes mais bien plus tolérable que l'aversion horrifiée qu'il lisait jour après jour sur le visage de celle qui l'avait mis au monde. Il avait beau se répéter qu'il ne tolérerait pas cela une nouvelle fois, sa tension refusait de s'apaiser.

— Agravar, appela Lucien.

Il se tenait debout auprès d'un moine tonsuré. Agravar ne reconnaissait pas ce dernier, ce n'était donc pas l'un des prêtres qui venaient régulièrement en visite depuis l'abbaye toute proche. Lorsqu'il s'approcha, il nota l'expression pincée de l'inconnu, son regard rusé et ses dents de devant proéminentes quand l'homme lui sourit. Enfin, il imaginait que c'était là un sourire, même si cela aurait aussi bien pu être un rictus de douleur...

— Voici le père Leon, qui nous vient de Hallscroft. Son seigneur est Lord Cyrus, le beau-père de Lady Rosamund. Il a été envoyé ici pour en apprendre plus sur le retard pris dans les noces de Lady Rosamund.

Le prêtre s'inclina.

— En effet. Voyez-vous, quand le très pieux Lord Cyrus — excellent et consciencieux gardien de la charmante Lady Rosamund — a entendu parler de ce délai supplémentaire, eh bien, il a été hors de lui, voilà pourquoi il m'a envoyé ici afin que nous puissions en apprendre davantage sur la situation et que je puisse ensuite lui rendre compte au plus tôt — car il est évidemment terriblement inquiet — des arrangements qui auront été pris pour amener la promise jusqu'à son fiancé et voir enfin le mariage célébrer sans délai, afin qu...

— Agravar a eu l'honneur de sauver la dame et c'est donc avec lui que vous devriez en discuter. Quant à moi, je me suis contenté d'informer Lord Robert de Berendsfore des événements et il m'a fait dire, dès qu'il a eu le message à son retour de Londres, qu'il viendrait chercher sa fiancée ici même. En conséquence, j'ai estimé qu'il s'agissait d'une affaire réglée. Si vous voulez bien m'excuser...

Et sans un mot de plus, Lucien s'enfuit sans demander son reste.

— Bien, bien, sourit le père Léon en découvrant ses incroyables dents. Un homme excellent, je vois, et doté d'une formidable réputation. Sage, oui, très sage... Un homme saint, je dirai.

Agravar fronça les sourcils, déjà exaspéré par le verbiage de l'homme d'Église.

— Vous venez de la maison de Lady Rosamund ?

— Oui. Je suis le précepteur choisi par son père, enfin, son beau-père, pour être précis.

— Depuis quand la connaissez-vous ?

— Oh ! depuis longtemps. Bien longtemps, en fait. Je connaissais sa mère, oui. Une noble et belle dame. Calme, pieuse, un modèle pour toutes ces femmes qui ne savent pas où est leur place. Lord Cyrus l'aimait beaucoup et sa mort brutale a été une véritable tragédie, oh, ça, oui ! Il n'en reparle jamais, le pauvre homme, il ne prononce pas même son nom, et Rosamund — quelle enfant docile, un modèle de vertu, elle aussi — a été gardée par mon saint maître. Il a estimé de son devoir de l'élever et de la prendre à sa charge, bien qu'elle ne soit qu'une fille et sans lien de sang avec lui...

— Venez, le coupa Agravar en indiquant le dais. Je vais vous mener à votre maîtresse pour que vous puissiez vous assurer par vous-même qu'elle va bien.

Bon sang ! Cet homme était insupportable ! Lucien lui paierait sa désertion !

— Ce serait très aimable à vous car, voyez-vous, je suis là pour lui rappeler son devoir. En effet, Lord Cyrus tient beaucoup à ce mariage. C'est une famille importante, vous comprenez, l'enjeu est élevé. La jeune personne n'était pas entièrement consentante, au départ — Ah ! la voilà ! Mes hommages, Lady Rosamund, je suis envoyé par votre honorable beau-père pour satisfaire son désir de vous voir reprendre votre route au plus tôt. J'ai cru comprendre que votre intention première était de faire étape à Gastonbury, mais que vous avez été retardée par... mais où va-t-elle ?

Aussi stupéfait que le moine, Agravar avait observé attentivement les réactions de la jeune femme. Depuis l'instant où elle avait vu le prêtre, une multitude d'émotions avaient traversé son beau visage : le choc, la peur, la répulsion, la colère puis la détermination. Évidemment, le moine bavard n'avait rien remarqué. Quand elle avait finalement repris contenance, elle s'était levée d'un seul coup et fait volte-face pour mettre de la distance entre elle et le prêtre.

Le père Léon continuait de regarder les escaliers où elle avait disparu avec effarement.

— Seigneur Dieu, fut tout ce qu'il parvint à marmotter.

— Elle semble quelque peu affligée, aujourd'hui, déclara Agravar en se mordant l'intérieur des joues pour ne pas rire.

Le prêtre secoua la tête.

— C'est la malédiction de l'inconstance des femelles, je le crains. Soyez prudent, mon fils, la femme est faible et porte en germe le danger de la tentation, qui détourne l'homme bon de ses tâches au service de Dieu pour en faire l'esclave de ses caprices. Oh ! bien sûr, ces pauvres créatures stupides ne sont pas sans ruse quand elles usent de faux-semblants pour avilir le sens commun des hommes...

— Venez-vous d'employer les termes « stupides » et « rusées » pour décrire les femmes, mon père ? Je vous avoue que je ne vois pas bien comment elles pourraient être les deux à la fois.

— C'est bien là le paradoxe du mystère féminin, qui est très bien décrit dans les Saintes Écritures lorsque le Seigneur met les hommes de Dieu en garde contre leurs compagnes, qui ne sont pas dignes de suivre la voie de Dieu.

Agravar résista difficilement à la tentation de frapper l'imbécile. Plus encore, il était profondément horrifié de découvrir que cet idiot avait tenu la pauvre Rosamund entre ses griffes et l'avait torturée avec ses leçons ineptes ! C'était cependant l'occasion d'en apprendre plus sur la jeune femme.

— Vraiment ? Je suis intéressé par vos leçons, mon père. Venez donc m'en apprendre un peu plus autour d'une bonne coupe. Voilà ! Barnard ! Sers du vin à notre ami ! Dites-m'en plus à propos de la maison de Lady Rosamund. Lord Cyrus partage-t-il votre point de vue sur la gent féminine ?

— Oh ! mais bien entendu ! Le pauvre homme a été tellement tourmenté par l'enchanteresse qu'il avait épousée ! Bien sûr, vous comprendrez que je ne peux guère en parler, car ces confidences m'ont été faites dans l'échange sacré de la confession.

— Bien entendu. Mais je ne doute pas que votre sagesse dans ce domaine vienne de plusieurs sources.

— Évidemment, mon bon seigneur, c'est le cas, assurément et j'ai ainsi pu observer, en général, que bien des hommes étaient ainsi contraints de vivre sous le joug du... du...

Le père Léon jeta un regard subreptice alentour avant de poursuivre :

— ... du désir charnel ! Cela peut rendre un homme esclave jusque dans les liens du mariage, parce que, voyez-vous, Dieu ne nous exempte pas de notre devoir, et c'est la raison pour laquelle la procréation doit être le but de tout homme pieux et... Enfin, tout ce qui peut asservir un homme et le détourner de sa piété est dangereux. Il en va ainsi de la concupiscence des femmes, aussi leur désir doit être fermement contenu. Elles doivent parler à voix basse, garder le visage baissé. Ce sont là des marques d'une bonne épouse et d'une bonne fille comme Lord Cyrus l'a appris à sa belle-fille, et...

— Vous voulez dire que Rosamund a... euh... retenu ces leçons avec succès ?

Le père Léon poussa un lourd soupir.

— Je vois que vous en doutez après le comportement fantaisiste que nous venons de voir — ce qui est parfaitement compréhensible, bien entendu —, mais je vous supplie de ne pas vous inquiéter, elle paiera pour ce péché dans sa propre conscience, je vous assure, car son éducation a été parfaitement menée. Évidemment, cet acte de rébellion était prévisible, d'ailleurs, c'était la crainte de Lord Cyrus et la raison pour laquelle il m'a envoyé ici. Il sait bien que l'âme féminine est rebelle et qu'il faut conserver un esprit vigilant pour ne pas la laisser revenir à sa faiblesse naturelle.

Agravar avait de plus en plus de mal à réprimer la nausée qui lui retournait l'estomac.

— Ah, bien sûr, maugréa-t-il sans enthousiasme.

Malheureusement, le prêtre prit cela comme un encouragement et détailla davantage ses opinions sur la gent féminine. Et puisque l'homme ne semblait guère avoir besoin de réponse pour entretenir la conversation, Agravar laissa ses pensées dériver.

Il n'en revenait toujours pas. C'est donc ainsi que Rosamund avait été élevée ! Dire qu'il l'avait trouvée nerveuse, timide, craintive... Comment aurait-il pu en être autrement en grandissant au milieu de ces idées dégradantes et avilissantes pour les femmes ? Lord Cyrus et le père Léon avaient cependant raison sur un point : elle s'était bel et bien épanouie en s'éloignant des diktats de leur théologie misogyne.

— Il est crucial que les femmes sachent où est leur place...

Le prêtre s'était apparemment interrompu suffisamment de temps pour boire une gorgée de vin, car sa lèvre inférieure luisait d'alcool. Écœuré, Agravar lui tendit une serviette de lin qu'il prit avant de la déposer sur la table sans l'avoir utilisée.

— Quel est le rôle des femmes, sinon de servir l'honneur et la richesse de leurs seigneurs et maîtres ? C'est pourquoi elles sont essentielles dans les jeux politiques des hommes. Évidemment, elles sont emplies d'idées stupides soufflées par le diable — comme l'amour courtois — et elles en usent comme d'armes...

À bout, Agravar finit par lever le bras pour interrompre l'homme et il appela à travers la tablée :

— Lady Veronica !

Le prêtre sursauta, stupéfait d'être tiré aussi brutalement de sa diatribe. Veronica s'était levée et venait vers eux après l'appel d'Agravar qui ne put s'empêcher d'afficher un grand sourire.

— Père Léon, voici la belle-mère de Lord Lucien. Je pense qu'elle sera très... intéressée par votre philosophie. Si vous voulez bien m'excuser...

Il se leva et s'inclina devant Lady Veronica. Devant l'air surpris de la dame, il se pencha à son oreille pour murmurer :

— Retenez-vous de l'étrangler, ma lady, nous aurons encore besoin de lui. Mis à part le meurtre, vous êtes libre..., conclut-il avec un petit sourire.

Et sur ces mots, il s'éloigna, un peu coupable de laisser la pauvre dame en si déplaisante compagnie. Néanmoins, le premier cri d'indignation qui parvint presque aussitôt à ses oreilles était incroyablement satisfaisant. Il avait fait un choix sage. Si quelqu'un pouvait enfin faire taire le père Léon et lui rendre la monnaie de sa pièce, c'était bien Lady Veronica. Cet imbécile était sur le point de recevoir une belle leçon sur le caractère féminin.

10

Rosamund sursauta violemment lorsqu'elle entendit gratter à sa porte. Son cœur battait si fort qu'il était sur le point de sortir de sa poitrine.

Il est là…

Cette vile créature qui se faisait passer pour un homme de Dieu ! La marionnette de son beau-père, empli du même poison que Cyrus. À présent, il allait la ramener dans sa prison !

Elle fit les cent pas en essayant de s'éclaircir l'esprit pour ne pas paniquer. Pourquoi ne s'était-elle pas enfuie quand elle en avait eu le temps ? Davey aurait pu l'aider à s'échapper s'il avait trouvé un bateau comme il le désirait, ou bien ils auraient pu créer une diversion, ou…

On frappa à nouveau, et elle retint un gémissement terrifié. Les mains pressées sur sa bouche, elle regarda vers la fenêtre, à la recherche d'une issue, mais celle-ci surplombait la terre battue de plus de trois étages.

— Rosamund, c'est Agravar. Je dois vous parler. Ouvrez la porte, s'il vous plaît.

Sans même réfléchir, elle se jeta sur la porte et ôta le loquet avant de l'ouvrir en grand. Il pénétra dans la pièce et ferma la porte derrière lui en posant son index sur ses lèvres pour lui intimer le silence.

— Où est-il ? demanda-t-elle, alarmée.

Agravar lui sourit.

— Je l'ai laissé en compagnie de Lady Veronica. Cela devrait le maintenir occupé un bon moment.

— Seigneur, donc il est toujours là. Oh ! Seigneur...

— Calmez-vous, ma lady. Je suis venu vous assurer que vous étiez sauve.

— Il parle à Veronica ? Mon Dieu, comment avez-vous pu l'exposer à ce poison ? Elle ne mérite pas d'entendre ces horreurs !

— Pas plus que vous ne le méritiez.

Rosamund tenta d'inspirer mais sa gorge était si serrée qu'un gémissement lui échappa.

— Que savez-vous ? demanda-t-elle après un instant de silence.

— Rien, Rosamund, je ne peux qu'imaginer ce que vous avez vécu.

Comme brûlée sous son regard plein de compassion, elle s'écarta en hâte et se retrancha dans le coin le plus éloigné de la pièce.

— Je vous en prie, n'essayez pas de comprendre.

Il écarta les mains, les paumes ouvertes, en un geste d'échec.

— Je crains de ne jamais y parvenir, de toute façon.

— Vais-je devoir vous entendre vous aussi vous lamenter sur la faiblesse des femmes ? Partagez-vous l'opinion de ce... ce... Cet homme ?

— Rosamund, pourquoi me rejetez-vous alors que je ne cherche qu'à vous apporter mon aide ?

Il avança dans sa direction, et elle se rencogna davantage contre le mur, le cœur affolé.

— Rosamund, si j'avais su tout cela, si j'avais su dans quel environnement vous avez grandi, je vous aurais aidée...

— Aidée ?

Elle écarquilla les yeux, incrédule. Mais, très vite, la surprise céda le pas à la colère.

— Et comment m'auriez-vous aidée, Viking ? En transperçant Cyrus de votre épée ? À moins que ce ne soit Lord Robert qu'il vous faille défier au combat ?

— Lord Robert est un homme bon et juste, selon tous. Il...

— Il reste un homme !

Son éclat les cloua tous deux sur place. Il interrompit son avancée et mit quelques secondes avant de reprendre à voix basse :

— Moi aussi.

En effet. Elle l'avait remarqué. Il était un homme... imposant comme les autres. Néanmoins, il n'était pas terrifiant, en dépit de sa force et de son air farouche. Peut-être même était-il l'un des seuls représentants de ce sexe qui eût un cœur...

Elle baissa le visage, terrassée par l'angoisse et la honte.

— Vous ne comprenez pas... Je ne supporte pas que vous ayez entendu toutes ces choses affreuses sur... sur la faiblesse des femmes... sur ma faiblesse. Je ne veux pas de votre pitié.

— Ce n'est pas à vous d'avoir honte, Rosamund ! Ce sont eux qui devraient être dans l'embarras !

— Il est trop tard ! Tous ces discours, toutes ces leçons... Je ne peux pas en être sortie indemne. Je suis flétrie, abîmée.

— Arrêtez ! commanda-t-il d'un ton sévère qu'il n'avait jamais employé avec elle.

Il fit trois pas pour la rejoindre et la saisit aux épaules.

— Ne dites pas cela ! Votre dignité vous appartient ! Ne l'abandonnez pas, pour rien au monde ! Ils peuvent vous blesser par leurs mots seulement si vous les laissez faire ! Ne le leur permettez pas, Rosamund ! N'écoutez plus jamais les mensonges qu'ils vomissent.

Submergée par des émotions violentes, Rosamund

peinait à respirer. Ses mots… L'aide qu'il lui proposait… Son contact… C'était trop. Aussi tenta-t-elle d'y échapper.

— Que savez-vous de tout cela ? lança-t-elle en tentant de s'extraire de son étreinte.

Il posa son front contre le sien et la serra plus fort entre ses larges paumes chaudes et réconfortantes.

— Et si j'en savais plus que vous ne pensez sur ce que c'est que de grandir sans amour ?

— Quelle est cette réponse ?

Elle le vit serrer les mâchoires comme s'il combattait des pensées douloureuses.

— Rien… Rien du tout.

Il la relâcha et s'écarta.

— Seigneur, je ne sais même pas pourquoi je suis venu. Il a dit toutes ces horreurs et vous vous êtes enfuie… Je… J'ai agi sans réfléchir. Je n'agis pas sur un coup de tête d'ordinaire…

— Et je devrais sans doute vous en être éternellement reconnaissante ! s'exclama-t-elle beaucoup trop fort.

Étrangement, elle avait l'impression d'être comme sortie hors d'elle-même et elle se voyait, de l'extérieur, devenir hystérique. Jamais elle n'avait eu la sensation d'approcher à ce point des frontières de la folie.

— Je vais dire à Lucien de le jeter hors de ces murs, si vous le voulez, proposa-t-il en ignorant son agressivité.

Rosamund sentit soudain le poids qui l'avait quittée depuis son arrivée à Gastonbury peser lourdement sur ses épaules, étouffant même ses réactions d'emportement. Elle poussa un profond soupir avant d'avouer :

— Peu importe, Agravar. Il est là, en bas. Mais ce n'est pas ce qui compte. La vérité, c'est qu'il est dans ma tête.

Il la regarda un long moment de ses yeux d'azur, et elle lut sur ses traits la même défaite qui habitait son âme à elle.

— Pardonnez mon intrusion, ma lady, souffla-t-il enfin.

Je devrais partir. Acceptez mes excuses pour vous avoir dérangée.

Une fois seule, elle se sentit plus mal encore. Ses propres réactions la laissaient stupéfaites. Pourquoi se disputer avec lui et le rejeter violemment alors qu'il tentait de l'aider ?

Mais aussi, elle avait été prise au dépourvu ! Pourquoi diable aurait-il voulu l'aider ? Elle était encore trop confuse pour démêler ce mystère. En attendant, elle ne parvenait à penser qu'à une seule chose : Léon était là, ce qui signifiait que Cyrus était là, par l'esprit sinon par le corps. Tout avait changé désormais. Gastonbury n'était plus un refuge pour elle.

Cette idée, insoutenable, déclencha enfin les sanglots qui l'étouffaient. Rosamund se laissa tomber sur le lit et pleura tout son soûl. Elle avait envie de disparaître, incapable de supporter davantage la terreur qui l'habitait. Si seulement elle pouvait mourir de cette maudite peur, au moins la souffrance cesserait.

— Tu es en colère après moi et je sais que je le mérite, reconnut Lucien tandis qu'ils marchaient le long du champ d'entraînement.

Parvenu devant l'armurerie, il choisit l'une des piques et l'examina.

— Combien de temps ce satané bonhomme t'a-t-il assommé avec son bavardage ?

— En vérité, tu m'as fait une faveur, répondit Agravar. J'ai appris beaucoup de choses.

— Appris ? Tu veux dire que tu accordes foi à ses opinions ?

— Absolument pas ! En revanche, sa philosophie ridicule explique beaucoup des comportements de Lady Rosamund.

— J'imagine..., admit Lucien en lui jetant un regard curieux. Pourquoi t'intéresses-tu à cette fille ? À moins que...

— Non, n'y pense pas, le coupa sèchement Agravar. De toute façon, elle sera bientôt partie.

— Oh ! allez, admets-le ! Cette petite t'intrigue depuis le début. C'est tellement évident ! Si je n'avais pas été tellement pris par mes propres ennuis, je l'aurais vu bien plus tôt.

— Lucien, tu es perpétuellement pris par ta petite personne. Tu vois rarement au-delà de ton énorme nez.

— Certes, j'admets que je ne suis pas le plus délicat quand il s'agit des sentiments des autres. Je me suis toujours reposé sur toi pour cela. On voit bien le résultat avec ma tendre épouse qui me fait vivre un enfer.

— Tu le dis comme si tu étais fier de ton manque de subtilité...

Lucien haussa les épaules.

— Fier ? Non. Seulement, c'est ainsi que la vie m'a fait. Et la tienne n'a pas été plus douce que la mienne, dit-il en le regardant avec ce qui ressemblait fort à de la compassion. Peut-être même pire. Au moins, j'ai grandi avec un père que j'aimais et ma mère, bien que malheureuse, ne m'a jamais témoigné de répugnance comme la...

— Est-ce qu'on commence l'entraînement ou comptes-tu m'assommer avec tes paroles désagréables ? l'interrompit Agravar.

— Allons-y, concéda Lucien.

Agravar s'éloigna de quelques pas avant de se tourner vers lui, l'épée au clair. Lucien para sa première attaque.

— Tu me surprends, Agravar. Tu n'as jamais été réticent à parler de ton passé avec moi.

Agravar se lança vers lui avec plus d'agressivité encore. La tension qui s'était accumulée en lui depuis son entrevue avec Rosamund menaçait d'exploser.

— Je ne suis pas réticent. Où veux-tu en venir à la fin ?

Oui, tu as déjà aimé, et tu aimes à nouveau, moi pas. Il n'y a rien d'autre à dire, et je ne vois pas de quoi en faire toute une histoire.

— Dans ce cas, pourquoi es-tu en colère ? demanda Lucien en esquivant la lame qui s'abattit juste à côté de son oreille avec un sifflement.

— Parce que tu n'es qu'un crétin, voilà pourquoi !

Étonné, Agravar vit son ami se préparer au coup suivant. Frappait-il si fort que cela ? Cette prise de conscience le calma un peu. Avec un grognement, il leva sa lame en l'air où elle étincela un instant au soleil, avant de la planter dans la poussière.

Cependant, il n'en avait pas terminé avec Lucien. Il l'encercla en tournant autour de lui.

— L'amour te crée des sautes d'humeur ? Pauvre Lucien, quelle misère ! Je compatis à tant de malheurs ! Mon Dieu, es-tu vraiment abruti à ce point ? Tu me dis de protéger mon cœur, de m'estimer heureux de ne pas avoir de femme pour me distraire. Te rends-tu seulement compte à quel point ces paroles n'ont aucun sens ?

Lucien restait parfaitement calme et immobile, le suivant du regard tandis qu'il le contournait.

— Quelles épreuves tu traverses, mon ami, quand ton bonheur est tel que ton seul souci est de le perdre ! Comme je suis navré pour toi quand je vois ton adorable épouse te contempler avec dévotion et les enfants qu'elle t'a donnés courir vers toi avec des sourires et des cris de joie ! Tu penses sérieusement que je suis mieux avec mon cœur solitaire, Lucien ? s'emporta-t-il. Qu'est-ce que tu en sais ?

Lucien jeta un regard à la ronde, gêné par l'intérêt que leur conversation avait éveillé chez les autres.

— Calme-toi, mon ami. Je ne suis pas étranger à la souffrance, moi non plus. J'ai un jour été aussi perdu et désespéré qu'un homme puisse l'être et...

— Et tu as oublié ! C'est vrai, il y a longtemps, tu étais un homme perdu, mais l'amour de ta femme et de tes enfants ne te permet plus de voir encore clairement ce passé lointain. Tu es devenu un tendre, Lucien, tu as perdu ta dureté et ton cœur sec, et je t'envie pour cela. Alors, je t'en prie, ne prétends pas, ne serait-ce qu'une seconde, que cet amour n'est pas la meilleure chose qui te soit arrivé. Et arrête de prendre ombrage des petites vexations ou de quoi que ce soit que ta dame t'infligerait, parce que tu es le bâtard le plus chanceux que la Terre ait porté.

Lucien gardait les yeux au sol et il inspira longuement avant de prendre la parole.

— Tu as tort, Agravar, commença-t-il avant de relever le visage et de lui sourire, le seul bâtard ici, c'est toi. Mes parents étaient parfaitement installés dans la douce joie du mariage lorsqu'ils m'ont conçu.

Brusquement, Agravar sentit toute sa fureur disparaître.

— Pff. Ton humour ne va pas en s'améliorant, rétorqua-t-il en levant les yeux au ciel.

Lucien reprit un air sérieux.

— Tu n'es plus indésirable, Agravar. Ton foyer est ici, c'est toi qui l'as choisi. Quand j'ai voulu te donner les terres qui me revenaient de naissance pour compenser tous les services que tu m'as rendus, tu as préféré rester ici, à Gastonbury, à mes côtés. Et j'en suis heureux. Tu n'es pas seulement le capitaine de mon domaine, tu es mon frère. Ne dis plus jamais que tu n'as rien. Tu as une famille, toi aussi.

Agravar récupéra son épée et prit le temps de nettoyer la lame avant de parler.

— C'est ta famille, Lucien, dit-il sans relever les yeux. Je suis heureux d'en faire partie, mais peut-être que, pour la première fois, j'ai envie d'en avoir une à moi.

Lucien s'approcha et posa sa main sur son épaule.

— Je suis désolé pour toi que tu désires cette demoiselle,

car cela ne change pas la situation. Tu ne peux pas avoir Rosamund, mon frère.

Agravar ravala la boule qui s'était formée dans sa gorge.

— Je le sais bien.

11

— Je dois vous parler, déclara Veronica en saisissant Rosamund par le coude à l'instant où elle passait la porte du salon des dames. Venez et asseyez-vous près de la fenêtre.

Malgré sa surprise, Rosamund obéit et s'installa à bonne distance des autres femmes qui étaient occupées à carder la laine. Les mains sagement croisées sur ses genoux, elle garda les yeux baissés.

— Regardez-moi, mon enfant.

Après un moment, elle parvint à lever les yeux. Il était de toute façon impossible de se soustraire à la tranquille autorité de Lady Veronica.

— Et maintenant, vous allez m'écouter. Si je revois sur votre visage ou dans votre posture la moindre preuve que vous vous rappelez les horreurs que ces hommes vils vous ont fait entrer dans la tête, je vous promets que je vous administre une belle fessée !

Rosamund fut si choquée qu'elle garda un instant la bouche ouverte, estomaquée. Un doigt sévère levé en l'air, Veronica poursuivit :

— Ne commettez pas l'erreur de croire que je plaisante. Si je dois vous traiter comme une enfant pour vous faire sortir ces croyances haineuses de la tête, je le ferai ! J'ai vécu suffisamment d'années désormais, alors même si je ne suis pas encore une vieille femme, les années passées me donnent une certaine expérience de ces situations. En toute modestie, je vous assure que je suis plutôt un bon juge des caractères.

Veronica prit ses mains tremblantes entre les siennes et les serra affectueusement.

— Allons, ma petite, écoutez-moi. Les hommes qui parlent ainsi des femmes sont faibles. Ils ne comprennent pas ce qu'ils appellent notre « mystère » et qu'ils diabolisent. Notre différence leur apparaît comme une menace, et ils tentent de la contrôler pour contrôler leur peur. Ils ne sont pas puissants, ni forts, ce sont de petits garçons terrifiés qui usent de leur position supérieure pour dominer et écraser ce qu'ils ne peuvent ni comprendre ni apprécier. Ils sont odieux et détestables et ne pourraient être plus éloignés de Dieu. Le plus grand danger qu'ils nous fassent courir, c'est de nous faire croire à leurs convictions folles.

Malgré sa faiblesse, Rosamund parvint à articuler.

— Avez-vous déjà été sous le joug d'un tel homme ?

— Non, pas moi, mon enfant, mais une très bonne amie a fait un mariage désastreux. Cela a failli être sa perte mais, heureusement, elle a fini par trouver le courage de défier son époux et l'a empêché de détruire tout ce qu'il y avait de précieux et de lumineux en elle. Cette histoire finit bien parce qu'elle a survécu à cet homme effroyable, et elle est heureuse aujourd'hui. Seulement, il s'en est fallu de peu. À certains moments, j'ai eu peur pour sa vie, acheva-t-elle dans un souffle douloureux.

Rosamund se redressa brusquement et retira ses mains de l'étreinte de Veronica. Troublée, elle eut toutes les peines du monde à retrouver suffisamment de voix pour parler.

— Je me rappellerai vos bonnes paroles, ma lady, promit-elle.

Veronica posa une main réconfortante sur ses épaules.

— Servez-vous de mes mots comme d'un bouclier dans

les moments de faiblesse, Rosamund, lorsque vos pensées vous conduiront à croire en leurs horribles discours.

— Merci, ma lady, lança-t-elle avec émotion en la serrant spontanément dans ses bras.

De fait, elle se sentait déjà mieux. Les paroles de Veronica avaient résonné en elle avec la force de la vérité. Plus elle pensait au portrait que la dame avait fait, plus elle reconnaissait Cyrus en lui. Quant au père Léon, il était évident qu'il était un homme faible et sans volonté.

Durant les jours qui suivirent, bien qu'elle ne se sentît pas tout à fait libre d'aller et venir à sa guise dans le château et ses alentours, Rosamund ne resta pas non plus cloîtrée dans sa chambre dans la crainte de croiser le père Léon. Elle ne le voyait heureusement que le soir, au moment du souper. Par chance, il ne s'approchait pas de la table d'honneur, car il était bien trop occupé à s'enivrer autant que possible. Rosamund se sentait protégée par Veronica, qui n'était jamais loin d'elle et semblait tenir le prêtre à distance.

Elle passait ainsi ses matinées avec les autres dames, occupée aux travaux du tissage. L'après-midi, elle était libre de son temps et restait parfois dans sa chambre, ou bien elle se rendait dans la nurserie pour jouer avec la douce Leanna ou le fougueux Aric.

Le petit garçon montrait parfois un comportement de tyran, en dépit des remarques acerbes de sa mère. Il adorait son père et seuls les regards sévères de ce dernier parvenaient à calmer son caractère exubérant.

— Il donne des ordres aux garçons plus âgés et eux le laissent faire, se lamentait Alayna ce jour-là. Les plus jeunes sont persuadés que c'est lui qui fait la pluie et le beau temps, mais il ne veut rien avoir à faire avec eux. Il les rejette d'une façon odieuse.

— Il se prend déjà pour le seigneur des lieux, renchérit Veronica qui ne parvint cependant pas à masquer son amusement.

Rosamund, qui était désormais parfaitement à l'aise avec les deux femmes, proposa spontanément.

— Je lui ai promis de lui raconter des histoires de croisades. J'ai beaucoup lu ces derniers temps pour les connaître.

— Seigneur, cela ne fera que renforcer sa soif de sang ! gémit Alayna.

— Peut-être pas. Je pourrais insister sur les leçons de morale à tirer de ces histoires.

— Excellente idée ! s'enthousiasma Veronica. L'approche indirecte est parfois la plus efficace !

Alayna acquiesça à son tour.

— C'est vrai... Et le fait que cela vienne de toi, chère Rosamund, est également positif. Parfois, les petits garçons en ont assez que leur mère leur dise quoi faire.

— Ou leur grand-mère..., compléta Veronica. Merci à vous, Rosamund. C'est gentil de nous aider.

Cependant, Rosamund ne se sentait pas gentille, non, elle se sentait inquiète. Elle s'impliquait beaucoup trop dans la vie des gens de Gastonbury. Cela ne ferait que rendre plus difficile son départ.

Elle aimait tant de choses ici. Les gens, les lieux... Comme le petit verger où elle s'était promenée avec Agravar. Depuis ce jour, elle aimait y aller pour lire à l'ombre des arbres en fin d'après-midi, lorsque la chaleur était trop suffocante partout ailleurs.

Elle découvrait pour la première fois le plaisir de lire sans se cacher. Sa mère lui avait enseigné l'art des lettres mais, après sa mort, elle n'avait plus guère eu l'occasion de s'y adonner car, selon Cyrus, c'était là une activité diabolique.

C'était bien le seul acte de rébellion que sa mère s'était permis et il en avait valu la peine, car Rosamund adorait se plonger dans les manuscrits enluminés pour découvrir les histoires de héros épiques. Elle avait toujours eu une imagination foisonnante et, pendant toutes ces années sans joie, elle avait souvent laissé ses soucis derrière elle pour s'évader dans son univers imaginaire, nourri de ses lectures.

Malheureusement, ce talent l'avait aussi confrontée à de nombreux sermons du père Léon sur les dangers de la chair et de l'imagination. Elle les supportait avant de se réfugier dans sa chambre pendant des heures pour s'imaginer en train de voler sur les ailes d'un cygne gigantesque, ou bien à bord d'un navire qui partait pour les croisades, déguisée en garçon.

Elle aimait se raconter des récits d'aventure et de liberté, semblables à ceux qu'elle avait lus en secret.

Cet après-midi-là, après sa conversation avec Alayna et Veronica, elle se rendit au verger, munie d'un lourd manuscrit et accompagnée d'un petit garçon vif qui aurait préféré courir avec ses amis, plutôt que de se retrouver bloqué avec une « fille ». Néanmoins, il y avait l'attrait des histoires promises, des histoires de chevaliers et de Sarrasins menaçants, d'infidèles belliqueux et c'était assez pour intriguer la nature curieuse d'Aric.

— J'aime l'histoire d'Antioche. Dites-moi comment la ville est tombée et comment les chevaliers ont mis les têtes de leurs ennemis sur des piques le long des murs de la cité !

Rosamund se retint de lever les yeux au ciel.

— Qui t'a raconté cela ?

— Dervel, l'un des laquais.

— Je ne vais pas te parler des croisades aujourd'hui, mais d'autre chose.

— Est-ce qu'il y aura des combats ?

— Oui, c'est une histoire de guerre, une guerre qui a eu lieu il y a très longtemps. Viens t'asseoir près de moi.

Le petit se percha sur le dossier du banc de pierre, car il ne se montrait jamais ouvertement désobéissant. Cependant, son air sceptique disait assez qu'il ne se fiait guère à sa promesse de parler de guerre.

— Est-ce que les hommes portaient des armures et des épées ?

— Ils avaient des épées, bien sûr, mais leurs armures étaient très différentes de celles que tu connais.

Elle feuilleta le précieux ouvrage jusqu'à trouver l'illustration qu'elle cherchait.

— Regarde, ces guerriers-là comptaient bien plus sur leurs boucliers pour les protéger, parce qu'il n'est pas possible de bouger à sa guise dans une armure de métal. C'est pourquoi ils n'en utilisaient que très peu.

Aric fixa le dessin avec une moue.

— Ça n'a pas l'air solide ! lâcha-t-il.

— C'est seulement différent. Ces guerriers étaient des Grecs et ils vivaient dans une région du monde où il fait bien plus chaud qu'ici. C'est pourquoi ils s'habillaient différemment.

— On dirait des filles. Celui-ci porte même une jupe.

Rosamund expliqua patiemment :

— C'est une sorte de robe, en effet. Mais tous les hommes en portaient à l'époque. On appelle cela une toge.

Le petit haussa une épaule, en une imitation parfaite de son père.

— D'accord. Quel est son nom à lui ? demanda-t-il en désignant du doigt un autre personnage représenté.

— C'est Ulysse. Tu as vu comme il est grand et fort ?

— Il ressemble à Agravar. Lui aussi est grand et fort.

— C'est vrai.

— Où est son épée ? Quel soldat est-il s'il ne porte pas d'épée ?

Rosamund refoula la vague de désespoir qui montait en elle et fut prise d'une soudaine inspiration.

— Il la garde à l'abri sur son navire.

— C'est complètement idiot ! Un soldat doit toujours tenir son épée prête. Agravar ne se laisserait jamais prendre sans son arme, ni mon père.

Rosamund revit en pensée la première fois qu'elle avait vu le Viking. Il avait bel et bien été pris sans arme. Elle rit doucement en se rappelant sa propre déception lorsqu'elle avait découvert l'état de la lame qu'elle venait de lui prendre. Elle revoyait encore l'étincelle d'amusement dans les yeux d'Agravar.

— Ulysse était donc un imbécile ? insista Aric.

— Pas du tout, crois-moi. C'était un héros. Il s'est battu au cours d'une longue guerre, qu'on nomme la guerre de Troie et il a remporté une fabuleuse victoire contre les Grecs. Sais-tu ce qu'il a fait ensuite ?

— Il a mis la tête de ses ennemis sur des piques pour mettre les autres en garde ?

— Non. Il a mis en colère les dieux d'alors en refusant d'admettre qu'il n'aurait pu gagner sans leur aide. Son arrogance a bien failli lui coûter la vie à de nombreuses reprises. En punition de ses péchés, il a été condamné à errer pendant des années en quête de son foyer, de sa femme et de son fils, pour apprendre l'humilité. Ce livre raconte son histoire, je voudrais te la lire.

— C'est triste qu'il ait dû rester loin des siens si longtemps, remarqua Aric avant de s'éclairer à nouveau. Est-ce qu'il a tué des dragons ?

— Ils combattaient d'autres monstres alors. Ulysse a tué un cyclope et s'est libéré de nymphes qui le retenaient prisonnier.

— C'est quoi les nympes ?

Démunie une fois de plus, Rosamund comprit brusquement qu'elle ne pourrait pas lui expliquer comment Ulysse avait succombé aux charmes de Circé, ni comment il s'était langui au pays des Lotophages. De toute façon, il y avait nombre d'épisodes de l'Odyssée dont elle n'avait pas elle-même compris le sens profond. Au fur et à mesure qu'elle se plongeait dans la lecture de ses aventures, Ulysse lui semblait devenir un héros bien défaillant. Il agissait souvent par égoïsme et se laissait sans cesse distraire dans sa noble quête.

Néanmoins, elle parvenait à deviner l'emprise que pouvaient avoir de telles tentations. Il était parfois bien difficile de résister à un puissant désir… Il y avait eu des moments, lorsqu'elle était en compagnie d'Agravar, où elle avait ressenti un étrange et violent besoin naître au fond d'elle.

Seigneur ! Voilà qu'elle se perdait encore dans des pensées oiseuses. Décidément, la leçon de morale ne tournait pas du tout comme elle l'avait imaginée.

— Peu importe, murmura-t-elle comme pour elle-même.

— Est-ce qu'il y a des illustrations des monstres qu'il a combattus ? Les cyclopes et les nympes ?

— Les nymphes… Peut-être. Ils arrivent après, au fur et à mesure du long chemin qu'Ulysse doit parcourir pour rentrer chez lui, après avoir fâché les dieux par son arrogance. Lisons l'histoire ensemble et tu verras que…

— On ne peut pas plutôt regarder les combats ? On peut sûrement voir le champ d'entraînement de là-haut ! s'écria Aric surexcité avant de sauter à bas du banc pour courir vers le mur du verger.

— Aric ! Reviens !

Mais l'enfant ne lui prêta pas la moindre attention tandis

qu'il escaladait une pile de pierres jusqu'à ce qu'il parvienne à lever le menton au-dessus du muret.

— Oh ! oui ! Je peux les voir ! Regardez, il y a Agravar ! Je vous avais bien dit qu'il avait toujours son épée avec lui.

Avec un soupir, Rosamund se leva et déposa précautionneusement le manuscrit sur le banc. Elle le rejoignit et suivit du regard son doigt pointé.

Le verger était installé sur les hauteurs de la colline et offrait une vue panoramique sur le domaine, et notamment sur les prairies planes qui servaient à l'entraînement des hommes. La forge se trouvait, elle aussi, en bas, tout comme les écuries qui ouvraient sur un petit chemin vers le château. En cet instant, la cour intérieure et le champ étaient emplis de soldats en armures, d'écuyers occupés à préparer chevaux et armes, d'artisans qui réparaient ce qui devait l'être...

Au milieu de tout ce chaos, la haute silhouette du Viking était immanquable. Torse nu, il se tenait au cœur de la cohue avec assurance. Ses cheveux longs étaient mouillés et plus sombres que l'or clair qu'il arborait d'ordinaire. Un autre homme avait dû lui dire quelque chose d'amusant car il montra soudain ses dents blanches parfaitement alignées.

Subjuguée, Rosamund admira son corps magnifique, à la fois large et puissant. Ses jambes étaient longues et musclées, sa taille étroite, son ventre plat et bien dessiné, puis sa poitrine s'élargissait pour s'achever sur ses épaules larges et dorées. Contrairement à celles des autres soldats, sa peau semblait parfaitement imberbe. Rosamund pouvait presque en éprouver la douceur sous ses doigts.

Lorsqu'il se mit à faire des mouvements pour éprouver sa lame, elle resta fascinée par la souplesse de ses bras dont les muscles se mouvaient sensuellement sous la peau. Il abattit le plat de la lame sur le postérieur d'un autre homme par jeu. Aussitôt, l'autre fit volte-face et se rua à l'attaque.

Rosamund poussa un petit hoquet de stupeur horrifiée, les doigts sur sa bouche.

Face à cette manifestation, Aric lui lança un regard écœuré.

— Il ne fait que plaisanter avec Will. Ils se battent toujours ainsi. Will est gentil, il me laisse souvent monter son étalon. Voulez-vous que nous allions le voir ?

— Non, merci, murmura-t-elle d'un air absent.

Elle était bien trop absorbée par le spectacle qui se déroulait sous ses yeux. Will, puisque c'est ainsi que son adversaire se nommait, était léger et agile. Agravar était plus fort et moins rapide, pourtant, les mouvements de son épée étaient impressionnants. Chacun de ses coups faisait plier les genoux à l'autre.

— Agravar va le vaincre, expliqua doctement Aric. Il est plus grand. Quand je serai grand, je battrai tout le monde, comme mon père. Il n'y a qu'Agravar qu'il ne parvient pas toujours à défaire. Quand il y parvient, c'est Agravar qui l'emporte la fois suivante. C'est une sorte de règle entre eux. Mère a peur qu'ils finissent par s'entre-tuer.

— Ah, marmonna-t-elle sans même avoir compris le sens de ses paroles.

Elle serra brusquement les mâchoires lorsque Will fit tournoyer son épée en arc de cercle. La lame attrapa un rayon du soleil et brilla un instant avant de s'abattre. Rosamund poussa un petit cri au moment même où Aric poussait un hurlement ravi.

— Il n'a rien, vous voyez ! Personne ne peut atteindre Agravar ! Venez ! s'exclama-t-il avec fougue.

Il sauta à bas de son promontoire et courut vers la porte du verger.

— Quoi ? Non ! Aric ! Reviens ici !

Mais il avait déjà disparu. Abandonnant ses projets de récits moraux et de leçons d'humilité, Rosamund le suivit en hâte. Ils arrivèrent devant les lices où les hommes s'affrontaient, et Aric l'entraîna vers son idole.

— Agravar, écrase-le ! hurla Aric en sautant sur place.

Agravar lui adressa un sourire indulgent, qui se figea lorsqu'il posa les yeux sur Rosamund. Elle essaya de sourire, mais n'y parvint pas, brusquement submergée par l'émotion.

Comme de très loin, elle entendit Will qui s'offusquait :

— Ainsi, tu prends son parti contre moi, petit démon assoiffé de sang ? C'est la dernière fois que je te laisse monter sur mon cheval.

Agravar n'avait pas bougé. Il continuait de la fixer.

— Mais tu ne peux pas battre Agravar, Will ! C'est le capitaine de mon père ! objectait Aric juste à côté d'elle.

— Et moi alors ? Je suis aussi au service de ton père !

Rosamund ne parvenait toujours pas à détourner le regard d'une goutte de sueur qui descendait lentement du cou d'Agravar entre ses pectoraux saillants. Le rivelet de sueur continua son avancée jusqu'à disparaître sous sa ceinture.

Son attention toujours focalisée sur Agravar, elle vit Will se rapprocher d'eux du coin de l'œil.

— Qui est cette dame ? Ta nouvelle gouvernante ?

— Non, répondit Aric, c'est la cousine de ma mère, Lady Rosamund.

— Enchanté de faire votre connaissance, ma lady, la salua courtoisement le jeune homme.

Elle tenta de répondre, seulement le trouble étrange qui l'avait envahie refusait de la libérer. Face à son silence, Aric reprit la parole :

— Lady Rosamund a peur de tout le monde. C'est père qui le dit. Il n'aime pas tellement ça, mais mère lui a dit d'aller au diable s'il voulait critiquer un membre de sa famille et père a juré, mais pas contre mère. J'ai tout entendu.

Après ses déclarations, il y eut une longue pause atrocement embarrassante.

— Je pense que leur conversation devait rester privée, expliqua gentiment Will à l'enfant.

Agravar bougea enfin, et Rosamund put retrouver son souffle.

— Bonjour Aric, bonjour ma lady.

— B… Bonjour, balbutia-t-elle.

De façon complètement irrationnelle, elle se sentait coupable, comme si elle n'avait pas vraiment le droit d'être là, comme si elle n'avait pas le droit de voir ce spectacle. Après tout, il était à demi nu devant elle.

Elle parvint enfin à retrouver sa voix et se hâta d'expliquer :

— J'étais avec Aric dans le verger, pour lire l'Odyssée. Lorsqu'il vous a vu, il m'a dit que Will le laissait monter son cheval, et qu'il voulait venir vous voir et… Mais nous vous avons interrompus, n'est-ce pas ?

Seigneur, elle ne pouvait pas s'empêcher de fixer son large torse, magnifiquement sculpté, qui continuait à monter et descendre au rythme de sa respiration, comme s'il était toujours essoufflé. Rosamund sentit ses genoux faiblir et se força à regarder ailleurs.

Aric continuait de sauter et danser autour d'eux pour leur faire la démonstration de ses talents de combattant. Will riait et sifflait avec une admiration exagérée.

— Nous allions finir, affirma Agravar.

— Nous venions juste…, commença Will, visiblement surpris.

— J'arrive, le coupa Agravar.

Il s'éloigna vers un large baquet rempli d'eau et se rinça généreusement le visage et le corps avant de passer un linge sur sa peau humide.

À ce spectacle, Rosamund sentit sa gorge s'assécher. Un vertige soudain s'empara d'elle. Elle contemplait le spectacle que lui offrait le Viking, sans plus se soucier que Will soit tout proche et puisse la surprendre. Elle n'était pas plus consciente de la présence du petit Aric. Une toute petite part de son esprit restait cependant horrifiée de son attitude nonchalante. Mais, quand Agravar enfila sa chemise, ses derniers scrupules disparurent.

— Lady Rosamund ? Je vous demandais combien de temps vous comptiez séjourner à Gastonbury ? disait Will d'une voix forte, comme s'il avait dû répéter sa question.

— Euh... Oh ! plus très longtemps, je pense.

— Elle a été attaquée par des bandits à son arrivée ! s'exclama Aric. Mais Agravar est arrivé et les a mis en fuite !

— Aric, le réprimanda le Viking.

— Mais c'est vrai, tu l'as fait ! C'est toi qui l'as ramenée saine et sauve. Et maintenant, elle va partir épouser Lord Robert.

Will semblait de plus en plus perdu, face à ce flot d'informations décousues.

— Je t'expliquerai toute l'histoire plus tard, promit Agravar en donnant une tape amicale dans le dos de Will. Ma lady, ne devrions-nous pas laisser ces deux têtes brûlées...

— Hé ! protesta Aric avec une expression féroce.

— ... et rentrer au château ? conclut Agravar.

— Bien sûr, accepta-t-elle, heureuse que sa voix ne tremble pas. J'ai été ravie de faire votre connaissance, Will, ajouta-t-elle avec un sourire.

— Je serai heureux de vous croiser au souper, répondit-il courtoisement.

Tandis qu'ils s'éloignaient, Rosamund sentit le regard de Will peser un instant sur eux, jusqu'à ce qu'il se mette à pourchasser le petit.

Agravar avait toutes les peines du monde à maîtriser la sensation d'excitation qui courait dans ses veines. Qu'était-elle venue faire ici ? Était-elle venue pour le voir ?

— Le jeune Aric est plein d'énergie, commenta-t-il.

Rosamund avançait d'un pas raide à côté de lui et elle se contenta d'acquiescer sans desserrer les mâchoires. Cette femme était décidément un mystère. Parfois, lorsqu'un chevalier marquait des attentions particulières à une dame, il arrivait qu'elle le récompense en venant assister à ses prouesses. Agravar avait jusque-là toujours considéré la présence des dames comme une nuisance. L'entraînement était alors sans cesse interrompu. Le chevalier en question se mettait à fanfaronner comme un paon, tout en affectant une nonchalance ridicule.

Or, pour la première fois, Agravar comprenait pourquoi ces imbéciles avaient réagi de la sorte. Il avait réprimandé et même parfois puni certains de ses hommes qui se comportaient ainsi en présence de dames, et voilà qu'il ressentait à son tour un plaisir inconnu, une étrange chaleur dans tout le cœur à l'idée que Rosamund était venue pour l'admirer. C'était la première fois qu'elle venait vers lui de sa propre initiative, et cette idée le rendait complètement euphorique.

Sa seule pensée, lorsqu'il l'avait découverte, avait été de l'extraire aux regards curieux de ses hommes. Non, en vérité, sa première pensée avait été d'enfiler une chemise ! Sa présence avait suffi à le rendre soudain conscient de sa nudité. Ensuite seulement, il avait eu envie de l'emporter à l'abri des regards. Il voulait la garder pour lui seul.

Cependant, son allégresse disparaissait rapidement. Peu importait l'étrange magie qui s'était emparée d'eux un peu plus tôt — en effet, Agravar était certain que la brutale énergie sensuelle l'avait traversée, elle aussi —, elle avait disparu à présent.

En voyant l'attitude de Rosamund en cet instant, on

aurait pu croire qu'ils s'adonnaient à un exercice de marche forcée fort peu agréable.

— Où voudriez-vous aller ? demanda-t-il, mal à l'aise.

— Nulle part en particulier...

— Nous pouvons marcher un peu, si vous le voulez.

— Oui, c'est une bonne idée.

Ils retombèrent dans le silence, et Agravar ravala son amertume. Il n'y comprenait plus rien. Un instant plus tôt, elle venait à lui, l'instant d'après, elle semblait complètement fermée à toute communication. Brusquement, elle reprit la parole :

— Je ne suis pas venue pour... Enfin, Aric s'était enfui et j'ai dû le suivre. Je ne voudrais pas que vous pensiez que je venais vous espionner.

— Je ne penserais jamais une telle chose !

Hélas, c'était tout à fait vrai.

Ils contournèrent les remparts intérieurs et se dirigèrent vers le petit pont qui enjambait la rivière. Du coin de l'œil, il observa la démarche raide de la jeune femme : le menton haut et les mouvements énergiques de ses bras donnaient l'impression qu'elle marchait au-devant d'une bataille, certainement pas en compagnie d'un... ami ? Qu'était-il exactement pour elle ?

Sa propre folie le frappa de plein fouet. Il se comportait décidément comme un imbécile ! Bon sang ! Il avait trente ans passés... N'avait-il pas mieux à faire que d'être obsédé par une demoiselle qui lui avait clairement démontré son indifférence en plus d'une occasion ? Une demoiselle qui, de toute façon, lui était inaccessible, quand bien même elle aurait répondu à ses sentiments.

Ses sentiments ? La prise de conscience interrompit sa marche d'un seul coup. Rosamund continua de faire quelques pas avant de s'arrêter, confuse.

— Que se passe-t-il ? Êtes-vous fatigué ? demanda-t-elle en regardant en arrière.

— Fatigué ? répéta-t-il en riant de bon cœur. Ma lady, sans vouloir me vanter, j'ai l'habitude de chevaucher trois jours d'affilée pour me plonger dans la bataille le quatrième… Je ne suis pas fatigué, non. Peu importe. Continuons.

Elle sembla hésiter un bref instant.

— En fait… Il y a un endroit où j'aimerais aller, si vous voulez bien m'y conduire. J'ai appris l'art de soigner auprès de l'apothicaire de Hallscroft et j'aimerais beaucoup aller dans la forêt chercher des plantes et des herbes médicinales.

— Bien sûr, allons-y.

Non qu'ils aient besoin d'une guérisseuse de talent à Gastonbury. En fait, la nourrice d'Alayna, Eurice était douée et possédait plus d'herbes et de racines que Rosamund n'aurait pu en porter. Mais peu importait ! Elle avait exprimé un désir, et il était heureux de la satisfaire.

C'est ainsi qu'ils s'enfoncèrent dans les bois qui bordaient le château.

12

Le rire d'Agravar était doux et profond. Il emplissait l'atmosphère autour de lui, alors qu'il s'était allongé sur un tapis de mousse, chevilles croisées, appuyé sur un coude. Il jouait avec les brins d'herbe, et Rosamund riait elle aussi en le regardant. D'un rire plus bas, plus renfermé, presque pour elle-même.

Installée sur le même tapis de mousse, elle avait replié ses jambes sous elle tandis qu'elle triait les plantes sur le devant de sa jupe. Sa robe serait irrécupérable, et cela lui vaudrait un sermon interminable de la part de Hilde, elle le savait. Mais elle s'en moquait.

Elle savourait simplement le goût de la liberté et cela l'enivrait. Voilà à quoi cela ressemblait de ne plus avoir peur. Voilà ce qu'on ressentait lorsqu'on se levait chaque matin avec l'impatience au creux du ventre plutôt que la terreur.

Il était cependant tellement étrange qu'elle découvre ces sensations inconnues auprès d'un homme à l'air si farouche. Néanmoins, en dépit de son allure de guerrier nordique, Agravar n'avait rien de menaçant.

— Donc, il ne portait plus son masque, poursuivit-il, lancé dans son histoire.

— Et alors ? Que fit la dame ? demanda-t-elle en riant.

— Eh bien, elle a fait jeter l'impudent dans les douves et elle a refermé les portes du château.

— Parfait ! C'est ce que j'aurais fait à sa place !

— Oh ! je n'en doute pas un instant. Vous pouvez vous montrer redoutable, Rosamund.

— Moi ? Et c'est vous, le Viking invincible, qui me dites cela ? Vos ancêtres doivent pleurer de honte de vous entendre dire à une jeune fille qu'elle peut être redoutable.

— Je ne suis qu'à demi viking, sourit-il. En conséquence, ma nature belliqueuse est tempérée par une grande sagesse. Ne l'ai-je pas mentionné lorsque je vous ai fait la liste de mes qualités ?

— Oh ! c'est vrai. J'avais presque oublié cette sagesse...

— Elle me vient de mon héritage anglais.

— Du côté de votre mère ? demanda-t-elle avant de se mordre les lèvres, trop tard, hélas, pour retenir les mots.

Poussée par la curiosité, elle n'avait plus pensé à la réticence qu'il avait manifestée pour parler de sa mère lors de leur conversation précédente. Il sembla considérer sa question un instant. Quand il prit enfin la parole, sa voix était hésitante.

— Ma mère était anglaise, en effet.

— Je me rappelle, oui, dit-elle à voix basse.

— Mon... Mon père était un Viking qui venait faire des raids. Il a accosté et fondu sur les terres de mon grand-père. Lui et ses hommes ont assailli le château pendant la nuit, alors que tout le monde dormait. Tout était fini en un instant. Ceux qui ont tenté de résister ont été abattus, les autres faits prisonniers.

Il gardait les yeux fixés sur ses mains occupées à tordre et détordre l'herbe.

— Ma mère était..., commença-t-il avant de prendre une brusque inspiration. Elle a été prise et... mon père a abusé d'elle. J'imagine que les autres femmes ont également été données au reste de la horde. Elle, il l'a gardée pour lui. Elle le haïssait de toute son âme et, de son côté, il ne s'intéressait à elle que dans un lit.

Rosamund n'osait même plus respirer. Que devait-elle faire ? Que devait-elle dire ? Elle aurait tant voulu apaiser la tension qui marquait ses traits, hélas, aucun mot de réconfort ne lui venait.

— Elle a été la dernière femme dont il a ainsi abusé, mais certainement pas la première. Dieu seul sait combien de frères et sœurs j'ai à travers l'Angleterre et le Danemark. Voilà qui je suis : un bâtard, moitié anglais, moitié viking, et la preuve vivante du déshonneur de ma mère. Elle ne s'en est jamais remise, même après son départ, et beaucoup ont choisi d'oublier qu'elle n'avait jamais été consentante. Elle ne fut plus jamais la même. Les Vikings ont... Ils ont la réputation de maltraiter leurs esclaves. Et mon père était un seigneur de guerre cruel et mauvais. Lucien pourrait vous le confirmer. Pourtant, lorsqu'ils sont enfin partis en emportant seulement les plus forts pour les servir dans leur patrie, les habitants du village, pleins de rancœur, ont préféré se dire que ma mère avait été la favorite de Hendron...

— Agravar... Je suis tellement désolée...

— Vous n'y êtes pour rien, voyons. Mais merci... Ces mots sont les seuls qu'il reste parfois. Combien de fois ont-ils passé mes lèvres lorsque je voyais ma mère, lorsque je savais ce que je représentais pour elle. Même enfant, je savais que rien de tout cela n'était ma faute, et pourtant j'avais envie de m'excuser. J'étais sincèrement, profondément, désolé. J'aurais tellement voulu être différent, être un autre enfant.

Il releva soudain la tête en prenant une brève inspiration.

— Je crains qu'on ne soit parti à votre recherche au château, ma lady. Nous n'avons prévenu personne de notre promenade. Il serait sage de rentrer. Le souper ne devrait pas tarder.

— Vous avez faim ? demanda-t-elle d'un ton léger.

Elle était tout à fait encline à le laisser changer de sujet, car elle ne souhaitait pas s'attarder sur les sentiments étranges qui l'oppressaient en cet instant — un irrépressible besoin de le consoler et de le prendre dans ses bras.

Il se releva et essuya la terre et l'herbe de ses chausses.

— J'aurais du mal à me contenter des quelques baies que vous m'avez données. Je suis affamé ! Laissez-moi vous aider.

Elle rassembla ses jupes et saisit la main qu'il lui tendait. Sa paume s'enroula autour de ses doigts frêles — large, chaude, puissante. Soudain troublée, elle essaya de poursuivre la conversation légère qu'ils avaient commencée :

— Mon devoir n'est pas de vous nourrir, Agravar. Pourquoi ne pas avoir déniché un lapin ou un écureuil pour votre repas ?

Elle était debout mais il ne relâcha pas sa main tout de suite. Au contraire, il la serra plus fort pour l'attirer vers lui. Le souffle coupé, Rosamund sentit sa hanche effleurer ses larges cuisses.

— Parce que je préférais rester avec vous, souffla-t-il en réponse.

D'instinct, Rosamund leva sur lui des yeux aux pupilles élargies. Cet aveu provoqua en elle une cascade d'émotions, elle avait soudain l'impression que son ventre était devenu du miel chaud.

Tandis que son corps s'éveillait sous le regard et les paroles d'Agravar, elle songea l'espace d'un instant que Cyrus et le père Léon n'étaient pas parvenus à extraire toute perfidie féminine de son âme. Elle n'était pas devenue insensible à l'attraction qui les poussait l'un vers l'autre.

Se reprenant soudain, il relâcha sa main et ajouta en hâte :

— Parce que je connais votre penchant pour les mésaventures en forêt.

Malgré ses paroles nonchalantes, elle continuait de lire

dans son regard une chaleur intense qui lui coupait le souffle. La sensation était presque insupportable et elle détourna le regard. Un mouvement furtif attira alors son attention, un peu plus loin dans les bois. Une silhouette avançait furtivement à quelques pas, munie d'une hachette utilisée pour couper du petit bois. En dépit du rictus menaçant qui tordait ses traits, elle reconnut le visage de Davey. Et elle comprit aussitôt ses intentions.

— Non ! gémit-elle sans même réfléchir.

— Quoi ? Que se passe-t-il ? s'enquit Agravar. Rosamund, parlez-moi !

Seigneur ! Elle ne pouvait pas laisser Davey assassiner Agravar, mais elle ne pouvait pas plus livrer la seule personne qui l'ait aidée. La seule personne qui puisse encore lui offrir la liberté.

— Fuyez ! ordonna-t-elle.

Elle saisit sa main et se mit à courir dans la direction opposée à Davey.

— Rosamund !

Il essayait de la retenir sans lui faire mal mais elle accéléra davantage le pas.

— Courez ! supplia-t-elle.

Elle lâcha sa main et leva ses jupes pour partir en courant. Elle vit en jetant un regard en arrière qu'il la suivait, comme elle l'avait espéré. Parvenue à l'orée du bois, elle dut ralentir car les branchages s'accrochaient à sa jupe. En quelques enjambées, il l'avait rejointe et la forçait à s'arrêter.

— Qu'est-ce que vous fabriquez, à la fin ?

Elle déglutit avec difficulté et se tourna vers lui. Davey avait disparu. Le soulagement la fit presque vaciller. Rapidement, elle se força à rassembler ses esprits pour trouver une explication.

— Un... Un... Un ours ! J'ai cru voir un ours !

Il regarda alentour, les yeux écarquillés.

— Ridicule ! Où l'avez-vous vu ?

Elle désigna du doigt le lieu qu'ils avaient fui.

— Là-bas. J'ai cru le voir là-bas ! J'ai dû me tromper. Peut-être que ce n'était qu'une ombre. Oui, ce n'était probablement qu'une ombre.

Agravar la fixait toujours, et son examen dura si longtemps qu'elle finit par se croire découverte. Enfin, il s'empara de sa courte dague et déclara :

— Je suis certain que vous vous trompez, mais mieux vaut ne pas prendre de risque.

— Oui, allons-y, renchérit-elle faiblement.

Ils sortirent des bois et traversèrent la prairie sur laquelle s'étiraient de longues traînées de lumière rose du couchant. Ils arrivaient presque aux portes de la forteresse lorsqu'elle reprit la parole :

— Agravar ?

— Oui ?

— Merci.

Elle s'arrêta pour lui faire face.

— C'était aimable de votre part de m'accompagner.

Il lui répondit d'un sourire qu'elle trouva presque mélancolique. Ils traversèrent le pont en silence.

Le lendemain, lorsqu'elle vit le père Léon fondre sur elle, tout le plaisir de sa promenade avec Agravar avait disparu. Elle resta là, comme attachée au sol, incapable de prendre la fuite. Des fers invisibles la retenaient et elle le vit s'avancer vers elle avec détermination. Ses petits yeux porcins la détaillèrent.

— Vous êtes bien impertinente de m'éviter. Et regardez-moi ces yeux effrontés ! Ce n'est pas ainsi que je vous ai appris à vous tenir. Vous devriez les garder baissés ! Je vois que vous avez déjà succombé à la vanité.

Ses yeux brillaient de méchanceté.

— Lord Cyrus a eu raison de m'envoyer ici au plus tôt, car cet homme sage et avisé connaît aussi bien que moi la faiblesse de votre nature. Mon seigneur et maître le dit sans cesse, vous êtes bien comme votre mère, et vous avez suivi les plans de Satan en contrariant les désirs de mon bon maître et en le tourmentant.

Rosamund tenta de s'agripper désespérément aux derniers lambeaux de confiance en soi qui s'effilochaient chaque seconde un peu plus. Il était temps de ne plus se laisser marcher sur les pieds par ce prêtre odieux.

— Ce n'est pas moi mais sa propre conscience qui le tourmente.

— Mon Dieu ! Quelle honte ! Vous osez le blâmer de vos fautes !

— C'est un meurtrier. Et vous ne valez guère mieux. Il a tué ma mère et vous le savez, s'écria-t-elle avec autant de fermeté qu'elle put en mettre dans sa voix.

Le prêtre se contenta de lui adresser un sourire aussi laid que cruel.

— Qu'est-ce encore que ces histoires ? Le serpent a recommencé à vous susurrer ses mensonges à l'oreille, ma fille ? Ce n'est pas Lord Cyrus qui a causé sa mort, mais la faiblesse de sa nature qui...

Soudain, quelque chose d'extraordinaire se produisit. L'espace d'un instant, Rosamund crut avoir définitivement perdu la raison parce que l'homme sembla flotter dans les airs. Ce qui la convainquit qu'elle n'avait pas encore sombré dans la folie fut la stupéfaction qu'elle vit s'afficher sur les traits du père Léon. Puis elle vit apparaître dans son champ de vision la silhouette immense du Viking.

Comme au ralenti, le prêtre fut projeté au loin. Malgré la terreur et la panique qui l'envahissaient, elle comprit qu'Agravar avait saisi l'homme par le revers de son col et l'emportait à l'extérieur. Le regard flou de Rosamund percevait le spectacle comme à travers un voile de brume : un géant blond qui tenait son fardeau à bout de bras comme un vulgaire détritus. Agravar ne prononça pas le moindre mot tandis qu'il avançait vers la sortie.

Rosamund cligna plusieurs fois des paupières et parvint enfin à sortir de sa transe. Elle se mit en marche et les suivit en silence jusqu'aux écuries où Agravar détacha l'âne avec lequel le père Léon était venu et jeta ce dernier sur son dos. Indigné, le prêtre voulut protester quand Agravar le saisit au collet et lui murmura quelque chose à l'oreille.

Rosamund ne put entendre mais vit, néanmoins, les yeux de Léon s'écarquiller d'horreur. Agravar recula et administra une tape sur la croupe de l'âne qui s'élança au petit trot, ballottant son cavalier en tous sens. À peine remis d'aplomb, Léon enfonça ses talons dans les flancs de l'animal pour lui faire accélérer l'allure, apparemment pressé de fuir au plus vite.

Ceux qui avaient observé la scène, subjugués, éclatèrent brusquement de rire et, bientôt, ils essuyaient les larmes qui leur coulaient des yeux. Lorsque Agravar se retourna vers Rosamund, son visage portait toujours la trace d'une intense fureur.

Instinctivement, elle fit un pas en arrière. Jusqu'à présent, il s'était toujours montré gentil envers elle, il avait plaisanté et rit avec elle. Il avait été sur la défensive lorsqu'il avait parlé de sa famille. Il avait été intense et pressant lorsqu'il avait voulu la protéger. Néanmoins, elle ne l'avait jamais vu ainsi.

Elle était soudain partagée entre l'admiration craintive et une vague excitation à la pensée que c'était pour elle qu'il s'était mis dans cet état de rage. Ce qui ne fit que l'effrayer davantage. Mais c'était une peur différente, qui l'émouvait étrangement.

Comme Agravar ne faisait pas mine de la suivre, elle continua de reculer, jusqu'à parvenir à l'extérieur des écuries. Elle recula encore d'un pas et faillit tomber en heurtant quelqu'un.

— Oh ! pardon, marmonna-t-elle.

Mais la personne agrippa son poignet pour la retenir.

— Ma lady !

— Davey ! s'étrangla-t-elle avant de se reprendre.

Affolée qu'on ait pu l'entendre, elle jeta un regard vers Agravar qui s'était heureusement détourné et échangeait avec des témoins de la scène.

Davey l'entraîna à l'abri des regards avant de la presser de questions :

— Que s'est-il passé ? Qu'est-ce que le Viking a fait cette fois-ci ?

Rosamund ne prit pas la peine de répondre. Elle serra les maigres épaules du garçon entre ses mains.

— Nous devons nous hâter, Davey. Viens me rejoindre dans le verger ce soir pour que nous discutions de notre plan. Je dois partir au plus vite. Cyrus a envoyé le père Léon... J'ai eu tort de l'ignorer. Cyrus ne me laissera jamais en paix. De toute façon, Lord Robert devrait arriver d'un jour à l'autre et je ne pourrai plus fuir.

— Enfin ! Je suis prêt, ma lady. Venez ce soir, juste après le coucher du soleil.

Si Agravar avait été joueur, il aurait parié la moitié de la fortune de son père que les choses ne pouvaient pas empirer avec Lady Rosamund. Et il aurait perdu... Car il fut intercepté dans la cour extérieure par l'un de ses hommes.

— Capitaine, nos éclaireurs ont vu un groupe de chevaliers approcher, arborant l'étendard de Berendsfore. Lord Robert arrive.

Berendsfore. Le nom tournait et retournait dans sa tête. Le fiancé de Rosamund venait chercher sa promise.

— Capitaine ?

Agravar finit par reprendre pied avec la réalité.

— Très bien. Je vais à la tour de guet.

Au bout de quelques minutes à observer le lointain, il finit effectivement par voir arriver l'équipée. Après quoi, il ne fallut guère de temps aux cavaliers pour passer les remparts extérieurs de la forteresse.

L'attention d'Agravar se concentra alors sur celui qui chevauchait en tête. Le seigneur de Berendsfore était richement vêtu d'un costume de voyage luxueux. Lorsqu'il pénétra dans la cour intérieure, Agravar put étudier son visage à loisir. Lord Robert devait avoir environ quarante-cinq ans et conservait une allure distinguée, avec ses tempes poivre et sel et son port de tête altier.

Agravar avait beaucoup entendu parler de cet homme, et toujours en bien. Dans sa jeunesse, il avait été un excellent chevalier, et la paix régnait sur ses terres depuis qu'il les contrôlait. Les autres barons pensaient grand bien de lui et le choisissaient souvent comme émissaire à la Cour, car ses talents de diplomate étaient unanimement salués.

Un tel homme ferait à n'en pas douter un excellent mari pour Rosamund. Agravar était bien forcé de l'admettre, et cela ne rendait pas cette vérité moins amère.

Il se tourna vers un soldat et ordonna :

— Envoyez un message au château pour prévenir que le fiancé de Lady Rosamund est arrivé.

13

Quand Agravar arriva dans la grande salle, Lucien était en train d'accueillir Lord Robert.

— Voici mon capitaine, Agravar Hendronson, annonça-t-il en le voyant arriver.

Comme chaque fois qu'il entendait son nom complet, Agravar retint un frisson de dégoût. Il haïssait se voir ainsi rappeler celui de son père. Lui se présentait toujours comme Agravar le Viking ou bien Agravar de Gastonbury. Il ne faisait pas référence à son ascendant pour la bonne raison qu'il n'en avait que rarement besoin. Après tout, il n'y avait pas suffisamment de bâtards vikings nommés Agravar en Angleterre.

Robert le salua avec un respect qui l'impressionna. Cet homme était un puissant baron qui n'avait aucune raison de manifester le moindre intérêt pour un homme du commun tel que lui.

— Votre réputation vous précède, capitaine, déclara Robert avant de se tourner vers Lucien. Tout comme la vôtre, Lord Lucien. Je suis honoré d'être accueilli dans votre demeure et je vous remercie infiniment d'avoir gardé ma promise à l'abri de vos murs.

Il jeta un regard autour de lui, avant d'ajouter :

— J'avoue que je suis impatient de constater par moi-même

qu'elle se porte bien. J'ai été très inquiet quand j'ai appris qu'elle avait failli être enlevée.

— Elle va parfaitement bien, lui assura Lucien. Mon épouse ainsi que sa mère se sont liées d'amitié avec elle. Je suis sûr qu'elles vont arriver d'une minute à l'autre.

Robert acquiesça et lança la conversation sur d'autres sujets. Il témoigna beaucoup d'intérêt pour Gastonbury et posa beaucoup de questions pour distinguer la légende de la réalité concernant la façon dont Lucien avait récupéré ses terres légitimes des mains du précédent seigneur.

Agravar fut extrêmement surpris de voir Lucien lui répondre de bonne grâce alors qu'il devenait d'ordinaire rude dès qu'il s'agissait de parler de lui.

— Lorsque j'étais encore tout jeune homme, mon père a été assassiné par Edgar du Berg, seigneur de Gastonbury, et j'aurais connu le même destin tragique si les valets qu'il avait envoyés pour sa besogne n'avaient pas été aussi avides. Plutôt que de me tuer, ils me vendirent comme esclave pour obtenir encore plus d'argent, tout en disant à Edgard que j'étais mort. J'ai été emmené sur les terres du père d'Agravar, au Danemark, comme esclave. Là-bas, nous sommes devenus amis, puisque Agravar avait également rejoint les terres du Nord par ses propres moyens. Je... J'ai finalement réussi à m'échapper, avec l'aide d'Agravar, et nous avons volé la fortune de son père.

Agravar écouta avec attention la façon habile dont Lucien taisait les éléments les plus choquants de l'histoire, comment il taisait le crime honteux de parricide dont Agravar s'était rendu coupable.

— J'avais juré depuis le premier jour de regagner tout ce qu'Edgar m'avait volé. Alors, dès que j'ai posé un pied sur le continent, j'ai monté une armée et je lui ai déclaré la guerre. La victoire a été facile et j'ai récupéré tout ce qui lui avait appartenu.

— Y compris sa femme, si la rumeur dit vrai…

Lucien sembla vaguement mal à l'aise et marmonna.

— Il était avantageux pour moi d'épouser la veuve d'Edgar, en effet.

Robert sourit, ce qui réchauffa ses nobles traits et le rajeunit instantanément.

— J'imagine que vos motivations n'étaient pas seulement stratégiques… Je vous félicite pour votre bonheur. Une bonne épouse est un don du ciel inestimable.

Lucien adressa à Agravar un regard coupable avant d'acquiescer.

— Tout à fait.

— Pour ma part, je n'ai toujours pas fait la connaissance de ma fiancée. Je suis de plus en plus impatient, je dois l'avouer.

— Voulez-vous dire que vous n'avez jamais rencontré Lady Rosamund ? demanda Agravar.

Bien que l'idée n'eût en soi rien d'inhabituel, cela l'intriguait. Peut-être pourrait-il en apprendre davantage sur la jeune femme et sur son comportement étrange…

— L'union a été arrangée par Lord Cyrus de Hallscroft.

Était-ce pour cette raison que Rosamund était constamment nerveuse ? Craignait-elle par avance Lord Robert parce qu'elle le pensait ami avec son beau-père ? Il savait désormais à quel point elle haïssait cet homme.

— Connaissez-vous bien Lord Cyrus ?

Lord Robert sembla trouver la question étrange, et le ton dur d'Agravar la faisait effectivement sonner comme une accusation. Néanmoins, il répondit sans se départir de sa courtoisie.

— De loin, seulement. Je l'ai rencontré à la Cour. Il cherchait une union intéressante pour sa belle-fille et je cherchais une épouse. L'arrangement était avantageux pour nos deux familles.

Agravar sentait le regard de Lucien peser sur lui et, quand il le croisa, son ami le dévisageait comme si des cornes venaient de lui pousser sur le front. Bon sang ! S'était-il trahi en posant toutes ces questions ? Ou bien était-ce simplement Lucien qui le connaissait trop bien ?

Bien sûr, les mariages étaient toujours des arrangements politiques dans la noblesse. Nul besoin d'être l'insupportable père Léon pour le savoir. C'était ainsi.

Lucien intervint et fit preuve d'une subtilité peu commune chez lui pour justifier la curiosité déplacée dont Agravar avait fait preuve.

— En vérité, ma femme et ma belle-mère sont toutes deux très attachées à Lady Rosamund, et Agravar sait à quel point elles seront attristées de perdre une amie lorsque Lady Rosamund nous quittera. Voilà pourquoi il se montre aussi protecteur vis-à-vis de notre invitée.

Robert ne relança pas le sujet, ce qui prouvait une fois de plus qu'il était plein de tact.

Par bonheur, les dames firent leur entrée au même instant. Alayna arriva en premier et s'inclina dans une révérence étonnamment gracieuse pour une femme dans sa condition. Lucien la rejoignit aussitôt et passa un bras protecteur autour de sa taille. Apparemment, l'humeur de la jeune femme était plus pacifiste ce jour-là, car elle accepta l'aide de son mari et le remercia d'un regard tendre. Lorsque Lucien referma son autre main sur la sienne, Agravar détourna le regard, la gorge douloureuse. Parfois, cela lui faisait mal de voir leur amour. Oui, dernièrement, cela faisait de plus en plus mal.

— Je vous présente la mère de mon épouse, Lady Veronica, dit Lucien.

Veronica s'abîma dans une révérence impeccable.

— Ma lady, la salua Lord Robert.

— Mon seigneur, répondit la dame en se redressant.

Elle ne cacha pas le regard inquisiteur qu'elle posa sur leur invité. Après tout, Veronica avait toujours défendu sa fille comme une lionne ses petits. À présent, son instinct de protection s'était porté sur Rosamund. Apparemment, elle fut satisfaite de son examen car elle sourit chaleureusement à Lord Robert.

— Puis-je vous présenter Lady Rosamund Clavier ?

Lorsqu'elle s'écarta, Agravar découvrit la jeune femme. Rosamund était aussi pâle qu'une revenante et elle ouvrait des yeux écarquillés d'angoisse. D'une démarche saccadée, elle avança et fit une révérence vacillante.

Instinctivement, Agravar fit un pas vers elle, mais se retint à temps. Ce n'était pas à lui de l'aider. Déjà, Lord Robert avait tendu les mains pour l'aider à se relever et elle avait posé les siennes dans ses paumes, le visage baissé.

— Quel plaisir de vous rencontrer enfin, Lady Rosamund, la salua gentiment Robert. Vous êtes aussi belle qu'on me l'avait dit.

Agravar serra les mâchoires et lutta afin de ne pas se jeter entre eux pour les séparer. À point nommé, Alayna proposa de s'installer à la table d'honneur pour les rafraîchissements.

— Il me semble que nous avons quelques connaissances communes, Lord Robert, lança Veronica une fois que tout le monde eut pris place. Lord Garon et son épouse étaient de grands amis de mon mari disparu et de moi-même.

Robert sembla ravi de cette nouvelle.

— Lord Garon de Lockenland ? Comment se fait-il que vous connaissiez si bien ce vieux grincheux ?

— Mon époux et lui ont servi le même seigneur dans leur jeunesse. Il parlait souvent de vous.

— Oh ! j'espère de tout cœur que vous ne me jugerez pas sur ses paroles ! s'esclaffa Lord Robert.

Veronica lui renvoya un regard pétillant d'amusement.

— Non, mon seigneur. Il parlait de vous en bien. Apparemment, vous avez tous deux vécu nombre d'aventures lors des croisades.

— Plutôt des mésaventures, en vérité. Comment va Garon ? L'avez-vous vu dernièrement ?

— Je fais l'effort de retourner à Londres dès que je le peux. Pas aussi souvent que je le voudrais depuis que je vis ici, mais autant que possible. Je l'ai vu l'an dernier à la cour.

— Attendez, attendez ! s'exclama soudain Lord Robert. Vous êtes Lady Veronica de Avenford !

— Il me semble, oui, confirma-t-elle en riant.

— Lorsque j'ai revu Garon il y a plusieurs années de cela, je crois bien qu'il m'a parlé de vous. Il vous a appelée… Comment était-ce déjà ?

— La Petite Marshall, marmonna Veronica, visiblement mal à l'aise.

— C'est cela ! confirma Robert en assénant un coup joyeux sur la table.

Veronica rejeta sa chevelure sombre dans son dos d'un mouvement à la fois impérieux et féminin.

— Garon a toujours été incorrigible…

Comme Alayna lui lançait un regard surpris — visiblement aussi étonnée qu'Agravar de voir sa respectable mère badiner avec un tel entrain —, elle confirma :

— C'est vrai ! Ton père semblait penser le plus grand bien de lui, mais son caractère était impossible.

— En effet, mère, rétorqua Alayna en se retenant visiblement de rire. Et c'est pour cela que vous parlez toujours de lui avec affection et lui rendez visite chaque année.

Veronica écarta ces incohérences de la main. Agravar nota avec surprise qu'elle semblait soudain beaucoup plus jeune que son âge, à peine plus âgée que sa fille, en fait, tandis qu'elle s'animait en conversant avec

Lord Robert. Les deux nouveaux amis découvrirent bientôt qu'ils avaient encore d'autres connaissances communes.

Toutefois, l'attention d'Agravar se détacha de leur échange pour se concentrer sur Rosamund. Elle était silencieuse et semblait complètement perdue. La voir ainsi lui serrait le cœur. Une intense frustration montait en lui : il ne pouvait rien faire pour lui venir en aide. Il comprit dans un brutal éclair de lucidité qu'il n'avait pas sa place au milieu de cette réunion de famille. L'amertume se déversait en lui comme un poison brûlant.

Il se leva et marmonna une excuse. Personne ne sembla remarquer son départ, à l'exception de Rosamund. Elle leva les yeux sur lui un instant avant de les rebaisser.

Le cœur lourd, Agravar se dirigea vers la tour de guet.

— Rosamund, mon enfant, pourquoi êtes-vous aussi silencieuse aujourd'hui ? demanda Veronica en entrant dans sa chambre.

Hilde était occupée à resserrer sa chevelure dans un filet orné de perles. Évidemment, elle donna aussitôt son opinion, bien qu'on ne la lui eût pas demandée :

— Vous devriez offrir à Lord Robert votre plus beau visage, ma petite. Il est si beau. Et il est venu jusqu'ici pour vous emmener dans votre nouvelle demeure. Cela prouve qu'il a bon cœur. Et qu'il est protecteur. Il ne veut pas que quoi que ce soit arrive à son épouse. C'est ce que vous êtes, ma lady, sa femme. Quelle chance vous avez d'appartenir à un homme d'une telle prestance.

Rosamund avait la nausée à l'idée d'appartenir à un homme, aussi preste fût-il. Au contraire de sa servante et de Veronica, qui arborait elle aussi un air de ravissement.

— Elle comprend tout cela, Hilde, dit doucement cette dernière.

Hilde retira enfin les mains qu'elle avait posées sur ses épaules nouées.

— Cette pauvre petite est un paquet de nerfs. La timidité n'est pas une mauvaise chose, c'est vrai, souvent les hommes apprécient cela. Mais trop de réserve la fera passer pour une simplette.

Veronica écarta la servante indélicate et lui prit la brosse des mains. Avec des gestes lents et doux, elle brossa ses cheveux en lui massant doucement la nuque.

— Est-ce vrai, mon enfant ? Êtes-vous simplement timide ?

— Je… Je suppose, admit Rosamund en croisant le regard de Veronica dans le miroir. Il a l'air assez… impressionnant.

Derrière elles, Hilde laissa échapper un petit cri.

— Bien sûr qu'il l'est ! C'est un homme, un vrai ! Oh ! ma lady ! Il est superbe ! s'enthousiasma-t-elle en frappant dans ses mains comme une enfant. Avez-vous vu la finesse de sa tunique ? Et ses cheveux, avec cette légère touche de gris qui lui apporte une telle distinction.

— Hilde, s'il vous plaît, allez aux cuisines et rapportez à votre maîtresse du vin doux et quelque chose à manger. Elle était trop tendue tout à l'heure pour avaler quoi que ce soit. Elle va avoir besoin de force pour les festivités de ce soir.

La ruse n'échappa pas à Hilde, seulement, elle ne pouvait pas se permettre de contredire Veronica. Aussi quitta-t-elle la pièce non sans avoir jeté un regard plein de ressentiment par-dessus son épaule.

— Voilà, à présent nous pouvons parler tranquilles.

Rosamund lui adressa un faible sourire.

— Hilde est parfois fatigante, mais elle est très dévouée.

— Oh ! pour ça ! Personne ne songe à lui reprocher son absence de dévotion ! Mais revenons à vous, ma petite. Rosamund, je sens un grand malaise en vous depuis le premier jour où je vous ai rencontrée. Néanmoins, il est devenu plus fort encore aujourd'hui. Est-ce lié à l'arrivée de Lord Robert ? Vous fait-il peur ?

— Non, répondit-elle un peu trop vite.

— Mon enfant, reprit Veronica avec douceur, ne niez pas l'évidence. Je sais qu'il peut paraître inquiétant d'épouser un homme que vous n'avez jamais rencontré mais, grâce à Dieu, Robert est un homme bon. Je ne vois pas quel meilleur mari vous pourriez avoir. Il est riche et, comme Hilde l'a si bien fait remarquer, il est également séduisant. Certes, il est plus âgé que vous, cependant, il n'en reste pas moins beau et fort. Il vous donnera de nombreux enfants...

Elle s'interrompit brusquement en remarquant sans doute la pâleur de Rosamund.

— Quelle stupide vieille femme je fais ! Est-ce ce qui vous effraie ? Le lit conjugal ?

Rosamund fut tellement choquée qu'elle bondit sur ses pieds.

— Comment ? Oh non, ma lady ! Mon beau-père m'a fait instruire des devoirs d'une femme sur cette question par le père Léon.

— Oh ! ma pauvre enfant, je crains que vous n'ayez été atrocement mal informée. Je ne doute pas que cet immonde prêtre aura fait un tableau terrible de la chose.

Le visage blême de la jeune femme suffit à lui confirmer son intuition. Veronica posa gentiment ses mains sur ses épaules.

— Robert sera doux avec vous. Certes, vous ne devez pas vous braquer, et l'acte vous semblera étrange la première fois...

Rosamund sentit ses joues devenir écarlates.

— Je sais que c'est embarrassant, mais sachez qu'avec l'aide de Dieu vous finirez par apprécier cette partie du mariage. Elle vous apportera du plaisir à tous les deux, et pas seulement l'acte en lui-même. Vous partagerez une véritable intimité, de la tendresse, et c'est très agréable. J'espère sincèrement que vous découvrirez ces plaisirs, Rosamund.

Les lèvres serrées, la jeune femme parvint à peine à acquiescer. Ce que disait Veronica pouvait-il être vrai ? D'après le père Léon, l'acte conjugal était une dépravation honteuse qu'il fallait subir pour assurer la lignée. Le fait que tant de femmes semblent l'accepter, et même... l'apprécier, lui paraissait inconcevable.

De son point de vue, ce n'était qu'une humiliation supplémentaire que les femmes devaient supporter aux mains de leurs maris. Comment un tel fardeau pouvait-il apporter un quelconque plaisir ?

Brusquement, l'image d'Agravar s'imprima dans son esprit. Et si c'était avec lui qu'elle devait ainsi s'abandonner ? Si c'étaient ses mains à lui qui parcouraient son corps ? Lui qui se glissait entre ses cuisses ?

Un frisson la traversa, qui n'était pas de la répulsion. L'idée qu'il puisse la caresser, et qu'elle aussi puisse sentir sous ses doigts les contours fermes de ses muscles, provoqua au creux de ses reins une brusque chaleur. Le souffle court, elle tenta de lutter contre la sensation délicieuse qui remontait le long de sa colonne vertébrale.

Elle ne comprenait plus rien, en vérité. Lorsque le père Léon lui avait parlé des « péchés de la chair », elle n'avait jamais imaginé pouvoir ressentir de telles choses.

Et pourtant... Elle était si différente aujourd'hui de la jeune fille qui avait quitté Hallscroft quelques mois plus tôt. Elle se reconnaissait à peine.

Le visage que lui renvoyait le miroir était cependant le même. Les grands yeux sombres, le nez droit, les lèvres trop pulpeuses... Non, l'enveloppe corporelle n'avait pas changé mais, à l'intérieur, elle ne serait plus jamais la même. Elle ne serait plus celle qu'elle était... avant *lui*.

Veronica lui caressa les cheveux en un geste plein de tendresse.

— Vous êtes encore un pauvre agneau innocent.

— Je... Je me sens en effet un peu perdue, admit Rosamund sans oser croiser le regard de son amie, de peur qu'elle ne lise en elle et ne découvre qu'elle était bien moins innocente qu'elle se l'imaginait.

— Voilà, vos cheveux sont attachés. Maintenant, mangez ce que Hilde vous apportera sans discuter, je vous en prie.

Rosamund adressa à sa bienfaitrice un faible sourire.

— Et ce soir, au souper, je veux voir une jeune femme rayonnante. Pas une petite chose craintive.

— Oui, ma lady, acquiesça-t-elle en souriant plus franchement.

— Parfait. Je vous vois tout à l'heure, en ce cas.

Quand Hilde revint avec un plateau, Rosamund s'efforça d'avaler chaque bouchée.

14

Rosamund fit de son mieux pour paraître agréable durant le repas du soir, elle essaya de toutes ses forces de donner le change. Malheureusement, chaque fois que Lord Robert tournait son attention vers elle et la questionnait, elle ne parvenait qu'à balbutier une réponse stupide. Elle n'était même pas certaine que ses phrases eussent du sens. Lord Robert était assez aimable pour ne pas relever l'incohérence de ses propos, mais sa stupéfaction était évidente. Finalement, il cessa de l'interroger, par agacement ou par pitié, elle n'aurait su le dire.

Elle savait qu'elle décevait Veronica, qui semblait beaucoup tenir à ce qu'elle fasse bonne impression sur son futur époux. Lorsqu'il devint évident que ses espoirs étaient vains, la dame s'assura de distraire l'attention de Lord Robert avec sa propre conversation. Enfin, Rosamund eut toute liberté de se morfondre sur sa propre incapacité à converser.

Elle n'était pas seule pour autant. En effet, depuis qu'elle avait pris place à table, le regard bleu d'Agravar ne l'avait pas lâchée un instant. Elle avait la sensation qu'il lisait en elle comme dans un livre ouvert.

La conversation qu'elle avait eue avec Veronica tournait et retournait dans sa tête, accompagnée de centaines de questions sans réponse. Dont la plus pressante ne cessait de revenir : que ressentirait-elle entre les bras d'Agravar ?

Elle essaya désespérément de détourner son esprit de cette question troublante. Il n'était jamais bon de languir pour quelque chose qu'on ne pouvait avoir. Cyrus lui avait enseigné cela. En fait, il avait été un excellent professeur dès qu'il s'agissait de détruire en elle tout espoir naissant, parce que l'espoir menait selon lui sur la voie de la rébellion.

Rosamund n'osait pas lever le regard, de peur de croiser celui d'Agravar. Néanmoins, elle sentait sa présence et elle en était troublée. En posant les yeux sur la foule qui se pressait autour des grandes tables à tréteaux, elle reconnut soudain un visage. *Davey.*

Il se tenait dans un coin de l'immense pièce, attablé avec quelques hommes d'armes. Il portait toujours son habit de moine, et la lumière des torches brillait sur sa tonsure. Dès qu'elle posa les yeux sur lui, il se leva. D'un mouvement de tête, il lui indiqua le couloir qui menait aux cuisines et se dirigea aussitôt dans cette direction.

Rosamund retrouva son souffle et baissa brusquement le visage en sentant la chaleur envahir son visage. Avait-on aperçu leur échange silencieux ? L'avait-il vu, *lui* ?

Elle jeta un regard rapide dans sa direction et vit avec un soulagement intense qu'Agravar était finalement engagé dans une conversation avec un chevalier. Sans doute n'avait-il rien remarqué de sa réaction en voyant Davey...

Elle se leva et attendit en silence sans bouger. Lucien fut le premier à la remarquer et il se contenta de la fixer, l'air interrogatif. Lord Robert suivit alors son regard et demanda :

— Ma lady, y a-t-il un problème ?

— Pardonnez-moi, mon seigneur. Puis-je être excusée ?

Il y eut un silence soudain. Atrocement gênée, elle vit que les gens la regardaient. Enfin, Lord Robert finit par se racler légèrement la gorge.

— Bien sûr, Rosamund. Vous n'avez pas de permission à demander pour quitter la table.

— Pardon, mon seigneur. Je ne vous dérangerai plus, s'excusa-t-elle, mortifiée.

Elle sentait confusément que son attitude les avait choqués, sans comprendre pourquoi. Avait-elle embarrassé Lord Robert ? Allait-il se venger si c'était le cas ?

Tremblante, elle tourna dans le coude du couloir. Aussitôt, une main la saisit par le bras pour l'attirer dans l'ombre.

— Où étiez-vous ? l'interrogea Davey d'une voix dure. J'ai essayé d'attirer votre attention pendant plus d'une heure, mais vous refusiez de me voir !

Ils avancèrent côte à côte dans le couloir sombre tandis que Rosamund jetait des regards anxieux en arrière pour s'assurer qu'ils n'avaient pas été suivis. Une fois rassurée, elle se tourna vers Davey.

— Pour commencer, je ne t'avais pas vu avant, s'écria-t-elle en libérant son bras de sa poigne. Je suis venue dès que j'ai remarqué ta présence. Ensuite, bien que je te sois redevable de ton aide, je suis toujours ta maîtresse et je ne recevrai aucun ordre de toi.

— De qui les prenez-vous dans ce cas ? De votre Viking ?

— Pardon ? Que vient-il faire dans cette conversation ? Et il n'est certainement pas *mon* Viking, même si cela ne te regarde absolument pas.

— Vous vous promenez dans les bois et riez avec lui à faire pâlir d'envie les oiseaux pendant que je m'échine à vous libérer ! Vous n'avez pas le droit de jouer ainsi avec moi !

Elle le fixa, interdite.

— Davey, que t'arrive-t-il ? Tu dépasses les limites. Tu n'as aucun droit de t'adresser à moi de la sorte.

Il sembla soudain recouvrer ses esprits et rougit furieusement.

— C'est parce que je n'ai jamais ressenti cela auparavant,

expliqua-t-il d'un ton voilé. Je n'ai jamais traversé ce par quoi je suis passé ces dernières semaines.

Il releva le visage, et elle fut frappée par le regard enfiévré qu'il posait sur elle.

— J'attends. Je vous surveille chaque jour, ma lady, et je vous vois devenir de plus en plus heureuse et oublieuse du danger qui vous menace. Pourtant, le danger rôde ! Lord Robert est là ! Votre moment de paix touche à sa fin. Vous croyez que ce maudit Viking va vous sauver, accusa-t-il. Vous croyez qu'il vous protégera.

— C'est faux !

Malheureusement, Davey n'entendait plus ses protestations et devenait de plus en plus véhément.

— Il ne peut rien pour vous ! Il est peut-être fort et immense, mais il ne peut vous aider. Il est au service de Lord Lucien et aucun d'eux n'osera s'opposer à la loi. Je suis le seul à pouvoir vous offrir la liberté. Ne le voyez-vous pas ? Ce Viking est votre ennemi. Je suis votre seul ami.

— Cesse de me faire la morale ! répliqua Rosamund avec une assurance qu'elle était loin de ressentir. Je sais parfaitement qu'Agravar ne peut pas me sauver.

Elle ne mentait pas. Malgré toute la sympathie qu'il semblait éprouver pour sa situation, il resterait loyal à Lucien. Or, ce dernier n'agissait que dans le plus strict respect de l'honneur et du droit. De toute façon, il la terrifiait plus que tous les autres. Il avait beau être bon et patient avec Alayna, il ne l'appréciait pas particulièrement.

Rosamund ravala la boule qui lui obstruait la gorge.

— Je dépends entièrement de toi, Davey, et j'en ai parfaitement conscience.

Le jeune homme fouilla dans les replis de sa robe monacale et en sortit une poche qui aurait pu contenir trois ou quatre pommes. D'un ton plus calme, il lui exposa son plan.

— Je vous attendrai à la poterne, conclut-il.

Elle acquiesça, convaincue. Son plan était audacieux et comportait bien des risques, mais il pouvait marcher. Néanmoins, elle n'était pas certaine d'avoir le courage nécessaire à son exécution.

Rosamund sentit une tristesse violente lui serrer la poitrine à l'idée de quitter Gastonbury et les personnes qui l'avaient accueillie. Pour la première fois depuis des années, elle s'était sentie aimée et estimée entre ces murs.

Mais elle perdait son temps en pensées inutiles ! L'existence heureuse qu'elle avait menée était terminée. Soit elle suivait Lord Robert à Berendsfore, soit elle fuyait avec Davey. Dans un cas comme dans l'autre, il n'était plus question de bonheur.

Seulement, elle avait trouvé un foyer ici, des amis… et Agravar. C'était lui qu'il serait le plus difficile de quitter. Il lui avait fait découvrir des choses sur elle-même qu'elle ignorait. Il l'avait regardée avec tendresse et intensité. Elle ne comprenait pas tout de ce qui se passait entre eux, seulement son corps répondait d'instinct à sa présence. Et elle aimait cela. Elle désirait ces moments. Elle le désirait, lui.

Elle ne voulait pas partir. Cette prise de conscience lui coupa brutalement le souffle. Elle ne voulait pas le quitter, lui, ni tous ceux qu'elle avait rencontrés ici. Hélas, elle ne pouvait pas non plus rester.

Tirée de ses pensées par un bruit de pas, elle eut le réflexe de cacher la poche de tissu dans sa robe, tandis que Davey s'enfonçait dans l'ombre.

— Rosamund ? Que faites-vous ?

La voix d'Agravar résonna étrangement dans la quasi-obscurité. Dans la pénombre, elle lut l'inquiétude sur son beau visage. Il était toujours si attentif, si soucieux de son bien-être…

Elle eut envie de poser les doigts sur les rides de souci qui marquaient son front pour les effacer. Évidemment, il n'en était pas question. De toute façon, même si elle avait osé un tel geste, quel réconfort aurait-elle pu lui apporter alors que c'étaient ses propres agissements qui le rendaient soucieux ?

Elle se contenta donc de le regarder sans rien dire, la pochette cachée dans les plis de sa robe.

— Pourquoi vous cachez-vous ?

Que dirait-il si elle lui demandait son aide pour s'enfuir ? Non ! Elle ne pouvait pas dépendre de lui. Il ne se lancerait jamais dans des machinations secrètes pour elle...

— Je... Je me suis perdue. Le château ne m'est pas entièrement familier et je me suis perdue en revenant des lieux... des lieux d'aisance.

Ses yeux bleus perçants s'étrécirent avant de scruter les environs. Aux aguets, il tendit l'oreille, mais aucun son ne trahit son mensonge. Davey était rapide, il devait déjà être loin.

Rosamund observa le profil du Viking, buvant avec avidité chacun de ses traits pour les ancrer dans sa mémoire : le menton volontaire, les pommettes saillantes, les cheveux d'or clair qui brillaient comme de la soie. C'était étonnant de voir chez un homme qui dégageait une telle puissance un attribut aussi raffiné. Étonnant et irrésistible.

Il tourna le visage vers elle, le regard toujours soupçonneux.

— J'ai cru entendre des voix parler.

— La mienne sûrement... Je chantonnais.

Elle obtint une moue dubitative pour toute réponse.

— Je dois retourner auprès de..., commença-t-elle.

— Je dois vous parler, ma lady. J'aimerais avoir quelques réponses.

— Et quelles sont vos questions ? demanda-t-elle en s'efforçant de ne pas trembler.

— Il y en a tant qu'elles se mélangent dans mon esprit, à vrai dire.

Il croisa les bras sur sa poitrine, l'air plus déterminé que jamais.

— Commençons par le fait que vous agissez comme si Lord Robert était votre bourreau plutôt que votre promis...

— C'est faux ! Lord Robert est un homme bon, ânonna-t-elle comme si elle récitait ses prières.

— En effet, je l'ai constaté moi-même. Dans ce cas, pourquoi vous comportez-vous comme s'il était un démon envoyé tout droit de l'enfer pour vous voler votre âme ?

— Vous... Vous êtes ridicule, protesta-t-elle d'une voix mal assurée.

— Vraiment ? Je trouve pourtant votre comportement trop étrange pour être justifié par vos faibles excuses.

— Je n'ai ni excuse ni explication à vous donner !

— C'est vrai. Vous n'avez pas de comptes à me rendre. Peut-être devrais-je simplement me rendre auprès de Lord Robert pour lui confier mes inquiétudes. Vous pourrez ainsi vous expliquer directement auprès de lui...

— Non ! s'exclama-t-elle en le retenant par le bras. Je vous en supplie, ne faites pas ça.

Agravar secoua la tête, visiblement stupéfait.

— Je pensais que vous seriez reconnaissante d'être promise à un homme tel que lui. Je ne vois pas ce qui pourrait vous manquer de votre ancienne vie à Hallscroft.

— Vous ne connaissez rien de mon passé.

— Bien au contraire ! Rappelez-vous, ma lady, que j'ai eu l'immense déplaisir de rencontrer ce maudit prêtre envoyé par votre beau-père. Je suis resté assis tout le temps où il m'a gavé de ses croyances immondes. J'ai croisé assez d'hommes dans ma vie pour savoir que celui-là ne valait rien. Et je vous rappelle également que c'est moi qui l'ai renvoyé chez lui comme un bagage indésirable.

Rosamund ne put retenir un sourire en repensant au spectacle délectable du père Léon traîné par la peau du cou puis ballotté sur son âne. Aussitôt, la tension entre eux s'apaisa.

— Il a eu ce qu'il méritait, admit-elle. Il s'est montré discourtois envers vous et Lady Veronica.

— Ce n'est pas pour cela que je l'ai jeté dehors, mais pour ce qu'il vous a dit, Rosamund.

Sa voix était grave et douce. Elle sentit un frisson délicieux remonter le long de sa colonne vertébrale.

— Je ne vous avais rien demandé.

— Vous ne demandez jamais rien à personne, et pourtant, nous nous battons tous pour vous aider. L'avez-vous seulement remarqué ? Lady Veronica, Alayna, moi-même... Même ce pauvre Lucien fait de son mieux pour ne pas arborer sa mine lugubre habituelle et risquer de vous effrayer. Pourquoi opposez-vous une telle résistance à toutes ces mains tendues, Rosamund ? Vous n'avez reçu ici que gentillesse et compréhension. Tous ici, jusqu'aux enfants, ont méprisé ce prêtre quand ils ont vu comment il vous traitait.

Il lui sourit brusquement, et elle se sentit plus désarmée encore, les larmes au bord des yeux.

— Il a emporté toute la boue du chemin en fuyant comme un peureux...

Rosamund s'esclaffa.

— Il n'a pas eu une sortie très digne, en effet.

Soudain, elle sentait son cœur plus léger. Comme il était facile d'oublier ses peines en sa présence ! Il parvenait une fois de plus à accomplir l'impossible. Elle avait soudain l'impression d'être une femme différente, avec des choix différents à faire.

Agravar s'approcha et elle vit ses iris clairs s'assombrir. Lorsqu'il reprit la parole, sa voix était rauque.

— J'ai failli le tuer. J'en mourais d'envie. Je n'avais jamais ressenti un tel besoin de tuer auparavant en dehors des batailles. Il vous a blessée et je...

Rosamund s'efforça de respirer malgré l'intensité qui transparaissait dans sa voix. Il posa doucement ses doigts sur son menton, et elle sentit des crépitements de plaisir parcourir sa peau. Savait-il l'effet qu'il produisait sur elle chaque fois qu'il la touchait ? Chaque fois qu'il la regardait ?

— Je déteste cela..., reprit-il à voix basse. Je déteste toutes ces choses qui vous ont été dites, tous ces mensonges qui vous ont été enseignés. Je sais les ravages qu'ils peuvent faire. Lorsqu'on grandit dans le mensonge et la haine, on ne parvient plus à discerner le vrai du faux, ce qui est réel de ce qui n'existe pas.

Rosamund sentit un vertige s'emparer d'elle sous l'action conjointe de ses doigts sur son visage et de sa voix caressante.

— Rosamund..., murmura-t-il.

Il avait posé les paumes de part et d'autre de son visage et elle attendit, n'osant plus respirer. Elle était terrifiée et en même temps impatiente qu'il l'embrasse. Elle avait besoin qu'il l'embrasse, pour être enfin à lui, complètement. Elle s'abandonnerait entre ses bras et lui dirait tout, lui confierait toutes ses peurs.

Non ! Une douleur brutale dans la poitrine la ramena à la conscience. Cela ne rendrait son départ que plus douloureux. Affolée par leur dangereuse proximité, elle balbutia :

— Lord Robert doit attendre mon retour.

Ce devait être la bonne chose à dire car Agravar laissa aussitôt retomber ses mains.

— Je ne pense pas qu'il vous en voudrait, répondit-il d'un ton lourd de regret.

Rosamund partageait son chagrin. Lorsqu'ils étaient ensemble, il ne leur était plus possible de nier l'attirance qui existait entre eux. Or, ils savaient l'un comme l'autre que rien n'était possible, même s'ils n'avaient pas exactement les mêmes raisons de condamner leur histoire. Après une profonde inspiration, elle parvint à reprendre le contrôle de ses sens.

— Je ne voudrais tout de même pas risquer de l'énerver.

Agravar sembla lutter pour contenir la réponse qui lui venait. Il serra les mâchoires et garda le silence. Face à lui, Rosamund sentait son corps faiblir, alors elle puisa dans ses dernières forces pour se ressaisir. Le dos droit, elle passa devant lui et fit quelques pas avant de s'arrêter.

Lorsqu'elle se tourna vers lui, elle songeait à ce qui avait failli se passer un instant plus tôt. Elle avait été à deux doigts d'embrasser Agravar. Elle en avait toujours envie. Devait-elle le faire ? Que risquait-elle, après tout ? La pochette était à l'abri, cachée dans le tissu de sa robe. Demain, elle serait partie et ils ne se reverraient jamais plus.

Pourquoi ne pas s'abandonner au désir qui faisait vibrer son corps chaque fois qu'il était près d'elle ? Pourquoi ne pas lui offrir son innocence pour cette dernière nuit ? Demain, elle serait sans doute morte. Qui se soucierait qu'elle ne soit plus vierge ?

Le regard qu'ils échangèrent valait plus que mille mots et, lorsqu'il parla, elle comprit qu'il agissait pour la protéger de son propre désir.

— Allez-y, souffla-t-il. Rejoignez votre chambre, je sais que vous n'avez pas envie de retourner dans la grande salle. Je présenterai vos excuses à Lord Robert.

Le cœur douloureux, Rosamund fila dans le couloir pour rejoindre l'exil de sa chambre. Une nouvelle existence l'attendait et Agravar ne pouvait avoir aucune place dans sa résurrection.

15

Le ciel matinal était clair et à peine voilé d'une légère brume. L'humidité disparaîtrait rapidement, mais il était encore tôt et la rosée s'accrochait aux plantes et aux brins d'herbe.

Dans l'armurerie, Lucien, Will et Agravar inspectaient les armes. Comme chaque fois qu'ils se trouvaient réunis, ils retrouvaient leur camaraderie d'antan, lorsqu'ils n'étaient que de tout jeunes guerriers combattant pour la même cause.

Lucien était aussi détendu qu'il pouvait l'être, ce dont témoignait le léger sourire qui restait sur ses lèvres. Quant à Will, son esprit vif et joyeux complétait celui de leur seigneur, plus prompt aux remarques sardoniques.

Soudain, une silhouette se profila dans l'encadrement de la porte, coupant court à leur hilarité. Ils se retournèrent tous trois vers l'épouse de Will. Olivia était bien différente de la jeune femme en haillons qu'Agravar avait rencontrée pour la première fois au château de Will, à Noël. Il était toujours saisi devant la transformation de la jeune femme.

Will avait rapidement épousé la demoiselle, à la nouvelle année. Par bonheur, l'influence de la jeune femme avait permis de réconcilier Will avec son seigneur : désormais, Lucien et lui avaient retrouvé leur amitié perdue.

En cet instant, l'élégante jeune femme posait sur son

mari un regard tendre tandis qu'il tendait la main vers elle. Elle prit le temps de saluer Lucien d'une brève révérence.

— Mon seigneur, je vous prie d'excuser mon intrusion.

— Par pitié ! grommela Lucien. Will, dis à ta femme de laisser là les formalités. Avez-vous pris des leçons auprès de Rosamund, ma dame ?

Will éclata de rire en faisant signe à sa femme d'approcher. Comme elle ouvrait des yeux ronds, déroutée par cet accueil, il lui expliqua :

— Viens, mon amour. Lucien déteste simplement la courtoisie. C'est parce qu'il en est lui-même totalement dépourvu ! Dis-nous de quoi tu as besoin.

— Je crains qu'il ne faille s'inquiéter pour Lady Rosamund. Lady Veronica m'a envoyée chercher mon seigneur.

L'interpellé émit un grognement.

— Allez plutôt chercher Lord Robert. Elle est sous sa responsabilité désormais.

Devant l'expression sévère d'Olivia, il finit cependant par pousser un lourd soupir avant de se rendre.

— Très bien. Quel est le problème exactement ?

Contrairement à Rosamund, Olivia n'était absolument pas intimidée par les manières rustres de Lucien et elle répondit aussitôt :

— Elle s'est enfermée dans sa chambre. Sa servante a essayé d'entrer, mais elle ne répond pas.

Agravar sentit son ventre se contracter. Instinctivement, il fit un pas en avant.

— Êtes-vous certaine qu'elle est à l'intérieur ?

— Sir, la porte ne se ferme que de l'intérieur. Qui aurait pu fermer le loquet, sinon elle ?

— Que dit-elle ? la pressa-t-il.

— Elle ne dit rien. Elle n'a pas répondu à un seul de nos appels.

— Seigneur ! Que fabrique-t-elle encore ? s'exclama

Lucien, les dents serrées. Cette fille n'a pas cessé de me causer des ennuis depuis son arrivée fracassante sur mes terres.

— J'espère que tu ne la rends pas responsable de l'attaque dont elle a été victime, répliqua sèchement Agravar.

Il était lui-même surpris de l'irritation qu'il ressentait à l'encontre de Lucien et de ses opinions peu charitables envers la jeune fille. En vérité, il paniquait. Il sentait que quelque chose n'allait pas. Pas du tout.

Nullement impressionnée par leurs chamailleries, Olivia intervint.

— Lady Veronica m'a envoyée vous chercher. Elle craint que vous ne deviez forcer la porte. Venez-vous, oui ou non ?

Agravar s'était mis à courir avant même la fin de sa phrase. Sans s'excuser, il écarta tous ceux qui se trouvaient sur son passage et grimpa quatre à quatre les escaliers qui menaient à la chambre de Rosamund. Son champ de vision était obscurci par la peur qu'il sentait croître en lui.

Dans quel pétrin s'était mise cette petite folle ?

Il secoua le pêne de la porte, sans succès.

— Nous avons déjà essayé, lança Veronica dans son dos.

Elle se tenait dans le couloir, avec la servante de Rosamund. Sans répondre, il s'appuya contre le chambranle jusqu'à ce que le bois bouge.

— Rosamund ! cria-t-il.

— Nous avons aussi essayé cela, Agravar ! répéta Veronica avec impatience.

Hilde se jeta sur lui et saisit son bras.

— Je n'ai pas cessé de l'appeler, sir, mais elle ne vient pas ! Oh ! je sais qu'il lui est arrivé malheur ! Oh ! ma pauvre petite Rosamund, mon pauvre poussin…

Les jérémiades de Hilde furent interrompues lorsqu'il s'écarta brusquement d'elle pour se concentrer sur la porte. Du regard, il analysa sa constitution et les meilleurs moyens de l'affaiblir.

— Nous allons l'enfoncer, déclara Lucien dans son dos.

En un instant, Will, Lucien et lui se positionnèrent face à la porte, l'épaule en avant, les jambes tendues.

— Un, deux...

À trois, ils se ruèrent contre le chambranle. La porte émit un craquement, mais ne tomba pas.

— Encore. Un, deux...

Il leur fallut encore deux tentatives pour qu'une planche finisse par céder. Aussitôt, Agravar serra le poing et l'enfonça de toutes ses forces pour agrandir le trou. Il put enfin passer son bras pour atteindre la serrure et ouvrir la porte.

Il retira son bras en serrant les dents, car des échardes s'étaient plantées dans sa peau.

— Sir, votre bras est en sang ! s'exclama la servante.

Il ne daigna pas jeter un regard à la blessure et se rua dans la pièce. Elle était vide. Le lit n'était même pas défait et rien n'avait été dérangé. Agravar embrassa les lieux du regard, enregistra chaque détail qui pouvait faire sens.

Hilde passa devant lui en criant.

— Maîtresse ? Oh ! Dieu tout-puissant ! Où peut-elle être ?

Veronica fit le tour de la chambre en appelant la jeune femme d'une voix tremblante. Olivia entra à son tour, stupéfaite de découvrir la pièce vide.

Lorsqu'elle poussa un cri de terreur, Agravar suivit son regard et découvrit les traces de sang. Son cœur cessa de battre.

En un instant, son regard passa de la flaque écarlate près de la fenêtre, aux traces sur le coffre, sur la table et jusqu'à la longue traînée sanglante le long du mur.

Derrière lui, il entendit un cri suraigu qui lui parvint comme à travers un voile. Hilde venait apparemment de repérer les marques de sang.

Will fut le premier à réagir et il s'avança pour inspecter les traces. Lucien, de son côté, ordonna gentiment aux dames de sortir de la pièce. Agravar ne parvenait toujours pas à bouger. Il vit Will se pencher par-dessus la fenêtre et leur adresser un signe de tête négatif.

Brutalement, Agravar reprit contact avec la réalité et comprit ce que faisait son ami. Il cherchait un corps. Une douleur atroce éclata alors en lui aussitôt tempérée par un espoir viscéral.

Non ! Elle était en vie.

Il vit passer devant ses yeux une multitude d'images de la jeune femme. Des phrases, des visions. Il revit leur échange dans la tourelle, dans le verger, dans les bois... Encore hier soir, dans le couloir...

Lucien posa une main ferme sur son épaule.

— Agravar, c'est toi qui la connais le mieux. As-tu la moindre piste ?

Will revint au même instant et prononça un seul mot :

— Rien.

Pas de corps, donc.

— Agravar, le pressa Lucien.

Il ferma les yeux un instant pour ravaler le torrent d'émotions qui menaçait de le submerger. Il devait réfléchir ! Il devait penser rationnellement ! Qu'est-ce qui avait bien pu se passer ici ?

Le prêtre... Elle le haïssait. Était-il revenu pour se venger de son humiliation ? À moins que l'un des secrets qu'elle gardait enfouis n'ait fini par lui coûter la vie ?

Non, si tel avait été le cas, ils auraient retrouvé son corps. Si elle avait été assassinée, pourquoi son assaillant aurait-il emporté sa dépouille ?

Il ouvrit la bouche et pensa tout haut :

— Le sang seul ne signifie rien. Nous devons partir du principe qu'elle est en vie.

— Je suis d'accord, affirma Lucien.

Agravar reprit aussitôt son raisonnement intérieur.

Elle lui avait confié une fois qu'elle était experte en diable. Qu'avait-elle voulu dire ? Le diable avait-il agi dans cette pièce ?

— Agravar, tu m'entends ?

— Nous devons sortir inspecter les alentours à cheval. Si… Si elle a été attaquée, l'assaillant ne sera pas allé bien loin.

Lucien fronça les sourcils.

— Peut-être que nous devrions d'abord chercher dans le château…

— Non, l'interrompit-il impatiemment. Nous allons perdre un temps inutile.

Will prit la parole, visiblement mal à l'aise.

— Le sang a commencé à sécher. Cela fait des heures…

Agravar posa sur Will un regard d'une telle intensité que l'autre blêmit. À travers ses dents serrées, il gronda :

— Raison de plus pour nous hâter.

Il n'y avait rien d'autre à ajouter et les deux hommes le suivirent sans plus discuter.

Dehors, dans la prairie, le monde semblait presque irréel. Le bleu du ciel était aveuglant et faisait un contraste insupportable avec le vert des prés. Face à ces couleurs criardes, Agravar se sentait nauséeux et engourdi. Il essaya de se débarrasser de cette sensation, parce qu'il avait besoin de tous ses sens et de son instinct. Hélas, son esprit ne cessait de revenir encore et encore à une unique question terrifiante : que ferait-il s'il la perdait ?

Tout était sa faute. Il était le capitaine de la garde, son devoir était de veiller à la sécurité du château et de tous ses habitants. Il avait senti dès le premier jour que la jeune femme avait des soucis, des secrets qu'elle refusait de partager. Il aurait dû la surveiller plus étroitement, l'interroger avec plus de dureté.

Lord Robert les avait rejoints et chevauchait entre Will et Lucien. Son visage était très pâle et son corps rigide. Ses hommes d'armes les accompagnaient lorsqu'ils pénétrèrent dans les bois.

Quand ils s'étaient trouvés dans ces bois, la première fois, il avait amorti leur chute au sol. Il l'avait sauvée, ce jour-là. Deux fois, en fait. Rongé par une angoisse sans nom, Agravar pria Dieu de lui laisser une nouvelle chance de la sauver.

Peu à peu, son esprit se remit à fonctionner, débarrassé de l'engourdissement qui le ralentissait depuis qu'il avait appris la disparition de la jeune femme.

Il chevaucha dans le sous-bois en silence. Il tendait l'oreille et guettait partout des traces d'un passage, des empreintes, un morceau de tissu...

Elle avait déjà été enlevée deux fois, cette fois était donc la troisième. Quelles étaient les chances pour qu'une jeune dame subisse trois tentatives d'enlèvement en quelques semaines ?

Brusquement, une image lui revint à l'esprit. La première fois qu'il l'avait vue, il était exactement au même endroit lorsqu'il avait repéré deux cavaliers qui galopaient vers la rivière. Rosamund chevauchait au côté de son ravisseur sans aucun lien pour l'entraver. Comment avait-il pu ne pas s'en rendre compte auparavant ?

Cela dit, ce constat ne lui permettait guère de tirer des conclusions certaines. Après tout, nul besoin de liens pour forcer une demoiselle terrifiée à obéir. La menace et la peur suffisaient amplement.

Seulement, à présent qu'il connaissait sa nature nerveuse, son beau visage hanté par la peur, à présent qu'il percevait tous les secrets qu'elle gardait désespérément enfermés dans son âme, il en arrivait à soupçonner...

Pouvait-il la soupçonner ? Des images revinrent à sa

mémoire. Elle se faufilait dans les escaliers de la tourelle. Et cet homme au chapeau rouge... Pourquoi le ravisseur ne voulait-il qu'elle ? Pourquoi n'avait-il pas même pris ses bijoux ? Voulait-il une rançon ?

Il tira d'un coup sur ses rênes et arrêta sa monture.

— Lucien ! Je...

Intrigué, Lucien se retourna sur sa selle pour l'observer.

— Que se passe-t-il ?

Agravar se sentait ridicule, mais il confia néanmoins :

— Je ne sais pas exactement... Je ne peux pas l'expliquer...

— Parle, Agravar. Ton instinct est toujours juste.

Lorsqu'il l'avait secourue la première fois, elle s'était arrêtée avec son ravisseur au bord du cours d'eau. Au nord, la rivière menait jusqu'à Thalsbury, le domaine de Will. Au sud, elle rejoignait la Dove qui se jetait dans la Trent. Quel meilleur endroit pour disparaître qu'un lieu où se rejoignaient plusieurs cours d'eau ? C'était le meilleur moyen de perdre des poursuivants... Son ravisseur avait sûrement estimé cet endroit idéal pour s'échapper par les voies navigables jusqu'à la mer.

— Laisse-moi aller vers la rivière. Seul. Les hommes doivent continuer à fouiller les bois, au cas où mon instinct me tromperait. Je refuse de risquer sa vie sur de vagues soupçons, néanmoins je veux vérifier par moi-même si mon pressentiment est juste.

— Vas-y dans ce cas, prends quelques hommes avec toi.

— Non. Vous ne serez pas de trop pour ratisser tout le terrain, et il est plus probable qu'ils se soient échappés par la route. Si rien ne ressort de mes recherches, je vous rejoindrai.

Lucien garda un instant le silence avant de murmurer :

— A-Viking.

Juste avant de lancer son étalon au grand galop, Agravar répondit :

— A-Viking.

Rosamund arpentait les berges de la rivière. Davey était penché sur le feu qu'il essayait de lancer.

— Le sang les aura menés sur une fausse piste, expliqua-t-il. Ils chercheront dans le château de haut en bas et perdront du temps.

— Pourquoi avoir fermé la porte de ma chambre ? demanda-t-elle en se frottant les bras, frissonnante. Cela rend ma disparition bien étrange...

— Bien sûr, Rosamund.

Désormais, il l'appelait par son prénom, et non plus par son titre. Cela la mettait mal à l'aise, tout comme son assurance qui confinait parfois à la domination.

— Le mystère les tiendra occupés pendant plusieurs heures. Le but était justement de les déboussoler.

— Ne risquent-ils pas de trouver l'échelle de corde ? Si c'est le cas, ils comprendront tout.

— Tous les châteaux possèdent des échelles de corde. Ils ne la remarqueront même pas, ne vous inquiétez pas. Rien ne trahira notre plan.

Elle jeta un œil vers la rivière.

— Si seulement le bateau pouvait être là... Je n'en peux plus d'attendre. Être si près du but et les savoir sur nos talons... Cela me rend nerveuse.

— Il reste encore du temps, je vous le promets. Ils ne nous trouveront pas. Détendez-vous. D'autant que je ne vous ai pas prévenue : j'ai jugé plus sûr de ne faire venir le bateau que demain matin.

— Demain ? Nous allons passer la nuit ici ? Tout près de Gastonbury ? demanda-t-elle, affolée.

— Rosamund, du calme. J'ai envoyé un messager chargé

d'une bourse pleine d'écus. Le bateau sera là à la première lueur de l'aube.

Rosamund n'aimait pas cela. Elle n'aimait rien de ce plan, à vrai dire. Elle était à deux doigts de connaître enfin la liberté, et pourtant, son cœur était empli de regrets.

— Je serais plus rassurée si nous avions déjà embarqué. Pourquoi n'était-il pas plus sûr de descendre la rivière dès maintenant ?

— Lord Lucien a des patrouilles partout et je voulais laisser suffisamment de temps avant le rendez-vous au cas où nous aurions rencontré des difficultés, expliqua-t-il avec mauvaise humeur, comme s'il détestait admettre les faiblesses de son plan. Rosamund, cessez toutes ces questions. J'ai tout prévu. Venez plutôt vous asseoir ici pour vous réchauffer. L'air est frais ce matin. D'ici l'hiver, nous aurons rejoint des climats bien plus chauds, conclut-il avec un grand sourire.

Elle était incapable de lui sourire en retour. Elle avait froid, en effet, mais le feu n'y ferait rien. La sensation glacée venait de l'intérieur de son âme, nourrie par la peur et l'angoisse.

— Je ne suis pas rassurée, Davey.

— Rosamund, cela me blesse que vous doutiez ainsi de moi.

— Je ne comprends simplement pas pourquoi nous devons nous attarder ici alors que le danger est tout proche.

Enfin, si, ce qu'elle comprenait, c'est que cela faisait partie du triomphe de Davey de rester à deux pas de leurs poursuivants. De toute évidence, l'orgueil l'aveuglait et il estimait que son plan était tellement brillant qu'il n'y avait nulle raison de se hâter.

Rosamund repensa à la fable antique du lièvre et de la tortue. Elle était tentée de rappeler la leçon à Davey, mais il en avait visiblement assez de ses questions parce qu'il lança d'un ton sec :

— Je me suis occupé de tout. Maintenant, venez vous asseoir et plus un mot à ce sujet !

Rosamund prit brutalement conscience de l'erreur monumentale qu'elle avait commise en se fiant à l'arrogant jeune homme. Elle avait cru le connaître, mais Davey avait changé depuis qu'elle était arrivée à Gastonbury. Ou peut-être était-ce elle qui avait changé ? Elle n'eut cependant pas le temps d'y réfléchir, car elle perçut un bruit de sabots.

Davey sauta sur ses pieds.

— Qui est-ce ? jeta-t-il d'un ton accusateur, comme si elle était responsable.

Rosamund savait qui approchait, au plus profond de son être, elle le savait. C'était comme si un lien invisible et puissant la reliait au Viking. Elle pouvait presque sentir les longues enjambées de son cheval lancé dans sa direction.

— Je ne perçois qu'un seul cheval, remarqua Davey qui avait blêmi. Vous aussi ? Je pense que ce n'est qu'un seul homme, restez ici.

Pétrifiée, le cœur battant, Rosamund le regarda s'enfoncer dans la forêt. Elle tourna sur elle-même, aux aguets, et perçut le bruit caractéristique de la fougère écrasée. Soudain, Agravar apparut entre les arbres. Il freina sa monture et sauta à bas de sa selle en un mouvement fluide. Debout à quelques pas d'elle, il resta parfaitement immobile. Sous son regard d'azur, elle se sentait épinglée, comme un papillon sur le mur d'un collectionneur. En même temps, elle ressentait une impression de plénitude douce-amère, tandis qu'un flot de soulagement balayait ses appréhensions et anéantissait ses pensées. Elle avait cru ne jamais le revoir...

Ses jambes se mirent en mouvement et elle avança vers

lui. Elle avait tout oublié de Davey, de ses peurs, de son passé. Elle pensait seulement à marcher pour rejoindre Agravar. Ses yeux la maintenaient captive et ils exprimaient un besoin sauvage qui faisait écho au sien.

16

Agravar fut stupéfait lorsqu'elle se jeta dans ses bras. Il s'était attendu à ce qu'elle prenne la fuite en le voyant, à ce qu'elle le maudisse et le combatte. Il ne s'attendait pas à voir le désir primitif dans son regard, comme si elle l'avait attendu.

Seigneur, elle était en vie ! Et elle était dans ses bras.

Il resserra son étreinte autour de sa frêle silhouette. Son corps se moulait parfaitement au sien. Il savoura la sensation de sa poitrine ronde contre son torse, de ses reins contre son bassin, de ses longues jambes mêlées aux siennes. Il avait tellement envie de la garder ainsi pour toujours. Il éprouvait une envie irrépressible de la posséder jusqu'à ce que son propre corps tremble de satisfaction.

Il posa sa paume contre sa joue tandis qu'elle appuyait son visage sur son épaule. Ses doigts s'enfouirent d'eux-mêmes dans sa chevelure soyeuse. Bientôt, son parfum délicat l'assaillit. Comme chaque fois, cette odeur merveilleuse l'étourdit et redoubla son désir. Alors il releva la tête, à la recherche d'un air moins enivrant.

Rosamund se redressa à son tour en s'écartant légèrement, pour lui jeter un regard curieux. Elle prit délicatement son visage entre ses mains, et il vit des larmes briller dans ses yeux.

— Je suis désolée, murmura-t-elle.

Alors, elle l'embrassa. Sa bouche était incroyablement suave. Stupéfié par son geste, il ne répondit pas tout de suite à sa timide invite. Puis, au bout de quelques secondes, son instinct reprit le dessus et le désir déferla dans ses veines. Sans plus réfléchir, il prit sa bouche et ouvrit doucement ses lèvres pour la goûter. Enfin.

Lorsque sa langue caressa la sienne, il la sentit se raidir légèrement, choquée par l'intimité de leur baiser. Mais, lorsqu'il poursuivit ses caresses sensuelles, elle fondit dans ses bras et lui répondit bientôt avec une passion qui l'enivra. Il n'entendait plus rien, sinon le tumulte de son sang qui battait à ses oreilles.

Pourtant, une partie de son esprit continuait de fonctionner et de le mettre en garde. Il voulait des réponses parce que son comportement n'avait aucun sens. Le fait qu'elle se jetât dans ses bras ne devait pas lui faire oublier qu'elle s'était d'abord enfuie. Elle lui répondrait... Plus tard...

Pour l'heure, il voulait profiter de chaque sensation, sentir la douce folie qui l'envahissait et lui ôtait toute raison. Il ne parvenait pas à être repu, un besoin toujours nouveau le poussait vers elle. Elle était enfin là où il la voulait, dans ses bras. Rosamund était sienne et il savourerait chaque seconde.

Lorsqu'ils mirent fin à leur baiser, elle leva les yeux sur lui. Elle paraissait ébranlée, fiévreuse, et des larmes coulaient sur ses joues. Il les essuya doucement.

Il ne comprit pas alors pourquoi ses yeux s'élargirent d'affolement, ni pourquoi elle fit brusquement un pas en arrière.

— Rosamund ? pria-t-il, les bras tendus vers elle.

L'horreur s'afficha sur ses traits, et il eut mal de voir que c'était finalement le seul sentiment que lui inspirait leur étreinte. Voilà qu'elle la regrettait déjà.

Ce qu'elle fit ensuite mit le comble à son désespoir. Elle leva les bras, les yeux écarquillés et hurla :

— Non !

Il n'eut pas le temps de la retenir car une violente douleur s'abattit sur son crâne. Une souffrance plus intense encore déchira son cœur lorsqu'il comprit qu'elle l'avait trahi.

Puis il sombra dans le néant.

— Pourquoi l'as-tu frappé aussi fort ? s'exclama Rosamund, paniquée, en tombant à genoux près du grand corps.

— Parce que c'est un géant ! rétorqua Davey en tenant toujours fermement la lourde branche dans ses mains.

Rosamund fit rouler Agravar sur le dos et écarta les mèches qui s'étaient prises dans ses longs cils. Il était affreusement pâle. Sa main tremblait lorsqu'elle sentit l'énorme bosse sur son crâne. Du sang macula l'extrémité de ses doigts, et elle retint un gémissement.

— Seigneur Dieu, faites qu'il ne soit pas trop sévèrement touché.

— Arrêtez ces niaiseries ! lança Davey. Je ne l'ai pas tué, il est seulement inconscient et ne le restera pas longtemps. Allez chercher la corde attachée à ma selle, nous devons l'entraver avant qu'il ne se réveille.

Rosamund lui lança un regard plein de ressentiment qui ne fit qu'accroître sa colère.

— Allez-y ! À moins que vous ne vouliez être ramenée auprès de lord Robert. Que fera-t-il de vous, maintenant que vous vous êtes enfuie ? Je doute qu'il soit heureux d'apprendre votre comportement...

Elle sentit sa bouche s'assécher d'un seul coup. Hélas, Davey n'en avait pas fini avec ses menaces.

— Vous pourriez toujours le supplier de vous accorder

son pardon. Mais alors, ne ressentiriez-vous vraiment aucune culpabilité lorsque je serai pendu ?

Le ventre noué, elle fit ce qu'il lui ordonnait. Elle était à peine revenue que sa voix claqua de nouveau :

— Venez, aidez-moi ! Il est trop lourd.

À deux, ils parvinrent à lier ses chevilles ensemble. Attacher ses poignets dans son dos se révéla plus difficile. Ses bras étaient lourds, et Davey épuisa ses forces pour supporter le poids de ses muscles le temps que Rosamund noue la corde, le visage maculé de larmes. Davey vérifia que le nœud était solide sans égard pour le grand corps inconscient. Rosamund se hérissa en voyant le beau visage du Viking écrasé contre le sol.

— Sois plus doux !

Mais, après un regard plein de rébellion, Davey serra plus fort la corde.

— Aidez-moi à le tirer dans les bois.

Elle s'empara d'un bout de la corde, Davey de l'autre et, après bien des efforts, ils parvinrent à déplacer Agravar. Rosamund avait la nausée en voyant sa pauvre tête ballottée en tous sens. Elle songeait à sa blessure et craignait qu'elle ne soit aggravée par ces mouvements brusques.

Elle était terrifiée à l'idée qu'il ne reprenne pas conscience et en même temps inquiète qu'il se réveille. Elle se sentait affreusement coupable de sa trahison.

Davey s'arrêta soudain en regardant autour de lui.

— Nous allons le laisser ici. Je vais l'attacher à un arbre.

— Non ! Il serait sans défense.

— Quoi alors ? Vous préférez que je le jette directement dans la rivière ?

Cette fois, une rage sourde monta en elle. Elle en avait assez de subir sans broncher les velléités de commandement du garçon, aussi prit-elle un ton sévère pour répliquer.

— Je ne laisserai pas cet homme à la merci des bêtes

sauvages ! Ton manque de pitié me sidère. Je te rappelle qu'il n'a jamais été question de faire du mal à qui que ce soit. C'est la première raison pour laquelle nous avons mis en place ce plan.

— Dans ce cas, que comptez-vous faire de lui ? L'emmener ? Cela vous conviendrait bien, j'imagine.

— Bien sûr que non ! Laisse-moi réfléchir.

Elle s'écarta un peu et prit conscience que son corps était couvert de sueur et que le froid du crépuscule refroidissait sa peau.

En se tournant vers Davey, elle demanda :

— La ruine que nous avons aperçue un peu plus tôt... Ce doit être une ancienne abbaye. Nous pouvons l'emmener là-bas, il y sera à l'abri.

— C'est ridicule ! L'endroit se trouve dans la mauvaise direction. Nous ne pouvons retourner vers Gastonbury.

Rosamund posa les poings sur ses hanches et redressa un menton impérieux.

— Je n'irai nulle part tant que cet homme n'aura pas été mis à l'abri. Tu oublies que je suis ta maîtresse et que tu me dois l'obéissance. Nous le mettrons en sécurité, ou nous n'irons nulle part.

— Rosamund, je vous en conjure, songez au temps que nous allons perdre !

— Vraiment ? Une minute avant qu'il n'arrive, tu affirmais pourtant que nous avions tout le temps devant nous.

— Jusqu'à un certain point, c'est vrai, mais nous retarder à ce point-là...

— Il faudra bien trouver un moyen de t'en accommoder. Nous allons jusqu'à ces ruines, je ne le laisserai pas mourir.

Davey arbora soudain une grimace sinistre.

— Vous êtes tellement entichée de ce maudit Viking que vous êtes prête à tout risquer pour lui.

— Je t'interdis de me parler de la sorte, rétorqua-t-elle

d'un ton glacial. Maintenant, aide-moi à l'emmener. Nous devons faire vite.

Sans quitter son expression mécontente, il obéit néanmoins. Il tira le grand corps avec si peu de ménagement qu'elle dut protester à nouveau.

Ce qu'il ressentit en premier, ce fut la douleur, une douleur si intense qu'elle irradiait dans tout son corps et se concentrait sous son crâne. Sa tête semblait sur le point d'exploser.

Puis il sentit un doux toucher. Une pression délicate sur son front. À force de volonté, il parvint à ouvrir les paupières et découvrit les iris veloutés qui le contemplaient. Les lèvres de la jeune femme tremblaient légèrement lorsqu'elle tenta d'esquisser un mince sourire.

— Bonjour.

— Où... Où sommes-nous ? Que s'est-il passé ?

Elle détourna aussitôt le regard, mal à l'aise.

— Vous avez été frappé.

— Qui ?

Il tenta de se redresser, en vain. La douleur physique était trop forte, presque au point de lui faire perdre à nouveau conscience. Mais il n'y avait pas que ça. Agravar comprit que ses mains étaient solidement liées dans son dos, tout comme ses chevilles.

Rosamund posa une main légère sur son torse pour l'inciter à se réadosser.

— Reposez-vous, Agravar.

Il jeta un œil alentour et comprit qu'il se trouvait dans une ancienne église abandonnée. L'endroit était imposant avec ses arches à moitié démolies et ses ouvertures sans vitraux. De gros morceaux de pierre étaient éparpillés au sol et de l'herbe poussait tout autour, attestant de la vieillesse de la bâtisse.

— Où sommes-nous ? demanda-t-il. Rosamund, détachez-moi. Que comptez-vous faire ?

— Je ne peux pas, expliqua-t-elle, l'air malheureux. Je vous promets qu'il ne vous sera fait aucun mal.

— Vous m'avez embrassé, accusa-t-il en retrouvant peu à peu la mémoire. Puis j'ai été attaqué par-derrière.

— Je sais, c'était horrible...

— Notre baiser ?

— Non ! Le voir vous frapper !

— Ce maudit diable au chapeau rouge, c'est cela ? Cet homme était avec vous depuis le début, n'est ce pas ?

— Oui. Il s'appelle Davey.

— Est-il prêtre ? J'ai cru voir sa tonsure avant de sombrer.

— Non, ce n'était qu'un déguisement.

— Je vois... Cet homme se cachait parmi nous, à Gastonbury. C'est avec lui que vous aviez rendez-vous... Est-il votre amant ?

— Quoi ? Non !

Agravar ressentit un soulagement intense devant sa dénégation.

— Il est temps que vous me donniez des réponses, conclut-il en dépit des efforts que le moindre mouvement lui demandait.

— Calmez-vous, supplia-t-elle.

Ses mains délicates se posèrent sur lui. Son geste se voulait tendre et apaisant, et son désir s'éveilla aussitôt. Tout ce que cette femme faisait lui semblait intensément érotique. Même dans cet état de faiblesse, son corps réagissait à sa présence. Seigneur, son agonie n'aurait-elle donc pas de fin ?

— Davey m'aide à m'échapper, expliqua-t-elle.

— Pourquoi devoir vous échapper ? Que fuyez-vous ?

— Je dois quitter Gastonbury et l'Angleterre. Je...

Elle laissa ses yeux contempler le ciel au-dessus de leurs têtes. Que cherchait-elle là-haut ? Des réponses ? De l'aide ? Et où était passé ce fameux Davey ?

— Vous allez me détester quand vous l'apprendrez, dit-elle d'un ton calme.

Elle était tellement réservée, tellement secrète… Il se laissa aller en arrière et sa tête se posa sur un tapis de feuilles. De toute évidence, elle lui avait fabriqué un oreiller de fortune et cette attention l'émut.

— Dites-le quand même. Quitte à m'avoir assommé et ligoté, mettez un terme à mes incessants questionnements.

Elle prit encore plusieurs secondes avant de commencer son récit.

— Je ne veux pas épouser Lord Robert, cela vous le savez.

— En effet. Je n'en comprends cependant pas la raison.

— Je sais bien que c'est un homme bon… Comment vous expliquer ? Je… Je n'ai pas les mots. Je ne veux pas appartenir à un homme, quel qu'il soit. J'ai vu des choses, j'ai vécu des choses qui m'ont terrifiée. Ma mère…

Elle dut s'interrompre pour prendre une inspiration saccadée.

— Je devrais commencer par le début. Alors, peut-être comprendrez-vous mieux… Ma mère a épousé Lord Cyrus de Hallscroft lorsque j'avais trois ans. Mon père avait été tué auparavant lors d'un raid dans les Marches et nous avons été obligées de retourner vivre dans la famille de ma mère. Mon grand-père a arrangé son second mariage sans connaître réellement Lord Cyrus, mais je ne crois pas que cela aurait fait la moindre différence s'il avait su quel monstre c'était. Une fois, des années après, elle s'est enfuie pour chercher refuge chez son père. Elle a raconté à ses parents le cauchemar qu'était devenue sa vie auprès de Cyrus. Et pourtant, mon grand-père l'a lui-même ramenée à

Hallscroft. Il lui a dit que la place d'une femme était auprès de son époux, quoiqu'il arrive.

Le cœur serré, Agravar eut envie de prononcer des paroles d'apaisement, mais il les ravala. Il devait d'abord l'écouter.

— Vous avez rencontré le père Léon, poursuivit-elle. Me croirez-vous si je vous dis que c'était bien le moindre de mes soucis ? Cependant, je n'ai jamais reçu de lui que des sermons pleins de haine des femmes ; je connais tout de la corruption d'Eve, des mauvaises actions de Jézabel et Dalila, du comportement honteux de la prostituée de Babylone. Ce que vous devez comprendre, c'est que l'attitude du père Léon… C'était bien la dernière de mes préoccupations.

Agravar serra les mâchoires à cette idée. Hélas, ce simple mouvement lui donna l'impression qu'on lui enfonçait une hache dans le crâne. Un voile noir tomba sur ses yeux, et il dut réajuster sa vision pour ne pas sombrer.

— Rosamund, détachez-moi.

Elle déglutit et secoua la tête.

— Je ne peux pas.

— Je ne vous blesserai pas, je vous le promets. Libérez seulement mes mains.

Il avait terriblement besoin de la toucher alors qu'il la sentait si fragile, si démunie. Elle hésita visiblement avant de secouer encore la tête. Agravar grimaça sous la douleur qui lui vrillait le crâne avant de pousser un lourd soupir.

— Très bien, alors reprenez votre récit, je veux comprendre.

Elle garda le silence si longtemps qu'il crut qu'il avait gâché sa confession par ses demandes.

— Le père Léon n'était pas le pire, je vous l'ai dit. Le pire… C'est ce qui est arrivé à ma mère… Sous mes yeux. J'ai tout vu. J'ai assisté à son agonie. Je l'ai vue dépérir jour après jour. La cruauté de Cyrus était atroce. Il la gardait prisonnière. Elle avait encore moins de liberté que les chiens aux pieds de leur maître. Il dirigeait le moindre de ses gestes. Elle n'avait pas le droit de sortir de sa chambre sans permission. Parfois, elle le suppliait de la laisser faire une promenade dans les jardins. Il pouvait la faire attendre des semaines avant de l'y autoriser enfin. Avec ses mensonges sournois, il prétendait que c'était là un acte d'une bienveillance incroyable. Lorsqu'elle descendait dans la grande salle, elle devait rester sans bouger le temps qu'il lui permette de s'asseoir et elle devait accourir au moindre de ses appels. À la plus petite infraction, au plus petit retard... elle était punie.

Il la vit déglutir, mais elle gardait toujours la tête baissée.

— Un jour, elle attendait un enfant, nous étions attablées pour le souper. Elle... Elle a eu besoin d'assouvir un besoin naturel, ce qui arrivait souvent à cause de sa condition. Elle a demandé à être excusée, mais Cyrus n'était pas d'humeur. Il a refusé et l'a forcée à attendre son bon vouloir. Alors que son inconfort croissait, elle s'est mise à pleurer. Cela n'a fait que le rendre plus enragé encore. Il a continué à l'ignorer. Au bout d'un temps interminable, plus d'une heure, elle... Elle s'est humiliée devant tout le monde. C'est la première fois qu'il l'a frappée devant des témoins.

Agravar parvenait à peine à respirer en entendant le récit de telles infamies. La douleur de Rosamund le transperçait jusqu'aux os. La jeune femme continuait de regarder dans le vague, le menton tremblant.

— Il l'a tuée peu de temps après cela. Je me suis souvent demandé depuis si l'horreur de l'humiliation qu'il lui avait fait subir n'avait pas finalement déclenché sa rébellion. Peut-être l'a-t-elle provoqué, au point de lui faire perdre tout contrôle ?

— Seigneur Dieu, Rosamund. Vous décrivez un véritable cauchemar. Est-ce que personne ne sait qu'il est un meurtrier ?

— On a estimé qu'il s'agissait d'un accident. Moi, je

sais qu'il l'a poussée du haut des remparts sur lesquels elle aimait à se promener quand elle le pouvait. Je la revois encore s'avancer tout au bord, son manteau claquant au vent. Elle regardait au loin avec une telle envie... Cela me faisait mal au cœur chaque fois. Je crois que c'était les seuls moments où elle ressentait un peu de paix. Je suis heureuse qu'elle y ait vécu ses derniers moments sur terre. C'était le seul endroit où elle pouvait être heureuse dans cet endroit maudit.

— Rosamund, je suis tellement désolée, murmura-t-il.

Il ressentait un tel besoin de la prendre dans ses bras qu'il tira sur les cordes qui coinçaient ses mains dans son dos. Il s'efforça de ne pas ciller sous la douleur et crut sentir le nœud se desserrer. Hélas, ses forces l'abandonnèrent rapidement et il dut abandonner ses efforts désespérés.

Rosamund essuya d'un geste brusque les larmes qui maculaient ses joues et sembla reprendre le contrôle d'elle-même.

— Voilà pourquoi je ne pourrais jamais accepter de me marier. Je suis incapable de prendre le risque de devenir comme elle.

— Vous savez bien, pourtant, que tous les hommes ne sont pas comme ce monstre, fit-il doucement remarquer.

— Et comment en être sûre ? Personne de l'extérieur n'aurait pu se douter... Cyrus était prudent. La plupart de ses maltraitances se passaient dans l'intimité. Et lorsque ma mère portait des marques de coups, il avait toujours une excuse toute prête. Ses hommes l'admiraient beaucoup pour sa bravoure, aussi, même s'ils avaient accordé le moindre intérêt à la situation de ma mère, ils auraient de toute façon estimé que leur seigneur ne faisait qu'appliquer à sa femme un juste châtiment, comme n'importe quel époux.

— Voilà ce dont vous parliez lorsque vous m'avez dit bien connaître le diable...

Elle acquiesça.

— Mais enfin, il devait bien y avoir des hommes bons à Hallscroft. Des hommes qui auraient pu vous aider s'ils avaient su. Je ne peux pas croire que le château tout entier était à ce point plongé dans le mal.

— Oh ! sans doute, il y avait des hommes bons, dit-elle avec un rire amer. Des hommes si bons qu'ils détournaient le regard devant les bleus qui marbraient le cou de leur maîtresse, qui ne voyaient pas lorsqu'elle boitait. Personne ne demandait jamais pourquoi elle restait parfois si longtemps éloignée de la grande salle, quand les traces de coups devenaient impossibles à cacher. Cela ne les regardait pas, vous comprenez, alors ils baissaient la tête et buvaient leur coupe sans un regard vers elle. Non, Agravar, je n'ai jamais vu un seul homme bon se mettre sur le chemin du diable pour nous sauver.

Agravar avait la gorge tellement serrée qu'il dut prendre un moment avant de pouvoir articuler :

— Quelqu'un vous a pourtant aidée… Ce Davey… Qui est-il pour vous ?

— Le fils d'un fermier qui, en dépit de sa basse extraction, aurait fait un bon chevalier. Il était autrefois ami avec mon frère Harold, que j'ai malheureusement perdu lorsque j'ai eu dix ans. Souvent, je me cachais dans le garde-manger, alors Davey et Harold venaient me tenir compagnie. Il est resté ami avec moi après la mort de Harold. Il a toujours été là pour m'aider. J'étais souvent cloîtrée dans ma chambre pendant des heures pour méditer sur mes « leçons », et Davey volait des manuscrits dans la bibliothèque et les cachait sur mon plateau de nourriture parce qu'il savait combien j'aimais lire alors que cela m'était interdit. Quelques fois, il a même menti pour me protéger. Il a couru de grands risques pour moi. Si Cyrus avait appris notre amitié… Seigneur ! Je n'ose pas imaginer ce qu'il serait advenu de nous.

Agravar avait pris le parti de la laisser se confier sur ses souffrances innommables sans intervenir en dépit de la haine grandissante qui bouillait dans ses veines. Comme elle gardait le silence, il parvint à articuler avec un calme apparent :

— Est-ce qu'il levait aussi la main sur vous ?

— Non, pas au-delà des corrections habituelles infligées à un enfant.

Elle redressa les épaules, comme pour secouer sa mélancolie, mais demeura agenouillée auprès de lui.

— En fait, Cyrus était obsédé par ma mère. Il la considérait comme sa possession. Moi, je n'étais personne, sinon un objet pour l'atteindre et la blesser. Après sa mort, il a continué de confier mon... instruction au père Léon et, jusqu'au moment où il a conclu ce mariage avec Lord Robert, je ne pense pas qu'il m'ait accordé beaucoup d'intérêt.

— Ce qui est sans doute une bénédiction, souffla Agravar en dépit de la faiblesse qui le reprenait.

Il luttait pour rester alerte et conscient. Il se concentrait sur les traits de la jeune femme, à genoux au-dessus de lui. Ses cheveux qui tombaient sur ses épaules formaient comme un voile secret pour les isoler du reste du monde. Ses doigts élégants continuaient de triturer sa tunique dans un geste affectueux.

— J'ai souvent rêvé que je le tuais, souffla-t-elle. J'aurais aimé le faire.

— Non, ce n'est pas ce que vous vouliez.

— Comment pouvez-vous le savoir, Agravar ?

Il la contempla un long moment, les yeux dans les siens et, brusquement, il sentit toutes les barrières céder en lui.

— Rosamund, ne t'es-tu jamais demandé quel était le lien qui existait entre nous ? demanda-t-il d'un ton bas mais pressant. Tu le sens aussi, je le sais. Il est là, depuis le premier jour. C'est l'attraction irrésistible entre deux âmes sœurs. La tienne et la mienne. Que tu le veuilles ou non, nous sommes faits l'un pour l'autre. Nous nous comprenons.

Ses yeux sombres étaient comme voilés.

— Comment pourrais-tu comprendre quoi que ce soit ? Je veux dire, comprendre, vraiment, ce que ma vie a été. Je n'ai aucun espoir que tu puisses un jour y parvenir. Ni toi ni personne d'autre.

— Et pourtant, tu as ma compréhension, insista-t-il. Je ne te parle pas de pitié, ce serait tellement dérisoire, non, mais je peux sentir les fardeaux qui pèsent sur ton cœur, parce que j'ai supporté les mêmes. Je *sais*, Rosamund. Mon âme est ravagée par les souffrances que tu décris parce que je connais ces sentiments, cette impuissance...

Elle le contempla un long moment.

— Tu as raison, Agravar, je sens le lien qui existe entre nous. C'est... C'est plus fort que moi. Dans ce cas, tu comprends pourquoi je dois partir. Je ne pourrai jamais promettre d'obéir à Lord Robert et, même si c'est là un grave péché, je suis toute disposée à en payer le prix au Seigneur. Supporter l'éternité du purgatoire me paraît plus acceptable que la souffrance qu'un mari pourrait m'imposer. Je ne veux pas d'un époux.

— Tu me veux, moi, répliqua-t-il avec douceur.

Comme si ces mots l'avaient frappée en plein cœur, elle laissa sa tête tomber en avant et se mit à pleurer doucement. Agravar sentit son cœur sombrer lorsqu'il la vit se relever et s'éloigner rapidement de lui. Il voulait l'avoir près de lui. Il essaya de la rappeler, tandis que sa faiblesse reprenait le dessus. Son champ de vision s'obscurcissait et, bientôt, il ne discerna plus qu'avec peine la frêle silhouette qui lui tournait le dos.

Il avait besoin d'elle... Hélas, son monde vacillait dangereusement, à mesure que la douleur physique grandissait. Ses propres mots lui parvinrent de très loin.

— Ne pars pas, Rosamund. Je... Je dois dormir. Je ne sais pas ce qui m'a le plus anéanti, du coup ou de notre baiser...

Son propre rire résonna comme un écho alors qu'il sombrait dans l'inconscience.

17

Les mots d'Agravar continuaient de tournoyer dans son esprit, s'agrippant à sa conscience.

Tu me veux, moi.

Comment nier ? Elle le voulait de toute son âme. Mais quel bien sortirait de leur relation ? Avec un soupir, elle secoua sa torpeur et observa les bois alentour. Où était passé Davey ? Il aurait déjà dû être de retour.

Lorsqu'elle avait refusé de quitter Agravar tant qu'elle ne se serait pas assurée qu'il se remettait de sa blessure, il avait chevauché jusqu'au point de rencontre prévu pour laisser un message au bateau qui devait les prendre et convenir d'un nouveau rendez-vous.

Il était parti en milieu de matinée et, à présent, le soleil avait largement dépassé son zénith. Il devait être trois heures après midi.

De temps à autre, elle jetait un œil en direction d'Agravar qui dormait toujours. Elle l'avait recouvert de sa couverture de selle, de crainte que la chaleur des rayons du soleil qui pénétraient la bâtisse par larges rais de lumière soit insuffisante. À défaut d'apporter un réel confort à Agravar, cela la réconfortait de l'installer au mieux.

Cet homme était tellement beau… Dans l'abandon du sommeil, il devenait parfait. Chaque fois qu'elle posait le regard sur lui, son cœur se serrait.

Lorsqu'il se réveilla de nouveau, rien n'avait pas changé, si ce n'est la couverture qui le recouvrait et lui tenait atrocement chaud.

En levant les yeux, il découvrit un ciel uniformément bleu à travers les arches à demi écroulées. Il n'avait pas remarqué jusqu'alors que les lieux ressemblaient véritablement à une carcasse, comme s'il était emprisonné entre des côtes géantes où, autrefois, un cœur immense avait battu.

Rosamund... Où était-elle ? Était-elle partie ? Tournant la tête en tous sens, il la découvrit assise à quelque distance, là où la nef aurait dû se trouver.

— Ne comptais-tu pas quitter l'Angleterre ?

Au son de sa voix, elle tourna la tête et fut à son côté en un instant. Elle ouvrit une gourde d'eau et la tendit vers lui.

— Bois.

Il obéit et se sentit mieux même s'il avait toujours mal à la tête et que ses membres étaient contractés à force de rester immobiles. Il ne sentait même plus ses bras, toujours coincés dans son dos.

— Où est ton complice ? Combien de temps ai-je dormi ?

— Seulement quelques heures. Davey est descendu à la rivière où nous avions rendez-vous avec des bateliers pour reporter notre...

Elle s'interrompit abruptement, prenant sans doute conscience qu'elle en révélait beaucoup trop sur son plan.

Il partit d'un rire sans joie.

— J'étais simplement curieux. Ce n'est pas comme si je risquais de t'empêcher de partir, vu mon état.

— Je ne me risquerais certainement pas à sous-estimer le puissant guerrier Agravar.

Ils échangèrent un sourire.

— Tu me prêtes des pouvoirs que je n'ai pas, je t'assure.

Tout en parlant, il commença à faire glisser ses poignets l'un contre l'autre pour desserrer davantage l'étreinte de la corde. Il avait à présent suffisamment d'espace pour tourner les poignets. Ainsi, il pouvait recourber ses doigts pour tenter d'atteindre le nœud.

— Est-ce que ton crâne te fait toujours mal ? demanda-t-elle en passant les doigts dans ses cheveux.

Aussitôt, sa peau tout entière se hérissa de plaisir.

— Ça ira, répondit-il en s'écartant.

Non qu'il n'aimât pas qu'elle le touche — il adorait cela. Mais la sensation de ses doigts sur lui était presque insoutenable.

— Où comptes-tu aller, Rosamund ? Tu peux bien me le dire, je ne vais pas te courir après pour te ramener dans l'état où je suis...

— Je quitte l'Angleterre.

— C'est ce que tu m'as dit.

Il retint un cri de triomphe en sentant sous ses doigts le nœud de la corde. Il se mit à le travailler en bougeant le moins possible.

— Vers le nord ou le sud ?

— J'irai sur le continent.

— Tu n'as pas besoin de fuir.

— Vraiment ? Et quelles alternatives proposes-tu ? demanda-t-elle avec amertume.

— Tu as des amis, des soutiens qui pourraient te venir en aide.

— Je crois surtout que les gens se complaisent à se croire bons et altruistes, pourtant, lorsque le moment vient de prouver leur bonne volonté, tout d'un coup, ils ne veulent plus se mêler de ce qui ne les regarde pas.

— C'est ce que tu penses de Lady Veronica ?

Sa question la fit sursauter, et elle se referma aussitôt. Seulement, il n'allait pas la laisser si facilement refuser le débat et se renfermer.

— Et Alayna ? Je la connais depuis des années et elle

n'est pas moins brave que sa mère, il me semble. Ces gens ne te trahiraient jamais, Rosamund. Confie-toi à elles, et elles feront tout pour t'aider.

— Comme quoi ? Il n'y a rien d'illégal dans le fait de me donner en mariage à Lord Robert. Ce n'est même pas immoral ! Cyrus a légalement le droit de faire ce qu'il veut de moi. Crois-tu qu'il se laissera attendrir et me libérera ? Si c'est le cas, tu te trompes.

Elle redressa le menton pour affronter son regard.

— Personne ne pourrait l'arrêter, Agravar.

— Je me battrai pour toi.

— Non, ce combat est le mien et je refuse de dépendre de qui que ce soit. Je vais trouver un lieu où vivre enfin en paix, un endroit où personne ne pourra plus me blesser.

— Comment y parviendras-tu alors que l'angoisse se trouve en toi ?

— Tu ne comprends pas, murmura-t-elle.

Il vit que sa remarque l'avait ébranlée.

— Parfois, même après que nos tourmenteurs ont disparu, nous ne parvenons pas à oublier ce qu'ils nous ont fait subir, dit-il doucement.

Agravar perçut tout à coup des pas qui se rapprochaient, alors la supplia d'un ton pressant.

— Libère-moi, Rosamund. Laisse-moi t'aider. Je te promets que nous trouverons une solution. Davey n'est encore qu'un garçon ; moi, je pourrais...

— M'aiderais-tu à m'enfuir, Agravar ? Peux-tu me le promettre ?

— Fuir n'est pas la solution. Mais, je te le redis, je t'aiderai.

— La loi est contre nous et nous perdrions à la fin. Pourquoi ne peux-tu voir que la fuite est la seule solution possible ?

Elle semblait si seule, si malheureuse, que son cœur se serra douloureusement. Il ne parvenait pas à détacher son regard de sa silhouette et de la longue tresse de ses cheveux aux reflets d'or.

Agravar se raidit soudain en voyant apparaître Davey derrière elle. Celui-ci marcha droit sur elle et se pencha pour lui parler à l'oreille. Agravar ne put entendre un seul mot de leur échange.

Davey jeta un œil vers lui par-dessus l'épaule de Rosamund sans chercher à masquer son hostilité.

Agravar tentait toujours de se libérer dans son dos. Soudain, sa main glissa et il s'immobilisa. Il attendit en retenant son souffle. Le garçon avait-il remarqué son mouvement ? Heureusement, Davey détourna le regard et, après un moment, il recommença à se débattre avec les liens.

Tout son être se rebellait contre le traitement qu'ils avaient infligé à Agravar : ils l'avaient frappé, traîné à même le sol puis abandonné dans les ruines. Au moins, elle savait à présent qu'il se remettrait. Sa blessure à la tête ne saignait plus et il n'avait plus perdu conscience. Il n'avait même pas dormi depuis la dernière fois. Néanmoins, le besoin de le protéger était si puissant qu'elle eut toutes les peines du monde à suivre Davey.

Ils étaient supposés rejoindre le bateau dans quelques heures, et le voyage durerait encore davantage. Il était temps de partir.

Elle s'agenouilla près d'Agravar.

— Je ferai envoyer un message à Gastonbury dès que nous aurons embarqué pour prévenir Lord Lucien.

Agravar secoua la tête. La gorge serrée, elle vit que ses cheveux étaient maculés de terre et de sang séché.

— Tu ne devrais pas prendre le risque. Lucien me retrouvera bien assez tôt.

— Tu es blessé, tu as besoin de soins.

— Ce n'est qu'une égratignure. Tu aurais dû voir le trou dans ma tête après que nous avons poursuivi des braconniers à Deaston Manor.

Son sourire ne faisait que le rendre plus attirant encore… et plus difficile à quitter.

— Je suis tellement désolée pour tout le trouble que je t'ai causé, murmura-t-elle.

— Tu peux l'être ! s'exclama-t-il, les yeux rieurs. Que Dieu soit avec toi, Rosamund.

— Rosamund ! Venez !

Agravar fronça les sourcils en entendant Davey s'adresser à elle sur ce ton, mais il garda le silence.

— Merci, lui dit-elle.

— Pour quoi ?

Elle sentit les larmes lui monter aux yeux. Comment lui faire comprendre ? Elle lui était reconnaissante pour tout. Pour tout ce qu'il lui avait apporté, pour tout ce qu'il était.

— Rosamund !

— J'arrive ! répondit-elle à Davey. Cesse de me houspiller, Davey !

Elle osait à peine poser les yeux une dernière fois sur Agravar. Il devait tellement la haïr pour sa trahison, pour ce qu'elle lui faisait maintenant en le laissant seul, blessé et entravé. Pourtant, tout ce qu'elle lut sur son visage, c'était de la tristesse et une immense tendresse.

— Adieu, souffla-t-elle en se levant et en s'éloignant rapidement, les paupières gonflées de larmes.

Lorsque, au bout de quelques mètres, elle informa Davey de son intention d'envoyer un message à Gastonbury, il sembla plus irrité encore.

— Je ne comprends pas pourquoi vous prenez un tel risque, Rosamund.

— Plus un mot, rétorqua-t-elle. Soit j'envoie un message soit je ne monte pas dans ce bateau.

Cette fois, il ne répliqua plus. Ils montèrent en selle, et Davey annonça :

— Je dois vérifier qu'il n'y a pas de patrouille dans les alentours. Il ne faudrait pas que nous soyons surpris en chemin.

— Dois-je attendre ici ?

— Non, non. Laissez-moi vous aider à monter en selle. Je vais vous conduire jusqu'au chemin qui longe la rivière. Il est abrité d'un côté par l'eau, de l'autre par la falaise. Personne ne pourra vous surprendre. Vous pourrez le suivre jusqu'à l'endroit où le cours d'eau rejoint la Trent. Attendez-moi là-bas, je ne serai pas long.

— Très bien, acquiesça-t-elle.

Elle mit sa monture au pas et s'éloigna en suivant ses instructions.

Alors qu'elle s'éloignait des ruines, sa culpabilité l'étouffait. Davey lui avait appris qu'un village se trouvait non loin du lieu où la Trent et la Dove se rejoignaient. Elle trouverait bien quelqu'un là-bas pour envoyer son message, se promit-elle.

18

Le nœud était sur le point de céder.

Le soleil s'abîmait à l'horizon et la lumière faiblissait autour d'Agravar tandis qu'il continuait de lutter pour se libérer.

Quelle distance avaient-ils déjà parcourue dans ce laps de temps ? Il n'en savait rien. Il n'était cependant pas entièrement démuni. En effet, il avait suffisamment fait parler Rosamund pour apprendre qu'elle comptait descendre la rivière vers la mer. Il savait donc dans quelle direction la chercher.

Il tira brutalement sur ses poignets pour les arracher à l'étreinte qui tardait à lâcher. Son effort sauvage se révéla vain et ne fit que lui entailler la peau. Il prit le temps d'inspirer profondément pour se calmer avant de recommencer à tirer doucement sur le nœud, qui se relâcha un petit peu plus. Si seulement il parvenait à atteindre le bout de la corde...

Des feuilles craquèrent non loin, sous le poids de pas. Agravar tendit l'oreille, aux aguets. Qui que soit l'arrivant, il ne faisait aucun effort pour se montrer discret.

— Lucien ? lança-t-il d'une voix qui résonna étrangement dans le silence.

Il ne reçut aucune réponse.

— Qui va là ? appela-t-il encore.

C'est alors qu'il vit Davey apparaître entre les arches

à demi écroulées. Le garçon avançait courbé, comme s'il voulait passer inaperçu. Il tenait une dague dans sa main droite.

Évidemment.

Agravar le regarda approcher et comprit tout. Il recommença à tirer violemment sur ses liens, les mâchoires serrées pour supporter la douleur que la corde provoquait en s'enfonçant dans sa chair.

— Inutile de vous débattre, lança Davey d'une voix froide. J'ai serré les cordes à l'extrême.

Pas autant que ce petit bâtard se plaisait à le croire...

— Rosamund sait-elle que tu es là ? demanda-t-il d'un ton dégagé.

— Rosamund ne sait pas ce qui est bon pour elle, répliqua le gamin.

— Elle ne va pas aimer que tu lui désobéisses.

— Allons, Viking, nous sommes des hommes du monde, nous savons ce qui doit être fait.

— Un homme du monde, vraiment ? Quelle avancée pour un simple fils de paysan.

Il ne quitta pas un instant le garçon du regard tandis que celui-ci l'encerclait comme un fauve, sa proie.

— Fils de paysan par la naissance, peut-être, cracha-t-il. Aventurier par choix. Tous les hommes ne sont pas faits pour endurer l'état que le destin leur a attribué. Le caractère compte, ne pensez-vous pas ?

Agravar continua sur le ton de la conversation.

— Je ne peux qu'acquiescer étant donné les circonstances peu reluisantes de ma propre naissance... Ainsi, tu as choisi l'aventure, Davey. C'est pour Rosamund que tu te bats. Tu es amoureux d'elle, n'est-ce pas ?

Il avait beau n'être encore qu'un garçon, l'expression féroce de Davey le vieillissait. Peut-être Agravar l'avait-il sous-estimé ?

— Je ne comprends pas pourquoi ma lady ressent de l'empathie pour vous, en revanche, je sais que les sentiments qu'elle a pour vous la perdront. Aussi, c'est à moi, son protecteur, de l'éloigner de toute menace, même celles qu'elle refuse de voir.

Et sur ses mots, il leva sa dague. Agravar ignora son cœur battant et conserva un ton neutre.

— Inutile de se leurrer avec de tels mensonges ! La protection n'a rien à voir là-dedans. Ce n'est pas pour Rosamund que tu t'apprêtes à commettre un meurtre, Davey, seulement pour toi. Tu la veux. Et c'est pour moi qu'elle a des sentiments.

La rage tordit les traits juvéniles, et le garçon s'avança, la dague levée, avant de s'immobiliser brusquement. Il sembla reprendre le contrôle de ses émotions avant de parler :

— C'est vrai que vous êtes une épine dans mon talon depuis le début. Sans vous, je l'aurais déjà mise à l'abri en Italie ou en France à l'heure qu'il est.

— Elle ne veut pas réellement partir avec toi. Elle veut rester et tu le sais. Elle veut être avec moi.

Le visage de Davey se tordit en un rictus de haine.

— Vous ne pouvez pas l'avoir. Si elle reste, elle appartient à Lord Robert. Chez ces imbéciles de nobles, les fiançailles équivalent à un mariage. Rosamund ne sera jamais à vous.

Du calme... Du calme..., se répétait Agravar. Avec légèreté, il déclara :

— C'est vrai. Cependant, elle ne sera pas plus à toi, mon jeune ami.

Ses paroles eurent l'effet escompté. Avec un hurlement de rage, Davey leva son arme. Il avait obtenu ce qu'il voulait : le garçon était hors de contrôle et chargeait vers lui, prêt à lui porter un coup de toutes ses forces.

Agravar attendit le tout dernier moment. Lorsque la lame s'abattit vers lui, il s'écarta sur le côté à la dernière seconde, exactement comme il l'avait fait à l'entraînement avec Lucien. Le coup qui se voulait mortel manqua partiellement sa cible. Malheureusement, comme il avait toujours les mains liées et les chevilles entravées, il ne put s'écarter suffisamment pour éviter que la lame ne l'atteigne au flanc.

Agravar poussa un grognement de douleur mais parvint à rester alerte.

Davey cligna des paupières, visiblement stupéfait par le spectacle de son arme planté dans la chair d'un homme. Déjà, le sang maculait le sol. Le jeune garçon semblait incrédule, comme s'il ne parvenait pas à croire qu'il avait commis un tel acte. Néanmoins, Agravar savait qu'il n'avait que quelques secondes avant qu'il ne reprenne ses esprits et ne l'achève. Il domina donc son esprit pour ignorer la douleur et amena ses poignets tout contre la lame qui ressortait dans son dos. En moins d'une seconde, il se libéra.

Il ramena ses deux poings serrés devant lui et asséna deux coups simultanés de part et d'autre de la tête de Davey pour l'étourdir. Profitant de ce nouveau répit, il resserra les mains sur la garde de la dague et la retira de son flanc en poussant un cri de douleur. Il ne s'accorda pas un instant et s'attaqua à la corde qui entravait ses chevilles lorsqu'il reçut un violent coup de pied dans le menton. Il se retrouva à nouveau sur le dos.

Davey voulut récupérer la dague mais Agravar resserra son emprise sur la garde et la projeta vers son adversaire au dernier moment. Le garçon eut le réflexe de reculer d'un bond mais il n'évita pas la lame qui s'enfonça dans son épaule.

Malgré la douleur, Agravar se redressa et, face à son regard menaçant, Davey recula, effrayé. Agravar pouvait presque lire dans ses pensées : il était seul avec un Viking impitoyable, presque libre et armé. Tandis que lui n'avait pas d'arme. Les yeux effarés, Davey s'immobilisa un instant avant de lui tourner le dos et de se mettre à courir.

Très vite cependant, un vertige saisit Agravar, qui prit son front entre ses mains. Il ne put faire que quelques pas avant de vaciller à nouveau.

Pourquoi se sentait-il aussi faible ? Il baissa le regard sur la plaie à son côté et écarta les pans déchirés de sa tunique. Le sang coulait toujours abondamment. Il en perdait beaucoup trop. Un organe avait peut-être été atteint. Il ne lui restait plus qu'à prier pour que la blessure ne soit pas fatale... En tout cas pas rapidement.

Ses jambes faiblirent, et il tomba à genoux. Il sentit ses forces l'abandonner et glissa sur le dos. Il ne voyait plus dans son champ de vision que les arches de l'église qui se détachaient sur le ciel assombri.

Où diable était passée cette maudite couverture ? Il avait tout à coup terriblement froid.

Rosamund avait rêvé de connaître la liberté toute sa vie. Elle avait rêvé de quitter l'Angleterre pour découvrir d'autres terres. Et jamais dans ses rêves, elle n'avait pensé ressentir une telle tristesse au moment du départ. Seulement, elle n'avait pas non plus pensé qu'un homme comme Agravar puisse exister.

Non, mieux valait ne pas penser à lui.

— Ils devraient arriver à présent, maugréa Davey.

Il l'avait rejointe quelques minutes plus tôt. Il avait à peine ouvert la bouche, sinon pour dire que personne ne se trouvait dans les parages. Il était assez inhabituel qu'il se montre aussi peu volubile. Elle avait pu constater ces derniers temps à quel point il aimait se mettre en avant.

— Je commence à avoir faim, dit-elle. As-tu quelque chose à manger ?

Il secoua négativement la tête, et elle fut frappée par sa pâleur.

— Je croyais que nous serions déjà à bord à l'heure qu'il est, alors je ne m'en suis pas soucié.

— Ce n'est pas un problème, je peux attendre. Cela ne devrait plus être long à présent.

Un long silence suivit. Davey finit par se lever et marcha jusqu'à la rive. Rosamund le suivit du regard, de plus en plus perplexe.

Le dernier rayon de soleil disparaissait à l'horizon. Bientôt, l'obscurité serait totale.

— Penses-tu qu'ils viendront tout de même, malgré l'heure tardive ?

— Je leur ai dit de venir nous chercher demain matin s'ils n'y arrivaient pas ce soir. Ils doivent pouvoir naviguer sans être vus car la discrétion est cruciale.

— Peut-être devrions-nous nous préparer à passer la nuit ici, dans ce cas.

Davey acquiesça.

— Oui, prenez votre couverture de selle, vous pourrez vous allonger dessus.

Rosamund préféra ne pas lui dire qu'elle l'avait donnée à Agravar. En silence, elle s'installa sur la mousse épaisse qui couvrait les racines d'un chêne.

Un jour pas si lointain, elle s'était retrouvée ainsi allongée sur un tapis de mousse. Le rire d'Agravar flottait dans l'air et l'enivrait. Elle ferma les yeux et pria pour que le sommeil vienne rapidement l'emporter… En vain.

L'obscurité tomba et la nuit s'étira sans qu'elle trouve le repos. À peine l'aube pointa-t-elle qu'elle sauta sur ses pieds pour rejoindre la rive et observer le moindre signe d'un bateau. Au bout d'une heure, elle le repéra au loin, arrivant de la Trent.

— Davey, appela-t-elle.

Comme il ne répondait pas, elle vint à lui et le secoua.

— Davey ! Le bateau arrive. Lève-toi !

Étant donné qu'il ne réagissait pas, elle retourna au bord de l'eau. Elle sentit une matière étrange sur ses doigts et baissa le regard.

Du sang ?

Seigneur, oui, c'était bien du sang ! D'où venait-il ? Elle se retourna vers Davey qui s'était enfin assis et frottait ses yeux endormis. Il fit la grimace et regarda vers son épaule avant d'écarter sa tunique pour révéler une entaille d'où coulait du sang frais.

— Davey ! Tu es blessé ! Que s'est-il passé ?

Elle avançait vers lui lorsqu'elle s'immobilisa brusquement. Son ventre se noua quand elle croisa son regard coupable. Il détourna aussitôt les yeux.

— Je me suis fait mal à cheval, prétendit-il d'une voix qui manquait de conviction. Une branche m'a frappé, ce n'est rien.

Il se redressa et porta une main à son épaule.

— Où est ton épée ? demanda-t-elle d'une voix blanche, désincarnée.

Il portait une dague à sa taille depuis qu'ils avaient quitté Gastonbury, or, elle n'y était plus...

— Je... J'ai dû la perdre...

Toujours immobile, Rosamund baissa la voix jusqu'à ce qu'elle ne soit plus qu'un filet glacial :

— Qu'as-tu fait, Davey ? Dis-le moi immédiatement. Dis-moi ce que tu as fait ! Tu l'as tué ?

Sa voix se brisa dans un sanglot de terreur.

— Et moi, alors ? Vous y pensez ? Regardez ce qu'il m'a fait ? Vous vous en moquez complètement !

— Tu l'as tué ! cria-t-elle.

Elle se rua vers les chevaux sans plus attendre un instant. Davey se mit à courir après elle.

— Je l'ai fait pour vous. Il allait nous poursuivre. Il avait réussi à se libérer, il serait venu à vos trousses, Rosamund !

— Cesse de m'appeler ainsi, s'emporta-t-elle en montant sur sa jument. Je t'interdis de m'appeler par mon prénom. Je suis ta maîtresse, et tu n'es qu'un fou gorgé d'arrogance ! Maintenant, écarte-toi de mon chemin !

Comme il levait la main pour attraper ses rênes, elle lui asséna une violente claque sur les doigts.

— Non ! Je t'interdis de porter la main sur moi !

— Avez-vous perdu l'esprit ? Où comptez-vous aller ? Le bateau est ici ! Je vous en prie, ma lady ! Vous ne pouvez pas partir !

— Je vais le rejoindre.

— Non ! Ne partez pas ! s'emporta-t-il à son tour. Si vous êtes ramenée à Gastonbury, je ne vous aiderai plus. J'ai tout fait pour vous, tout ! Et voilà comment vous me remerciez ? Je vous jure que, si vous partez, je ne prendrai plus un seul risque pour vous, je le jure !

Rosamund lui jeta un regard plein de mépris.

— Fais attendre le navire. S'il est… S'il est mort, je reviendrai et je réglerai mes comptes avec toi plus tard. S'il est encore en vie, en revanche, je ferai tout pour le sauver. Retiens le bateau aussi longtemps que possible.

Elle ne lui laissa pas une chance supplémentaire de protester et lança sa monture au galop vers les ruines de l'église, le cœur battant à tout rompre.

19

Son rire roula en un écho lugubre entre les murs démolis de l'église. Il n'y avait pourtant rien de drôle... Et cependant, Agravar rit encore, jusqu'à ce que des larmes lui piquent les paupières.

Il était dans un état second, indescriptible. Il était éveillé, mais ne pouvait sentir son corps. Il avait la sensation que sa tête flottait dans les airs, comme en apesanteur. Les effets de la fièvre qui l'assaillait, sans doute. Il avait perdu beaucoup de sang, et la blessure n'avait pas été nettoyée. De toute évidence, il délirait sous l'effet de l'infection. Il avait néanmoins encore assez de lucidité pour savoir que c'était un très mauvais signe.

Rosamund.

Elle ne quittait jamais son esprit enfiévré. Ils formaient une paire inséparable, il l'avait senti depuis le début. Ils appartenaient l'un à l'autre. Quelle triste ironie de ne l'avoir compris qu'au moment où elle avait préféré partir en le laissant pour mort ! C'était tellement absurde !

Son rire résonna à nouveau dans le ventre creux de la ruine. Dans la faible lumière de l'aube, les ombres s'étiraient de façon irréelle. À moins que ce ne fût son esprit malade qui lui provoquât des visions. Il avait de plus en plus l'impression de flotter dans les airs, alors même qu'il ne parvenait plus à bouger un membre.

— Mère ? appela-t-il en voyant une silhouette avancer dans la pénombre.

La silhouette ne lui prêta pas la moindre attention. Le dos droit, elle passa près de lui sans un regard. Agravar en fut paradoxalement soulagé, il était toujours terrifié à la perspective de lire la haine dans le regard de sa mère. Elle ne l'avait jamais regardé autrement qu'avec répulsion depuis le jour de sa naissance.

Il ferma les yeux et s'enfonça dans un sommeil agité. Un rêve l'emporta alors. Il se trouvait dans la demeure de son père, les hommes buvaient, riaient et entonnaient des chansons paillardes. Ils rentraient tout juste d'un raid et célébraient leur victoire.

Lucien était là aussi et il le regardait avec intensité. Agravar comprit parfaitement le message silencieux.

Le moment était venu.

Lucien lui adressa le signal convenu et se leva pour se diriger vers le centre de la large pièce. Agravar le suivit.

Hendron, avait les yeux troubles et le nez rougeaud des hommes qui ont passé trop de nuits d'ivresse. Son ventre était énorme après trop de bonne chère.

— Père, appela Agravar.

Hendron leva son regard cupide vers lui. Une femme était installée sur ses genoux et se serrait contre lui à tel point que ses seins menaçaient de sortir de son décolleté. Pas une seule fois elle ne détourna le regard de son *thane*. Elle prenait son rôle de favorite très au sérieux. Et Agravar comprit parfaitement pourquoi : un énorme rubis reposait entre ses seins blancs.

Lucien saisit la femme par le bras et l'écarta sans ménagement. En même temps, Agravar glissa un bras autour du cou de son père et le tira en arrière. Sans défense, il écarquilla des yeux vitreux lorsque Agravar posait la pointe de sa lame sur son cœur.

Autour d'eux, la bruyante mêlée se tut soudainement. Le silence était lourd lorsque Lucien prit la parole.

— Rends-moi ma liberté.

Hendron posa les yeux sur la lame pointée sur son cœur, puis sur Lucien et enfin sur son fils.

— Je vous ferai écorcher vifs tous les deux, éructa-t-il. Et je mangerai vos entrailles avant que vous ayez poussé votre dernier souffle pour votre insolence. Vous me supplierez de vous achever.

Personne ne bougeait. Les hommes de Hendron regardaient le spectacle avec intérêt mais aucun ne fit mine d'intervenir. Personne n'aurait osé s'interposer face à Lucien.

Agravar desserra son bras et libéra le cou de son père. Il avait un besoin urgent de nettoyer ses mains, car le contact de cet homme cruel et brutal le révulsait. Il se sentait souillé jusque dans son âme.

Lucien répéta du même ton dangereusement calme.

— Libère-moi et je te laisserai la vie.

— Tu ferais mieux de me tuer, sale chien ! Mais tu ne le feras pas. Tu n'en auras pas le courage. Les Anglais ne sont que des lâches. Des petits porcelets qui attendent bien sagement que le grand méchant loup vienne les dévorer. Et c'est moi, le l…

Hendron n'acheva pas sa phrase car Lucien venait d'enfoncer sa dague dans sa gorge. Agravar observa le spectacle sans aucune émotion et il leva son épée pour faire face au reste des hommes, au côté de son ami.

Quelques-uns se jetèrent sur eux en hurlant, dans l'espoir de mettre la main sur le butin de Hendron, plutôt que par fidélité à leur *thane*. Beaucoup d'hommes semblaient plutôt soulagés d'être débarrassés du joug de Hendron. Agravar se battit avec bravoure et, bientôt, ils vinrent à bout des rares Vikings qui s'étaient opposés à eux.

Lucien était libre, enfin. Agravar, lui, ne l'était toujours pas. Il ne serait jamais libéré du crime commis par son père à l'encontre de sa mère, parce qu'il était lui-même ce crime.

Hendron était mort et, pourtant, rien n'avait changé.

En pleine confusion, Agravar ne comprenait plus rien à ce qui se passait. Était-ce un rêve ? Un souvenir ? La réalité ? Tout cela était déjà arrivé, oui...

Il ouvrit les yeux pour rejeter la vision dans les limbes de l'oubli. Seulement, l'image de sa mère continuait de s'imprimer sur sa rétine. Il la revoyait encore et encore, incarnation vivante de la douleur et du ressentiment. La silhouette féminine s'approcha et s'agenouilla près de lui. Ce ne pouvait être sa mère, sa mère ne lui jetait jamais un regard. Il ferma les yeux et se laissa retomber dans l'inconscience.

De nouvelles images l'emportèrent. Alayna, Veronica, Will, Lucien, Robert et Davey. Un à un, il leur demanda de lui venir en aide. Il les supplia.

Il rêva à nouveau. Cette fois, Rosamund était près de lui, elle caressait son torse et lui murmurait de douces paroles à l'oreille. Elle était si proche qu'il pouvait sentir la chaleur de son souffle sur sa peau. Instinctivement, ses paupières se rouvrirent. Il avait peur de découvrir qu'elle n'était qu'une vision créée par son esprit vacillant.

Rosamund était là. Bien réelle, pour autant qu'il parvienne encore à discerner le réel. Il admira la lumière qui inondait sa chevelure aux reflets dorés. Elle semblait presque éthérée dans cette lumière, comme un ange. Soudain, il se demanda s'il n'était pas mort. Il ne voulait pas mourir. Pas à présent qu'il l'avait rencontrée.

Rosamund se pencha sur lui et déposa un baiser sur son front. La sensation merveilleuse le convainquit qu'il était encore en vie.

— Je suis là. Tu ne crains plus rien. Je reste près de toi, Agravar. Repose-toi, je ne te quitterai pas.

Il rit à nouveau, d'un rire dénué d'ironie et de regret, cette fois. Ses bras l'enserraient merveilleusement et la douce pression de sa tête contre son torse l'emplissait d'un bonheur sans mélange.

Peu importait si ce n'était qu'un rêve, celui-là était trop merveilleux pour qu'il songe à se réveiller.

Rosamund s'inquiétait en premier lieu pour la fièvre. Par chance, ses solides connaissances de guérisseuse ne la laissaient pas démunie. Elle se mit donc en devoir de le débarrasser de ses vêtements. Elle fit de son mieux pour ignorer les muscles virils qui roulaient sous ses doigts.

Quand elle l'eut déshabillé, elle courut jusqu'à la rivière pour y tremper son surcot. De retour avec le vêtement humide, elle l'essora sur le grand corps brûlant pour le rafraîchir. Quand il ne resta plus une goutte d'eau, elle recommença l'opération. Elle continua ses soins jusqu'à ce que le soleil atteigne son zénith.

Après quoi, Agravar se mit à frissonner de façon incontrôlable. Elle déposa alors sa couverture sur le haut de son buste. Il ouvrit finalement les yeux et posa sur elle un regard égaré.

— Je suis désolé, souffla-t-il d'une voix désespérée.

— Chut, Agravar. Du calme.

— Mère, je vous en prie...

Elle le força à se rallonger et posa une main fraîche sur son front jusqu'à ce qu'il retombe dans le sommeil. Alors, elle examina ses poignets qui n'étaient que légèrement abîmés. Enfin, elle inspira profondément et se prépara à affronter sa plaie au flanc. En voyant l'ampleur des dégâts, elle se sentit blêmir. La blessure était infectée. Elle devait être rouverte, nettoyée, puis cautérisée.

Si elle avait pu trouver un moyen de le ramener à

Gastonbury, elle l'aurait fait sans hésiter, au prix de sa liberté. Néanmoins, cela ne lui serait d'aucune utilité vu l'état d'Agravar. Elle allait devoir le soigner elle-même... et vite, car la fièvre ne baissait pas. Si elle n'agissait pas rapidement, il allait mourir. Et cela, elle ne le permettrait pas.

Rosamund tira la dague qu'il avait à sa ceinture et poussa un soupir de soulagement en voyant que la taille de la lame était adaptée à la tâche qu'elle devait accomplir. Elle avait à présent besoin d'un feu pour chauffer la lame à blanc. Elle se mit aussitôt à rassembler du petit bois et deux pierres à silex pour démarrer la flamme. Malgré ses mains tremblantes, elle travailla vite et parvint à obtenir une étincelle qui s'enflamma. Elle entretint le foyer jusqu'à obtenir un feu crépitant.

La lame à la main, elle se tourna vers Agravar en s'efforçant de respirer lentement pour se calmer. Elle posa la pointe de la dague contre la plaie et entailla la peau en murmurant :

— Pardonne-moi.

Agravar poussa un rugissement de douleur et se redressa brusquement. Il posa sur elle des yeux égarés, et elle regretta de ne pas lui avoir au moins lié les mains. Dans son délire, il risquait de la tuer ou de se blesser sans même s'en rendre compte.

Cependant, son mouvement brusque avait agrandi l'entaille d'où suintait à présent du sang frais, ce qui était bon signe. Rosamund lui murmura des paroles réconfortantes tout en l'allongeant à nouveau. Bientôt, il retomba inconscient, le corps couvert de sueur. À l'aide de son surcot gorgé d'eau, elle draina et nettoya la plaie. Si seulement elle avait eu une gourde, l'opération aurait été moins délicate...

Enfin, la blessure lui sembla redevenue saine et propre. Le plus dur restait cependant à faire. La gorge serrée, elle s'empara de la dague dont elle avait laissé la lame dans les flammes.

Elle sentit sa vision vaciller dangereusement. Non, elle devait à tout prix parvenir à se concentrer. Voilà. De longues respirations…

Finalement, elle laissa échapper un cri étouffé en appuyant la lame chauffée à blanc sur la chair. Agravar poussa un gémissement sourd avant de retomber, inerte. Rosamund sanglota en comptant cinq interminables secondes. Était-ce assez ? Trop ? Elle n'en avait aucune idée.

L'odeur de chair brûlée lui donna la nausée. Le cœur au bord des lèvres, elle se traîna à l'écart, affaiblie et tremblante d'émotion. Quand elle eut retrouvé suffisamment de force, elle revint vers lui et s'appuya contre son torse nu avant de déposer un baiser sur sa peau brûlante. Lentement, elle laissa couler ses larmes.

Quelques heures plus tard, elle eut l'impression que sa fièvre avait baissé.

Elle était affamée, aussi partit-elle en quête d'un peu de nourriture dans les bois. Elle connaissait bien les herbes et les baies comestibles. Toutes n'étaient pas bonnes au goût, mais elle se força à les mâcher jusqu'à ce que sa faim s'apaise.

Que pouvait-elle faire pour Agravar, à présent ? Il risquait de s'affaiblir s'il ne mangeait pas. Malheureusement, elle n'avait rien pour lui préparer un bouillon qui lui aurait rendu des forces.

Saurait-elle capturer un animal ? L'idée était ridicule. Elle n'avait pas la moindre notion de chasse ou de piège. La seule solution, si elle voulait pouvoir le nourrir, était de trouver de l'aide.

Elle revint près de lui et posa la paume sur son front. Oui, la fièvre était bel et bien tombée. Sa blessure semblait également plus saine, aucun trait violacé ne marbrait sa peau.

— Ne te réveille pas avant mon retour, commanda-t-elle à voix basse.

Pour toute réponse, il ronfla doucement, sa poitrine se soulevant et s'abaissant avec une régularité encourageante. Elle se sentait légèrement soulagée lorsqu'elle s'enfonça dans les bois.

Rosamund revint quelques heures plus tard chargée d'une bouilloire, d'une petite marmite et d'une pierre à briquet. Elle avait également quelques pommes séchées et un morceau de viande salée.

Soulagée de voir qu'Agravar dormait toujours paisiblement, elle partit à la rivière pour remplir la bouilloire et rapporter quelques pierres à chauffer. Elle chantonnait en revenant vers leur camp de fortune. Elle mit les pierres sur le feu et attendit qu'elles soient brûlantes pour les jeter dans l'eau de la marmite. Une fois que celle-ci se mit à bouillir, elle y déposa le morceau de viande. Elle n'était pas certaine que cette méthode de fortune lui permette d'obtenir un bouillon digne de ce nom, mais c'était tout ce qu'elle avait.

Après avoir vérifié les blessures d'Agravar, elle tenta de verser un peu d'eau entre ses lèvres desséchées. Il commença par tousser avant de parvenir à avaler le liquide. Quand il se fut habitué à la manipulation, elle essaya un peu de bouillon. Le rendu final était loin de ce qu'elle avait espéré, mais l'eau avait permis d'attendrir un peu la viande séchée, ce qui lui permit d'en découper facilement des petits bouts dont elle le nourrit.

Étonnamment, elle se sentit mieux après tous ces efforts, alors même qu'ils n'avaient qu'à peine amélioré le confort des lieux. Cependant, l'action lui semblait mille fois préférable à l'inaction.

Lorsque la nuit tomba, elle s'installa tout près d'Agravar pour lui murmurer des mots de réconfort. Elle doutait qu'il puisse l'entendre, mais elle continua néanmoins. Après tout, elle-même avait bien besoin de soutien...

Comment allaient réagir les habitants de la maisonnette qu'elle avait pillée ? Sans doute seraient-ils plus surpris qu'en colère car elle n'avait pas pris grand-chose, sinon le nécessaire dont Agravar avait besoin pour survivre. Elle avait laissé tout ce qui avait un tant soit peu de valeur à sa place. Ils allaient la prendre pour un voleur particulièrement stupide, songea-t-elle avec un sourire.

Elle posa sa tête près de celle d'Agravar et ferma les yeux pour s'enivrer de l'odeur de l'homme assoupi auprès d'elle. Malgré la précarité de leur situation, elle se sentait étrangement optimiste lorsqu'elle sombra dans le sommeil.

Hélas, les doigts glacés de l'incertitude vinrent bien vite la retrouver dans ses rêves.

20

Il entendait une femme pleurer…

Agravar ouvrit les yeux sur le ciel matinal. Il cligna des paupières en voyant de hauts murs à demi effondrés autour de lui. Où diable était-il ?

Les pleurs reprirent, juste à côté de lui.

Était-ce sa mère ? Il l'avait déjà vue pleurer tant de fois… Souvent, elle prenait son visage entre ses mains et sanglotait silencieusement. Elle ne lui parlait jamais. Elle ne le touchait jamais. Est-ce que c'était sa mère qui était là près de lui, appuyée sur son torse ?

Il prit entre ses doigts une mèche de cheveux soyeuse. De l'or sombre.

— Rosamund, murmura-t-il.

Elle releva aussitôt le visage et lui sourit à travers ses larmes.

— Agravar ! Dieu merci !

Il ne pouvait s'empêcher de la contempler avec émerveillement. Il ne rêvait pas. Rosamund était bien là, près de lui. Il murmura encore son prénom comme pour l'empêcher de s'évanouir. Instinctivement, il referma les mains autour de son visage et l'amena vers lui pour l'embrasser. Elle émit un léger son qui devait être un signe de contentement car elle lui rendit son baiser sans réserve.

Ses mains caressaient lentement son torse nu. Agravar

voulait la sentir tout contre lui, aussi se tourna-t-il sur le côté. Son mouvement déclencha une violente douleur sur son flanc, mais il l'ignora, trop concentré sur le corps de la jeune femme qui reposait entre ses bras, sur sa bouche suave qui le goûtait avec gourmandise. Il laissa courir ses mains dans son dos, jusqu'à la courbe sensuelle de sa hanche.

— Je suis en train de rêver, dit-il d'une voix rauque de désir.

Elle s'écarta légèrement pour lui adresser un doux sourire.

— Non, ce n'est pas un rêve. C'est impossible, mes rêves ne sont jamais aussi beaux…

— C'est vrai, les miens non plus, alors je dois être réveillé. Ce qui signifie que tu es bien réelle.

— Dieu merci, tu vas mieux, souffla-t-elle. Je n'aurais jamais pu supporter que quoi que ce soit t'arrive, tu le sais, n'est-ce pas ?

— Non, je ne le savais pas… Je me disais au contraire que tu aurais été bien soulagée d'être débarrassée de moi.

— Jamais, répondit-elle avec ferveur avant de prendre ses lèvres. Je t'aime, insupportable Viking.

Ses lèvres déposèrent de délicats baisers au coin de sa bouche.

— Tu n'as pas cessé un instant de me poursuivre, tu m'as surveillée au point de me faire hurler, tu m'as interrogée et questionnée à m'en rendre folle. Et pourtant, l'évidence est là : je t'aime.

Il recula, affectant une expression choquée, alors qu'en vérité son cœur débordait d'allégresse.

— C'est bien la plus étrange déclaration d'amour que j'aie jamais entendue.

— Peut-être, mais tout y est vrai, assura-t-elle, amusée.

— En effet. Et j'ai fait tout cela parce que je t'appartiens depuis le moment où tu m'as attaqué avec cette maudite épée brisée. Je n'arrivais pas à te sortir de mon esprit et si l'un de nous deux a été ensorcelé, c'est bien moi.

— Toi ? Absolument pas.

— Oh si ! Et sans espoir. Ne prétends pas que tu ne le savais pas.

— Je te jure que je ne le savais pas !

Agravar laissa courir ses doigts le long de sa nuque délicate, pour le simple plaisir de voir ses paupières se fermer à demi de plaisir.

— Tu as toujours été une très mauvaise menteuse.

— Et toi, un chevalier fort peu chevaleresque pour m'insulter après m'avoir embrassée.

— Je ne fais que suivre ton exemple, ma douce. Tu m'embrasses puis tu m'assommes violemment.

— Ce n'est pas moi qui t'ai assommé !

— Non, c'est l'homme qui était sous tes ordres, ce qui revient au même. Au fait, où est-il passé ?

— Je l'ai quitté près de la rivière, à notre lieu de rendez-vous.

Agravar fronça les sourcils, soudain sérieux.

— Tu as manqué ton bateau ?

— Je suis revenue pour... C'est ma faute si Davey a agi comme il l'a fait. Je devais revenir. Si tu avais péri, j'aurais perdu la raison.

— Lucien finira par me retrouver, la prévint-il avec douceur. Lorsqu'ils auront patrouillé dans le village et la forêt, ils viendront par ici. D'ailleurs, je m'étonne qu'il ne soit pas déjà là. Je me demande ce qui a pu le retarder de la sorte, à vrai dire. Le fait que je ne l'ai pas rapidement rejoint a dû l'alerter.

— Je me moque du seigneur de Gastonbury, je me moque de Lord Robert, le seul dont je me soucie, c'est l'homme que j'ai près de moi en cet instant.

— Je n'aurais jamais cru entendre d'aussi douces paroles,

murmura-t-il, les yeux plongés dans les siens. Encore moins de ta part. Et cependant, j'avais de l'espoir…

— Alors cela signifie que tu m'aimes ?

— Est-ce que je ne te l'ai pas dit ?

— En fait, non… Tu ne me l'as pas dit !

Elle se mit à rire lorsqu'il passa la langue le long de son oreille, mais la pression de ses mains sur ses épaules lui indiqua qu'elle aimait ses caresses.

Agravar s'écarta pour la regarder, le visage parfaitement sérieux. Il y avait une ferveur nouvelle dans sa voix lorsqu'il prononça ces mots :

— Je t'aime, Rosamund. De toute mon âme, je t'aime jusqu'à la folie et encore au-delà.

Une joie pure traversa son beau regard doux.

— Tu as décidément une langue de poète quand tu fais un petit effort.

— Vraiment ? Quelle surprise ! Je n'avais aucune idée que ma langue pouvait être aussi talentueuse. Laisse-moi te montrer de quoi d'autre elle est capable.

Alors, il prit son visage entre ses mains pour lui donner un voluptueux baiser. Elle passa les bras autour de son cou et se pressa contre lui. Le souffle coupé, il quitta sa bouche pour déposer des baisers le long de sa mâchoire et jusqu'au petit creux derrière son oreille. Rosamund émit un doux gémissement de plaisir. Du bout de la langue, il dessina la courbe de son oreille, lui arrachant des frissons délicieux. Elle enfonça convulsivement ses doigts dans ses épaules.

Il prit son menton entre ses doigts pour tourner son beau visage vers lui. Son regard était enflammé, on aurait dit du miel chaud. Elle passa ses doigts dans ses cheveux sans le quitter du regard.

— Je suis à toi, Agravar, promit-elle. Tout en moi t'appartient, même si je ne comprends pas moi-même la nature du lien qui nous lie. Je sais simplement, au fond de mon âme, que tu es à moi, que tu fais partie de moi et que nous étions destinés l'un à l'autre avant même de nous connaître.

Elle déposa un léger baiser sur ses lèvres, d'abord un simple effleurement qui se transforma en une étreinte plus passionnée.

— Est-ce que mes paroles ressemblent trop aux belles paroles des troubadours ? Tu trouves que j'exagère ?

— Oh ! mon amour, souffla-t-il, étranglé d'émotion. Tu ne peux pas imaginer le bonheur que je ressens en entendant de telles paroles. Je n'ai jamais cru que de tels mots pourraient un jour m'être adressés. J'ai attendu si longtemps un mot gentil, une caresse... Peu importe.

Sa voix s'était brisée sous l'émotion, et la jeune femme posa son visage au creux de sa paume avant d'embrasser la peau légèrement calleuse.

— Je t'en prie, dis-moi... Moi aussi, je veux te comprendre.

— Ce n'est pas le moment de parler de choses tristes, ma douce. Pas alors que je t'ai enfin dans mes bras. J'ai toujours du mal à croire en ce miracle, alors laisse-moi profiter de ces moments. Nous ne savons pas ce que l'avenir nous réserve. Nous sommes l'un à l'autre et je ne veux penser qu'à cela pour l'heure.

— Peu importe l'avenir, Agravar, nous nous appartenons pour toujours. Tu es mien pour toujours, je le jure.

— Et mon cœur t'appartient, Rosamund.

Ils s'embrassèrent avec passion, et le désir embrasa leurs peaux. Il la voulait tellement qu'il en tremblait. Il lui fallut toute sa persévérance pour se retenir de caresser la rondeur de ses seins, la longueur de ses jambes ou la texture de sa peau. Il ne voulait pas la déshonorer. Peu importe la frustration qui rugissait en lui, il refusait de la soumettre ainsi à son désir.

— Viens là, murmura-t-il en l'attirant contre son torse,

dans la position dans laquelle il l'avait découverte à son réveil.

Elle s'allongea près de lui en poussant un soupir de contentement. Des doigts, elle continua de dessiner des arabesques sur sa peau lisse.

— Tu te sens mieux ? demanda-t-elle.

— Ai-je l'air souffrant ? demanda-t-il, feignant la surprise.

En vérité, il souffrait intensément. Ses légères caresses l'obligeaient à serrer les dents et mettaient ses intentions honorables à rude épreuve.

— Je voulais parler de ta blessure, précisa-t-elle avec un petit rire.

Sa blessure ? Il aurait pu être découpé de part en part qu'il n'aurait rien remarqué. La douleur était bien plus importante dans son bas-ventre.

— Je n'ai pas mal.

— Tu dois faire attention. La plaie était infectée lorsque je t'ai retrouvé, et j'ai dû travailler dur et longtemps pour l'assainir. Seigneur, j'en frémis encore. C'était terrifiant.

— J'aime que tu t'occupes de moi, rétorqua-t-il, soudain empli de tendresse. Cela risque de m'amollir si je n'y prends pas garde...

— Oh ! j'en doute !

Avec un rire, il laissa sa tête rouler en arrière, le regard perdu dans le ciel crépusculaire. Les mains de Rosamund continuaient d'errer sans but sur son torse et sur son ventre, mettant son corps à la torture.

Il essaya de penser à autre chose pour apaiser son désir. À la nouvelle cotte de mailles qu'il venait d'acheter, au poids de son épée entre ses mains... Hélas, le moindre geste de la jeune femme, aussi innocent fût-il, envoyait des ondes de plaisir dans tout son être. Elle ne savait pas ce qu'elle faisait. Pour l'amour de Dieu, elle n'était qu'une jeune fille innocente ! Comment aurait-elle pu soupçonner l'effet dévastateur qu'elle provoquait sur lui ?

Au même instant, elle releva une jambe et la passa en travers de sa taille pour s'ajuster plus étroitement à lui. C'est alors que sa cuisse effleura sa virilité. Elle se raidit soudain et leva sur lui des yeux écarquillés.

Soucieux de ne pas l'effrayer après les horreurs qu'elle avait entendues toute sa vie concernant le péché de chair, il retint un soupir et expliqua :

— Rosamund... Un homme, lorsqu'il se retrouve aussi proche de la femme qu'il aime, éprouve un désir charnel. Je ne suis qu'humain, après tout, même si jamais je ne...

— Ton corps réagit de la sorte à cause de moi ? l'interrompit-elle avec une curiosité non dissimulée.

Il fut tellement stupéfait qu'il parvint seulement à acquiescer.

— Hum, fit-elle pensivement. Je crois qu'il se passe également quelque chose au creux de mon ventre, Agravar. Une sensation brûlante et délicieuse... Je ne sais pas comment l'expliquer, je sais seulement que cela n'arrive que lorsque je suis près de toi, ou que je pense à toi.

— Tu ne devrais pas dire de telles choses, gronda-t-il d'une voix rauque.

— Je veux savoir, Agravar, insista-t-elle doucement. Lorsque tu me touches, je ressens... une sorte de langueur.

Elle sembla réfléchir au mot, avant de préciser.

— Ou plutôt, un besoin. Est-ce que c'est la même chose pour...

— Rosamund, s'il te plaît.

Il l'écarta gentiment et se redressa en grimaçant lorsque la douleur se réveilla dans son flanc. Il se mit sur ses pieds mais vacilla aussitôt. Rosamund demeura assise au sol, ses jambes gracieusement repliées sous elle. Elle était si jeune, si innocente... Cela ne faisait que rendre la tentation plus insoutenable encore.

— Y a-t-il de la nourriture ? grommela-t-il. Je suis affamé.

— Mais..., commença-t-elle avant d'abandonner. Il y a à manger ici. Je vais te servir.

Elle se leva et passa devant lui, le dos raide comme un *i*. Agravar ressentit aussitôt une pointe de regret, aussi tenta-t-il de se distraire en essayant de faire quelques pas.

— Il ne faut pas rouvrir la plaie, lança-t-elle d'un ton distant.

— J'ai déjà reçu bien pire que cela, répondit-il avec douceur.

— Bien sûr, acquiesça-t-elle comme si elle se pliait à ses arguments.

Elle se détourna pour fouiller parmi les objets qui se trouvaient près du feu. Il boitilla jusqu'à elle, sans s'approcher trop cependant. Mieux valait ne pas tenter le diable...

Il avait tellement envie de lui faire l'amour... Non ! Il s'efforça d'écarter cette pensée importune de son esprit.

— Où as-tu trouvé tout cela ? demanda-t-il.

Elle ne tourna pas le visage vers lui pour répondre :

— Je l'ai volé chez des paysans.

Impressionné, il siffla.

— Espérons qu'ils ne viendront pas poursuivre le voleur jusqu'ici avec un arc et des flèches !

Cette fois, elle fit volte-face et rétorqua sèchement :

— Aurais-tu préféré que l'on meure de faim à la place ? Apparemment, je ne fais rien qui te plaît.

Et, sans plus d'explications, elle s'éloigna au pas de charge, le laissant bouche bée. Elle se posta bien droite devant les arbres, les bras croisés, le visage fermé.

Remis de sa surprise, Agravar comprit qu'il vivait là sa première dispute amoureuse et il se mit à sourire comme un gamin. Il méritait son agacement en vérité, et la voir dans cet état lui semblait tellement... normal. Lucien et Alayna s'étaient disputés dès le premier instant, et sa dispute avec Rosamund donnait ainsi plus de corps à la réalité de leur relation.

Apparemment, elle attendait qu'il la rejoigne pour faire la paix, sans quoi elle se serait éloignée davantage. Sa posture ne traduisait pas seulement de la colère, mais aussi son besoin d'être réconfortée. Comme pour confirmer son intuition, elle lui jeta un rapide regard courroucé par-dessus son épaule.

Il l'avait blessée. En voulant la protéger, en essayant d'agir honorablement, il s'était montré maladroit et l'avait mise en colère. À cause de son éducation pervertie, elle ne savait pas comment agir avec lui, avec aucun homme en vérité. Elle avait visiblement cru qu'il la rejetait alors même qu'il luttait contre la violence de son désir pour elle.

Agravar avait beau placer l'honneur au-dessus de tout, il avait ses limites et les paroles de la jeune femme tournaient dans sa tête, enivrantes. *Lorsque tu me touches, je ressens une sorte de langueur... Un besoin...*

Son adorable innocente n'avait aucune idée de la portée de ses paroles tentatrices. Il n'avait pas le droit de profiter d'elle de la sorte. C'était contre tous ses principes. Or, contrairement à son père, Agravar s'efforçait de respecter des principes, et notamment celui de ne jamais utiliser les plus faibles, les moins expérimentés, à son avantage.

Avec un soupir, il redressa les épaules. Il allait devoir jouer serré pour respecter à la fois ce principe et la femme qu'il aimait...

21

Elle l'entendit approcher dans son dos.

— Rosamund, je n'avais pas l'intention de te contrarier.

Elle haussa une épaule.

— Peu importe. C'est à moi de m'excuser. J'ai commis une faute et j'aimerais que nous n'en parlions plus.

— Non, ma douce, murmura-t-il en posant les mains sur ses bras, tu n'as rien fait de mal. Il est tout à fait normal qu'en tant que jeune fille tu ne saches pas tout de ces choses...

— Je t'en prie, laisse-moi, supplia-t-elle. Si tu ne veux pas de moi, je l'accepterai sans me plaindre.

Malgré la bravoure de son ton, il avait dû entendre les sanglots contenus dans sa voix.

— Pour l'amour du ciel, c'est ce que tu crois ? s'exclama-t-il en la tournant face à lui.

Comme elle refusait de lever la tête, il prit son menton entre ses doigts et l'obligea à plonger son regard dans le sien.

— Je t'aime, Rosamund. Tu as envahi mon âme et je peux t'assurer qu'il n'y a pas la plus infime part de mon être qui ne te désire pas. Je te désire tellement fort que j'en deviens fou. Seulement, ma douce, tu n'es qu'une innocente. Tu ne peux pas savoir de quoi je parle.

— Et toi ? Que sais-tu de mes désirs ? demanda-t-elle en fronçant les sourcils. J'en ai assez de te voir penser et décider à ma place. Je suis peut-être innocente, mais je ne suis pas idiote.

Son éclat le laissa pantois.

— Je ne voudrais pas agir impulsivem...

— Oh ! arrête à la fin ! s'exclama-t-elle.

Stupéfait, il la fixa sans un mot.

— Je t'aime et tu m'aimes, Agravar. Nous savons tous les deux que, malgré notre amour, rien ne sera possible entre nous. Maintenant... Ces instants... C'est tout ce que nous avons à partager.

Comme il détournait le regard, elle essaya de se défaire de son étreinte et, dans son mouvement, frotta ses seins fermes contre son torse. Elle s'immobilisa en entendant le bref grondement qui roula dans sa poitrine. Lentement, elle fit le même mouvement, appuyant également ses hanches contre les muscles durs de ses jambes.

Les pointes de ses seins la lançaient étrangement, comme si des ondes de plaisir douloureux en émanaient, envoyant des décharges au creux de son ventre.

— Rosamund, je n'ai rien à t'offrir...

Il posa les mains sur ses épaules comme s'il voulait l'écarter mais en était incapable.

— Ce n'est pas l'absence de désir qui me garde à distance de toi, poursuivit-il.

— Pourquoi vouloir me protéger d'une chose dont je ne veux pas être protégée ?

— As-tu songé aux conséquences si nous nous abandonnons à notre désir ? Que dira ton époux en découvrant que tu n'es plus vierge ? Et s'il y avait un enfant ? Tu serais déshonorée. Cet enfant causerait ta perte et tu le haïrais pour cela, tandis que je n'aurais aucun droit sur lui. Cela me tuerait de faire vivre à un innocent ce que j'ai moi-même subi.

Rosamund le contempla un moment, surprise par cet aveu.

— Comment pourrais-je ne pas aimer quelque chose qui me viendrait de toi ? Au contraire, je chérirai toujours cette part de toi que je pourrais garder avec moi. Aucun enfant ne pourrait être aussi désiré et chéri que le tien, Agravar.

Mais il secoua la tête, le visage fermé, sourd à ses paroles.

— Tu serais ruinée, ta réputation serait traînée dans la boue pour toujours.

— Lorsque j'étais enfant, on m'a traitée comme la créature la plus vile que Dieu ait créée. J'étais femme, et pour cette seule raison, dans l'esprit du père Léon, j'étais diabolique avant même d'avoir commis la moindre faute. J'ai été abreuvée des péchés d'Ève et de toutes les femmes de mauvaise vie de l'Ancien Testament, j'ai grandi en sachant l'ignominie de leurs destinées. J'ai appris que je n'étais pas différente d'elles.

— Ne parlons plus de ce que ces imbéciles t'ont fait subir, cela appartient au passé, lança-t-il, les mâchoires contractées.

— Oh si, j'en parlerai ! Parce que ce passé a formé celle que je suis, moi, la femme que tu prétends aimer !

— Seigneur, il semble que j'ai libéré un monstre, souffla-t-il en souriant pour la première fois. Eh bien, vas-y alors, parle tout ton soûl.

— Ce que je veux dire, reprit-elle, c'est que, quoi que je fasse et quoi je dise, j'ai été considérée comme un être du mal. J'ai été punie. Et tu sais ce que je pensais pendant tout ce temps, Agravar ? Qu'il était décidément bien dommage que je subisse toutes les conséquences de ces crimes sans les avoir commis. Aucune punition ne me semblera insoutenable si je sais que cela en valait la peine. Si je ne préserve pas ma chasteté, si, pour une fois, je suis la voie de mon cœur et que cela me condamne à un futur aussi malheureux que l'a été mon passé, je peux t'assurer que le marché sera équitable. Parce que, pour une fois, j'aurai connu un bonheur qui sera véritablement mien. Mien, tu comprends ? Et cela surpasse toutes les punitions imaginables, Agravar.

Elle se dressait face à lui, débarrassée de sa timidité et de sa peur. Elle se savait forte et belle dans son regard d'azur, et elle y vit le reflet admirable de cette nouvelle femme puissante. Elle était enfin elle-même, sans le voile de la peur pour masquer sa force. Et Rosamund découvrit avec stupeur qu'elle aimait cette femme qu'elle découvrait à travers lui.

— Je n'ai pas peur de ce que tu décris — un époux enragé, la désapprobation des autres... Je crois que je n'ai plus peur désormais. Grâce à toi, je suis forte.

Lorsqu'il parla enfin, sa voix était rauque d'émotion.

— Je n'ai pourtant rien à t'offrir...

— Tu m'as tout donné, au contraire. À présent, j'ai tant de choses à rattraper pour vivre enfin. Je ne veux plus me cacher. Je ne veux plus trembler de peur. Je ne veux plus vivre seulement en imagination, à me raconter des histoires pour oublier mon existence lugubre. Je ne te supplierai pas, Agravar, mais je te le dis : j'ai eu suffisamment de protection étouffante pour une vie.

Les yeux dans les siens, il ne bougeait pas. Puis, brusquement, il la prit dans ses bras et lui donna un baiser brûlant de passion qui lui coupa le souffle.

— Fais attention de ne pas devenir un tyran, ma douce. Tu risques de découvrir qu'obtenir ce que tu veux te plaît...

— Je le découvre déjà, reconnut-elle, haletante.

— Tu es la femme la plus courageuse que je connaisse, le sais-tu ?

Elle enroula ses bras autour de son cou.

— Alors je vais devoir faire en sorte de rester à la hauteur.

Il lui répondit d'un lent sourire. Il se mit à jouer avec une petite mèche de sa tempe et redevint soudain sérieux.

— Je ne te ferai pas de mal.

— Je le sais.

— Je te le demande une dernière fois... Es-tu absolument sûre de toi, Rosamund ? Il n'y aura pas de retour en arrière...

Rosamund mesura l'effort qu'il lui fallait pour lui permettre de se dédire en voyant comme son regard s'était assombri et comme il serrait les mâchoires.

— Je veux que tu m'aimes, Agravar. Je veux être à toi, enfin.

— Alors viens, mon amour, dit-il en prenant sa main dans la sienne.

Il la conduisit doucement vers la couche de fortune qu'elle lui avait installée sur un tapis de feuilles. Il l'entraîna à sa suite en s'allongeant sur la couverture, sans jamais la quitter des yeux.

22

Rosamund tremblait, mais ce n'était pas de la peur, plutôt de l'impatience. Les mains d'Agravar sur sa peau étaient larges et fortes. D'une main, il lui maintenait la nuque, tandis que l'autre serrait sa hanche. Il l'attira vers lui.

— Que... Que dois-je faire ? demanda-t-elle.

Il avait posé les yeux sur ses lèvres et il les effleura d'un doigt, déclenchant une étincelle de plaisir au creux de ses reins.

— Donne-moi ta bouche, ordonna-t-il.

Rosamund se laissa aller à son étreinte tandis que sa langue caressait la sienne. Elle aimait ses baisers. Elle n'aurait jamais cru pouvoir laisser un homme l'envahir de la sorte, et moins encore que la sensation puisse être aussi merveilleuse. D'abord timide, elle se fit bientôt plus audacieuse et répondit à ses caresses. Sa réaction déclencha un léger grondement chez Agravar, qui la ravit.

Par-dessus sa robe, il posa une main sur son sein et ce contact l'électrisa à tel point qu'elle poussa un petit hoquet de stupeur. Attentif, il s'immobilisa aussitôt. Seulement, elle ne voulait pas qu'il s'arrête. L'instinct la guidait lorsqu'elle se cambra pour appuyer son sein dans sa paume. Avec le même petit grondement de volupté, il caressa la pointe dressée. C'était à peine un effleurement, pourtant cela suffit à la faire frémir des pieds à la tête.

Rosamund sentait une faim inconnue envahir tout son être. Cependant, elle ne savait pas précisément ce qu'elle attendait, ce qu'elle désirait.

Tout à coup, Agravar immobilisa sa main juste au-dessus de son décolleté, et elle ouvrit les yeux. Il se pencha sur elle, et son souffle chaud caressa sa peau. Fascinée, elle observa la veine qui battait sur sa tempe et son souffle haché qui trahissaient le contrôle qu'il exerçait sur lui-même tandis que ses doigts descendaient très lentement le long du col de sa robe.

Sentir ses doigts sur sa peau nue accentua la langueur qui courait dans ses veines. Avec la même lenteur torturante, il dénuda l'une de ses épaules avant d'y poser les lèvres. Puis il se concentra sur l'autre épaule. Lui obéissant avec empressement, elle libéra ses bras de la robe. Elle avait le souffle rauque tant elle brûlait d'envie de sentir ses grandes mains calleuses se poser sur sa poitrine exposée.

Il prit le temps de faire descendre le tissu jusqu'à sa taille tout en prenant sa bouche. Sa langue passa doucement sur ses lèvres, puis le long de son cou, et enfin, sa bouche s'approcha des pointes érigées qui attendaient ses attentions.

— Je t'en prie, supplia-t-elle d'une voix haletante.

Les doigts enfouis dans ses beaux cheveux d'or, elle attendit. Alors, enfin, il la toucha où elle le voulait de sa langue chaude et veloutée. Rosamund sentit le monde se dissoudre lentement dans un océan de sensations.

— Tu es tellement magnifique, murmura-t-il tout contre sa peau.

— Touche-moi.

— Et audacieuse, poursuivit-il avec un petit rire qui fit vibrer sa peau.

Ensorcelée, Rosamund savourait chaque baiser, chaque effleurement de langue. Le plaisir grondait dans ses veines, abreuvant le feu brûlant au creux de son ventre.

Lorsqu'il s'écarta, elle eut la sensation de perdre une partie de son propre corps. Agravar se redressa sans la quitter du regard. Il ne souriait plus. Le feu de ses iris était aussi irrésistible que ses baisers. Guidée par son instinct, Rosamund vint se mettre à genoux devant lui pour l'aider à retirer ses chausses. Ses doigts tremblaient légèrement à mesure qu'elle découvrait son corps. Il ressemblait à un dieu nordique tout droit sorti des légendes vikings.

Seigneur ! Cet homme sublime était à elle. Peut-être pas aux yeux des hommes, mais dans la vérité de son cœur. Et cette idée l'emplissait d'un délicieux triomphe.

Se rallongeant, elle fit glisser sa robe et sa chemise le long de ses hanches. À présent, elle était aussi nue que lui. Alors, le regard implorant, elle tendit la main vers lui. Il la prit et se pencha un peu de côté.

— Ta blessure est-elle douloureuse ? s'enquit-elle.

— Non, la rassura-t-il dans un rire léger. N'essaie pas de me distraire, ma belle tentatrice.

Il se dressa au-dessus d'elle, un bras de part et d'autre de sa tête. Elle songea un instant à protester contre la tension qu'il devait infliger à sa plaie, mais la sensation de sa peau nue contre la sienne lui ôta toute capacité de réflexion. Elle s'arqua contre lui et il répondit en appuyant ses hanches entre ses jambes. La chaleur de son membre dressé contre sa féminité l'embrasa.

Incrédule face à sa propre audace, elle fit courir sa main le long de son estomac pour atteindre cette partie de son anatomie qui l'intriguait et l'excitait. Lorsque ses doigts se refermèrent sur son sexe, il ferma les paupières en poussant un grondement sourd.

— Rosamund, souffla-t-il, les mâchoires crispées.

Oubliant toute réserve, elle s'attarda sur l'extrémité incroyablement douce.

— C'est si chaud, remarqua-t-elle.

— C'est parce que je suis littéralement en feu, répondit-il, amusé.

— Est-ce que cela te fait mal ?

Il rit brièvement.

— Non. Tu me tortures, mais ce n'est pas douloureux. C'est incroyablement bon.

Rosamund découvrit qu'elle aimait détenir un tel pouvoir sur ce guerrier invincible. Elle laissa ses doigts redescendre le long de sa hampe sans le quitter du regard, à l'affût de ses réactions.

Il la laissa faire quelques instants, les dents de plus en plus serrées, le souffle de plus en plus court, avant de prendre fermement sa main pour l'écarter.

— Ne me pousse pas trop loin, ma douce, sans quoi la fin sera aussi décevante pour toi que pour moi.

— Que veux-tu dire ?

— Quand tu en sauras davantage, tu comprendras, promit-il avec tendresse.

— Montre-moi. Je veux apprendre ce qui te plaît.

— Ce qui me plaît, mon amour, c'est de te plaire.

Et sans lui laisser le temps de protester, il recula pour poser sa bouche sur son sein. Cette fois-ci, il aspira sa pointe entre ses dents. Rosamund se cambra spontanément sous la fulgurance du plaisir qui répondait comme en écho au creux de son ventre. Elle ne parvenait même plus à penser mais, quand il glissa une main entre ses cuisses, effleurant son intimité, elle se raidit sous le choc.

— Je t'ai à peine touchée, dit-il d'un ton rassurant.

Il la repoussa avec douceur et elle accepta de se rallonger, le souffle court et le corps secoué de vibrations aussi inconnues que délicieuses.

— Voilà, détends-toi, murmura-t-il à son oreille. Tu vois comme tu es prête pour moi ? Comme tu es humide ?

— Humide ? Comment cela ? Que s'est-il passé ?

— C'est ainsi qu'une femme se prépare à l'invasion de son amant, expliqua-t-il.

— Vas-tu venir en moi maintenant ? demanda-t-elle en se retenant de le supplier.

— Non, ma petite impatiente, pas encore. Laisse-moi te faire découvrir certains plaisirs tant que je parviens encore à me contrôler. Une femme peut apprendre à connaître l'extase. Rosamund ouvrait la bouche pour lui poser des questions sur cette « extase » lorsqu'il pressa son pouce sur son sexe brûlant. Ses yeux s'écarquillèrent, et elle eut le réflexe de se redresser tandis que son souffle se bloquait dans sa gorge.

— Allonge-toi, lui intima-t-il. Regarde, je ne fais que te caresser. C'est bon, n'est-ce pas ?

Elle aurait été bien incapable de répondre. Elle ne pouvait que mordiller sa lèvre inférieure en retenant des gémissements de volupté. Agravar continua de dessiner de tout petits cercles du bout du pouce. De tout petits cercles qui provoquaient en elle d'immenses vagues de plaisir. Plus rien n'existait que cet endroit magique à partir duquel une tension merveilleuse montait en elle.

Agravar continuait ses caresses en rythme, tandis qu'il embrassait sa poitrine offerte ou lui murmurait des promesses sensuelles à l'oreille. Bientôt, Rosamund ondulait des hanches au rythme de ses doigts. Elle était entièrement soumise à la force primitive qui l'envahissait.

— C'est cela, mon amour, viens. Viens pour moi, Rosamund.

— Quoi ? gémit-elle sans bien comprendre ce dont il voulait parler. Je ne sais pas...

— Si, tu le sens. Laisse-toi aller à ces sensations.

— Oui, oui.

De fait, elle sentait le plaisir l'entraîner toujours plus haut. Soudain, elle laissa sa tête retomber en arrière et arqua les hanches, emportée par une vague plus forte que les autres. En un instant, toutes les sensations merveilleuses qu'il lui offrait se concentrèrent en ce point névralgique qu'il caressait, avant d'exploser en un millier de flèches de plaisir à travers tous ses membres.

Il la tint fermement serrée contre lui, murmurant des paroles dont elle ne pouvait discerner le sens. Néanmoins, le son rauque et grave de sa voix lui procura d'intenses frissons qui coururent le long de sa colonne vertébrale. Elle savait que c'était des mots d'amour et de possession.

Lorsqu'il l'embrassa, son baiser n'avait plus rien de doux, ni de tendre. Il prit sa bouche avec une passion presque brutale. Elle fut elle-même surprise de ressentir un désir aussi puissant répondre au sien. Et lorsqu'il lui écarta les jambes, elle les releva pour enserrer ses hanches étroites.

D'un seul mouvement souple, il entra en elle. La douleur qui la transperça alors ne fut guère une surprise. Après tout, le père Léon s'était délecté de la préparer aux pires souffrances lors de sa nuit de noces. Rosamund retint le cri de douleur qui montait dans sa gorge et enfouit son visage dans l'épaule d'Agravar.

Il s'était aussitôt immobilisé et déposait de doux baisers dans son cou. Enfin, elle se détendit légèrement.

— À présent, nous sommes véritablement l'un à l'autre, chuchota-t-il.

Cette idée apaisa sa blessure, et elle leva le visage pour le regarder. Les yeux dans les siens, il se mit à bouger lentement en elle. Il prit possession de sa bouche jusqu'à ce que ses mâchoires serrées se décrispent et qu'elle se mette à pousser de doux gémissements tandis que la douleur refluait. Un plaisir nouveau naquit au creux de ses reins au fur et à mesure qu'Agravar accroissait ses va-et-vient.

Rosamund était emportée dans un océan de sensations nouvelles, fascinée par le spectacle de ses muscles qui roulaient sous sa peau dorée. Incapable de résister, elle goûta de la langue sa peau salée par une fine couche de sueur. Lorsque sa langue remonta le long de son cou, elle le sentit crisper ses mains autour de ses hanches et accélérer ses coups de reins.

Rosamund sentit le plaisir se resserrer autour du cœur de sa féminité. Agravar allait toujours plus vite et plus profondément en elle, lui arrachant des cris de volupté, jusqu'à ce qu'elle sente son grand corps se raidir au-dessus d'elle. Un grondement sourd lui échappa, et il enfouit le visage contre son cou.

Elle resserra ses bras autour de lui et savoura chaque instant de l'abandon de cet homme magnifique à qui elle se donnait. Enfin, il s'immobilisa dans un dernier frisson.

Il la garda longtemps contre lui avant de relever la tête pour plonger ses iris bleus dans les siens.

— Mienne, souffla-t-il simplement.

Elle écarta une mèche de cheveux humides de son front et répondit.

— Pour toujours.

Ils restèrent enlacés l'un à l'autre, leurs deux fronts collés, leurs âmes unies dans une félicité nouvelle.

23

Rosamund ne voulait pas pleurer. Elle se mordit les lèvres et déglutit pour combattre l'émotion, mais finalement ses joues se mouillèrent de larmes. Elle se sentait affreusement embarrassée. Pourvu qu'Agravar ne remarque rien... Il ne comprendrait pas. Elle-même ne comprenait pas.

Elle pleurait pour tant de choses — pour le bonheur qu'elle avait trouvé dans leur union charnelle, pour la tristesse qui l'envahissait lorsqu'elle songeait à leur séparation prochaine, pour... pour tout.

Par chance, il n'était pas encore complètement remis de sa blessure et avait sombré dans le sommeil, ce qui lui laissait un peu de temps pour se ressaisir.

Elle en profita pour l'étudier tout à loisir. Elle parcourut des doigts sa peau soyeuse qui couvrait des muscles impressionnants. Elle adorait ce corps si différent du sien. S'il fallait en croire la chaleur qu'elle avait lue dans son regard, il ressentait une attraction similaire pour elle. Elle aimait se voir à travers son regard admiratif.

C'était tellement étrange. Elle n'avait jamais pensé être spéciale avant de le rencontrer. Cyrus et le père Léon l'avaient mise en garde maintes fois contre le péché de vanité, si bien qu'elle n'avait jamais songé à tirer fierté de son apparence.

Aujourd'hui, elle posait un regard neuf sur son corps

nu, seulement traversé par le bras musclé d'Agravar. Elle était fine et possédait néanmoins des formes sensuelles. Ses seins étaient petits mais pleins, surmontés de pointes légèrement foncées. Son ventre était plat, et ses hanches saillaient légèrement sous la peau fine, étroites et rondes, elles laissaient place à de longues jambes dont on s'était moqué parce qu'elles lui donnaient une allure dégingandée lorsqu'elle était encore enfant. Ses cuisses étaient plus rondes aujourd'hui, bien que toujours longues et fines.

Oui, Agravar semblait beaucoup apprécier ses formes. Elle pouvait encore se rappeler son expression de ravissement lorsqu'il l'avait parcourue de ses longs doigts. Elle s'était sentie glorieuse et magnifique dans son regard.

Elle comprenait d'autant moins comment la beauté de ce qu'ils avaient partagé pouvait être considérée comme le pire des péchés. Dieu, qui était tout amour, ne pouvait logiquement que célébrer le bonheur de ses créatures. N'était-ce pas lui qui avait voulu qu'homme et femme s'unissent dans une telle perfection ? S'il avait créé des êtres capables de ressentir un bonheur si intense, c'était sans nul doute dans l'intention qu'ils s'adonnent à cette union sacrée. Le père Léon affirmait que c'était là l'œuvre du Diable, mais elle n'avait ressenti que félicité et bénédiction en se donnant à Agravar.

Elle inspira profondément, heureuse de constater que ses larmes d'émotion s'étaient taries. Elle ressentait à présent une intense sérénité. Oui, elle était pleinement satisfaite en cet instant. Mis à part son estomac qui criait famine...

À sa grande surprise, elle comprit qu'elle était affamée. Quant à Agravar, il devait également recouvrer des forces. Elle se leva donc de leur couche pour préparer un repas. Il ne se réveilla pas. Elle en profita pour jeter un œil sur sa plaie qui se refermait correctement.

Soulagée de voir que leur étreinte n'avait pas rouvert la

blessure, elle enfila sa robe et fouilla dans leurs maigres provisions.

— Que se passe-t-il ? gronda-t-il soudain dans son dos. Es-tu si pressée de t'éloigner de moi, à présent que tu as obtenu ce que tu voulais ? C'est tout à fait désagréable de se réveiller ainsi, sans toi à mes côtés.

Elle se redressa et posa une main sur sa hanche, dans une pose suggestive.

— En fait, je veillais au bien-être de mon amant. Puisque l'appétit de son bas-ventre a été comblé, je veillais à en faire de même avec son estomac.

Il se redressa sur un coude et lui jeta une œillade incendiaire.

— Qui a dit que le premier était comblé ?

Elle rougit brusquement et balbutia :

— Oh. Oh ?

Il leva une main vers elle, et elle abandonna les restes de nourriture où elle les avait pris. Elle avançait vers lui lorsque le bruit d'un cheval à l'approche se fit entendre.

Était-ce Davey ? Lucien ? Son salut ou bien sa condamnation ?

Agravar avait déjà sauté sur ses pieds, non sans une grimace douloureuse.

— Bon sang, grommela-t-il. Viens m'aider, s'il te plaît.

Son corps se mit en marche, alors même que son esprit restait pétrifié, sous le choc. Mécaniquement, Rosamund ramassa ses habits éparpillés et les lui tendit. Il se concentra sur ses chausses et les enfila en poussant des jurons à chaque mouvement.

— Quel imbécile de ne pas avoir porté de cotte de mailles ! Donne-moi mon épée, s'il te plaît.

Il s'empara du manche alors qu'elle peinait à sortir l'arme de son fourreau. À peine supporta-t-il le poids de l'épée qu'elle le vit pâlir. Lorsqu'il tenta de lever le bras, celui-ci retomba sans force contre son flanc.

Pour l'aider, elle voulut l'aider à soutenir l'arme alors qu'il serrait les mâchoires contre l'afflux de la douleur. Visiblement sourd à ses efforts, il lui ordonna de se placer derrière lui.

Le poids de son arme pourtant si familier était aujourd'hui trop lourd. Sa main tremblait chaque fois qu'il la levait. Sa blessure le faisait atrocement souffrir mais Agravar refusa d'en tenir compte.

Le regard fixé sur la lisière des arbres, il s'accroupit, entraînant Rosamund avec lui. Il pouvait sentir ses mains fines posées sur son dos. Il passa un bras autour d'elle et la serra contre lui.

— Reste près de moi, intima-t-il.

La silhouette qui sortit des bois leur fit pousser un soupir en même temps — d'exaspération pour lui, de soulagement pour elle.

— Davey ! s'exclama-t-elle.

Lorsqu'elle fit mine de le contourner, il la retint en arrière, levant son épée.

— Va-t'en, gronda-t-il à l'adresse du garçon.

— Laissez-la partir, lança Davey, la mine sombre.

Il n'était certes pas aussi arrogant qu'il avait pu l'être par le passé, mais il ne tremblait pas pour autant devant lui.

— Elle veut être libre ! Si... Si vous l'aimez, donnez-lui la seule chose dont elle rêve. Libérez-la.

Agravar eut la sensation qu'une flèche venait de le transpercer de part en part. Hélas, Davey n'en avait pas encore fini :

— Confiez-la moi. Je l'emmènerai loin d'ici. Là où elle sera en sécurité. Où elle sera libre.

Dans son dos, Agravar sentait la tension de Rosamund et comprit que le garçon disait vrai. Tout disparut en une fraction de seconde : leur merveilleuse fusion, la communion parfaite qui les avait unis bien au-delà de leurs corps. Tout cela n'existerait plus s'il la privait de ce à quoi elle aspirait.

Davey désigna les arbres du bras.

— Ils se sont mis à votre recherche. D'après ce que j'ai appris, Lady Alayna est entrée en travail et Lord Lucien a été appelé à son chevet. Voilà pourquoi il ne vous a pas encore trouvée. Mais il est à nouveau en patrouille dans les bois avec ses hommes. Il sera là d'un moment à l'autre.

— Lady Alayna va-t-elle bien ? l'interrogea Rosamund, soudain inquiète.

— Comment pourrais-je le savoir ? rétorqua-t-il sèchement.

Finalement, ce jeune arrogant n'avait pas tant changé que cela, songea Agravar avec colère. Sous ses yeux, Davey changea cependant rapidement d'attitude pour presser la jeune femme.

— Je vous en prie, ma lady, il faut partir avant qu'il ne soit trop tard. Avec les hommes de Lord Lucien aux aguets, le bateau n'aura sans doute pas d'autre choix que de partir sans nous.

La gorge serrée, Agravar baissa son épée et se tourna vers Rosamund.

— Pars, souffla-t-il.

Sur son visage décomposé, il lut une douleur identique à celle qui lui broyait le cœur.

— Non, ce n'est plus ce que je veux.

— Si tu restes, tu seras donnée en mariage à Lord Robert. Je ne peux rien pour nous, dit-il d'une voix rauque.

Ses yeux se fermèrent, comme si elle préférait de ne plus voir la triste réalité. Lorsqu'elle les rouvrit, une flamme nouvelle incendiait ses iris couleur de miel : l'espoir.

— Viens avec moi, supplia-t-elle. Je t'en prie, Agravar, viens avec moi.

— Tu sais que je ne le peux pas. J'ai passé ma vie à tenter d'être un homme différent de ce qu'avait été mon père. J'ai juré de placer l'honneur au-dessus de tout. Si je trahis cette promesse, Rosamund... S'il te plaît, essaie de comprendre... Je ne suis plus rien si je trahis l'homme que j'ai essayé de devenir.

— Je sais, admit-elle en baissant les paupières. Et je n'ai nullement le droit de te demander cela.

Ses longs cils noirs se détachaient sur la pâleur de ses joues. Elle était si délicate qu'il ressentit une violente tendresse lui serrer le cœur.

— Tu as tous les droits, Rosamund. Oh ! mon amour, si je le pouvais... je te donnerais tout ce que tu me demandes, et plus encore.

— Je ne voudrais pour rien au monde que tu sois un autre homme, Agravar, murmura-t-elle en posant son front contre le sien.

De grosses larmes coulèrent sur ses joues, et elle se laissa aller contre lui. Il la serra dans ses bras de toutes ses forces. Il ne voulait pas lui faire mal, mais elle lui semblait déjà si lointaine que la souffrance dans sa poitrine devenait intolérable.

— Pars, répéta-t-il. Si Lucien arrive, ton rêve ne se réalisera jamais.

Il se força à desserrer son étreinte, et elle recula légèrement. Elle sanglotait trop pour trouver le courage de partir, alors il prit sa main dans la sienne et l'entraîna vers le cheval de Davey. Il l'installa lui-même derrière le garçon, prenant son pied nu dans sa paume pour la hisser en selle.

— Attendez.

Il trouva rapidement la première chaussure et la lui passa au pied. Mais l'autre n'était nulle part en vue.

— Peu importe ! s'agaça Davey. Dépêchons-nous !

Agravar le fit taire d'un regard dur.

— Prends soin d'elle, ordonna-t-il rudement. Ne laisse pas le moindre mal lui arriver.

— Je la protégerai, répondit le garçon.

Il tira sur les rênes pour faire demi-tour mais Agravar l'interrompit en posant une main ferme sur son poignet.

— S'il lui arrive quoi que ce soit, je te poursuivrai où que tu sois et je t'arracherai la peau.

Le gamin écarta ses mains et fit demi-tour, enfonçant ses talons dans les flancs de l'animal. Agravar ne les quitta pas du regard jusqu'à ce qu'ils disparaissent sous le couvert des arbres.

Le souffle coupé, il fit un pas en avant et tendit le bras comme s'il pouvait encore la retenir. Dans le silence sépulcral de l'église en ruines, Agravar put entendre son cœur se briser dans sa poitrine.

Lentement, il remit sa tunique, dont le côté était en lambeaux. Finalement, il était heureux que sa blessure lui offre une diversion à la douleur qui lui cisaillait la poitrine.

Il prit ensuite le temps de regarder les provisions que Rosamund avait volées aux paysans et mangea le tout. Il était affamé.

Quand il eut terminé, il n'eut plus rien à faire, sinon attendre car il était encore trop faible pour marcher sur une longue distance. S'il fallait en croire Davey — qui n'était pas franchement une source fiable —, Lucien devrait arriver rapidement.

De fait, le garçon n'avait pas menti, pour une fois. Peu de temps après, il entendit le bruit caractéristique d'une cavalcade. Agravar leva la tête et poussa un long cri d'alerte — le cri de guerre que Lucien reconnaîtrait aussitôt, bien qu'aujourd'hui il résonnât avec tristesse et sans aucune agressivité. Le groupe de cavaliers fit irruption peu après.

Combien de temps s'était-il passé depuis le départ de Rosamund ? Était-elle déjà à bord du navire ?

Il n'eut guère le temps de s'attarder sur ces considérations car Lucien, Robert et quelques soldats le rejoignirent. En le voyant, Lucien poussa un cri de soulagement.

— Agravar !

— Ma lady ? Comment va-t-elle ? s'enquit-il aussitôt.

— Elle va bien, tout va bien, le rassura son ami avec un large sourire. Et nous avons un autre fils.

Agravar sentit la tension se dénouer en lui. Il n'avait pas pris conscience que, depuis l'annonce de Davey, une sourde inquiétude l'étouffait.

— Félicitations, mon ami ! Je suis heureux de savoir que tout va bien pour toi.

Le regard perçant de Lucien s'attarda sur lui.

— Et c'est bon de te retrouver sain et sauf. J'ai craint... Et Rosamund ? Ne l'as-tu pas trouvée ? demanda-t-il soudain, l'air tendu.

— Non, je suis tombé entre les mains de quelques voleurs. Ils ont pris mon cheval et m'ont laissé pour mort.

— Pourtant nous avons retrouvé ton cheval ! Il est rentré aux écuries et se porte à merveille.

Agravar feignit une joie qu'il ne parvenait pas réellement à ressentir. Il était tellement triste que même le retour de son fidèle destrier ne le soulageait pas autant qu'il l'aurait cru.

— Quelle excellente nouvelle !

— Tu t'es battu. Que s'est-il passé ? lui demanda Lucien.

Agravar ne comprit pas tout de suite de quoi il voulait parler, et Lucien précisa :

— La blessure à ton flanc ?

— Ah, ça. Apparemment, la petite ruse que j'ai utilisée avec toi à l'entraînement ne fonctionne pas si bien que cela.

— Elle a été cautérisée.

Agravar jeta un œil à la plaie en haussant les épaules avec indifférence.

— Je l'ai fait. Vu le nombre de fois où j'ai été écorché, je commence à savoir ce qu'il faut faire, à force.

Lucien acquiesça, visiblement surpris.

— Très bien. Je... Euh... Je m'inquiétais pour toi. Lorsque tu n'es pas rentré, j'ai craint le pire.

Agravar posa une main amicale sur son épaule avant de se diriger vers Lord Robert.

— Monseigneur, je suis navré de n'avoir pu retrouver votre promise, annonça-t-il en cachant sa gêne du mieux qu'il put.

— Vous n'êtes pas responsable. Nous pouvons seulement espérer qu'elle va bien et qu'elle nous reviendra bientôt. Je suis en tout cas heureux que vous soyez revenu à vos amis qui vous aiment tant.

— Je vous remercie, répondit Agravar avant de s'adresser à Lucien. Rentrons à Gastonbury. J'ai besoin d'un cheval.

— Gregory ! appela Lucien. Donne ta monture au capitaine et monte en selle avec Philip.

Agravar retourna auprès du camp de fortune, il embrassa une dernière fois du regard la pathétique couverture de selle et le tapis de feuilles que Rosamund avait réunies avec tendresse et amour pour lui. Ils avaient fait l'amour ici, ils avaient mêlé leurs corps et leurs âmes pour le reste de leurs vies. Submergé par l'émotion, il s'apprêtait à détourner le regard lorsqu'il se figea brusquement.

Sa chaussure.

— Agravar ? Tu viens ?

— Un instant, répondit-il en se baissant.

Faisant mine de ramasser son épée, il serra le cuir fin dans sa paume avant de l'enfouir dans les plis de la couverture qu'il prit sous son bras.

Il monta avec difficulté en selle. Par chance, la bête n'était ni aussi haute ni aussi large que son étalon, mais l'effort demeurait douloureux.

Il sentit peser sur lui le regard inquiet de Lucien.

— Lorsque nous serons de retour, je ferai appeler Eurice pour te soigner.

Sans dire un mot, Agravar acquiesça et se mit au pas, le cœur atrocement lourd.

24

Sept mois étaient passés, et pourtant, il pouvait encore sentir son parfum. S'il fermait les yeux et pensait à elle, son odeur l'emplissait. Les souvenirs revenaient sans cesse à sa mémoire.

Peu importait à quel point il s'occupait, avec quelles tâches il s'épuisait, lorsqu'il s'allongeait sur son lit, elle revenait lui murmurer de douces paroles à l'oreille.

À peine avait-il fermé les yeux qu'elle s'imprimait sur ses paupières — ses lèvres entrouvertes sur un cri de plaisir, la façon dont elle rejetait la tête en arrière, la douceur de ses boucles aux reflets d'or qui tombaient tout autour d'elle — les images ne le laissaient jamais en repos.

Au bout de cinq mois, il avait songé à apaiser le désir qui lui enflammait les reins avec une autre. Sans enthousiasme, son choix s'était porté sur l'une de ses trois poursuivantes : une fille blonde nommée Ermengarde. Agravar l'avait regardée pendant un long moment dans la grande salle avant qu'elle se décide enfin à venir à lui. Néanmoins, à l'instant où elle avait ouvert la bouche, il avait compris que ce n'était pas une bonne idée et il était rapidement sorti de la grande salle. Il avait passé une nuit glaciale à errer sur les remparts, à combattre sa mélancolie. Aux premières heures du jour, le cœur douloureux, il avait compris qu'il devait avancer pour continuer à vivre.

Après cela, il avait été un peu mieux et, depuis deux moins, respirer ne lui était plus aussi insupportable. Quand les images lui revenaient à la mémoire, il les rejetait aussitôt, de façon à ne pas se laisser emporter par les rêveries sensuelles qui lui avaient tenu compagnie durant cinq mois. En appliquant une discipline de fer, il avait découvert qu'il supportait mieux la douleur de son absence.

Cependant, certains souvenirs demeuraient impossibles à conjurer et le poursuivaient jusque dans ses rêves. Plus précisément, il savait pouvoir les conjurer, mais s'en montrait incapable, alors même qu'il connaissait la douleur qui s'ensuivrait. Aussi, de temps à autre, s'enfermait-il avec une appréhension impatiente dans les images de leur union amoureuse et oubliait-il le monde qui l'entourait.

Ce soir-là, Robert et Lucien jouaient aux échecs dans le salon des dames. Le seigneur de Berendsfore avait en effet multiplié ses visites, et une solide amitié s'était nouée entre les deux domaines. Un peu à l'écart dans un coin de la pièce, Lady Veronica travaillait sur sa broderie. Alayna était installée sur un épais tapis à même le sol, à côté du bébé Luke qui se redressait sur le ventre à l'aide de ses petits poings serrés. Leanna jouait avec son petit frère, lui présentant des jeux et lui gazouillant des mots doux.

Le pauvre Aric boudait dans un coin. Il avait été sévèrement puni ce jour-là pour avoir terrorisé le pigeonnier et fait s'envoler la moitié des volatiles. Il soignait donc sa fierté blessée et son derrière douloureux. L'histoire avait mis son père d'une humeur massacrante. Lucien adorait son fils et détestait devoir le corriger, même s'il ne laissait jamais ses tendres sentiments interférer avec son devoir de père et de seigneur.

Robert se frotta le menton.

— Je pense que je suis piégé.

— Pas encore échec et mat, répondit Lucien.

— Ce sera le cas d'ici un ou deux coups.

Agravar se détourna de leur jeu pour se perdre dans la contemplation des flammes. Jusqu'à ce qu'il voie Lady Veronica faire un mouvement inhabituel. Du coin de l'œil, il l'observa échanger un sourire complice avec Robert avant que celui-ci ne revienne à son jeu. L'amitié qui existait entre ces deux-là semblait se renforcer de jour en jour.

— La nuit est douce. Pourquoi ne pas finir notre partie et profitez un peu de l'air nocturne ? proposa celui-ci. Est-ce qu'une promenade sur les remparts vous tente, mesdames ?

Lady Veronica reposa son tambour de broderie.

— Ah, mes yeux sont fatigués avec cette faible lumière. Je pense qu'une petite promenade est tout à fait ce qu'il me faut.

— Finissons d'abord le jeu, grommela Lucien. Je déteste laisser les choses inachevées.

Alayna éclata d'un rire tendre avant de rejoindre son époux pour poser ses mains sur ses épaules.

— Tu détestes surtout te priver de tes instants de triomphe. Enfin, Lucien, où sont tes manières ? Lord Robert est notre hôte et demande un sursis.

Lucien poussa un grognement exaspéré qui disait assez ce qu'il pensait de la politesse. Alayna massa légèrement sa nuque, et ce geste sembla le détendre légèrement. Il finit par hausser les épaules.

— Très bien, laissons le jeu là, admit-il.

Soudain, la porte s'ouvrit en grand, et un soldat surgit dans la pièce.

— Capitaine ! lança-t-il à Agravar. Des voyageurs sont à la porte. Ils disent qu'ils viennent de...

Il fut interrompu par l'arrivée d'un autre soldat.

— Mon seigneur, ma lady, je dois...

Il fut à son tour interrompu par un troisième garde qui entra en s'exclamant :

— Ils arrivent !

Dans la confusion qui s'ensuivit, Lucien sauta sur ses pieds pendant qu'Agravar s'emparait de son épée. Ils se positionnèrent près des gardes à l'air ahuri, prêts à défendre les autres.

Lorsque l'homme pénétra dans la pièce, Agravar crut faire face à un revenant, un fantôme. C'était impossible...

Davey se tenait devant lui.

S'il était là, c'était que Rosamund était morte. Une rage sans nom monta en lui et il se retint de se jeter sur le garçon pour serrer ses mains autour de son cou. Son intention meurtrière devait être visible car Davey recula brusquement lorsqu'il marcha vers lui.

— Non, lança une voix de femme dont le timbre le pétrifia sur place.

Il n'osa pas tourner le regard vers la source de la voix. Il n'osa même pas croire qu'il l'avait bien entendue. Combien de fois, après tout, avait-il entendu résonner le son de sa voix dans son esprit obsédé ? Peut-être n'était-ce qu'une chimère de plus ?

Mais alors, Lady Veronica s'écria « Rosamund ! » avant de courir devant lui. En une fraction de seconde, son cœur se gonfla d'une émotion violente lorsqu'il comprit qu'il ne rêvait pas. Il laissa son regard passer du visage effrayé de Davey à la porte.

Rosamund se tenait dans l'encadrement.

Veronica la serrait dans ses bras, alors que le regard noisette de la jeune femme était fixé droit sur lui.

Agravar prit conscience que quelque chose d'étrange se passait en lui. Ses jambes refusaient de bouger. Lorsque, enfin, il parvint à les mettre en mouvement, une main se referma sur son épaule pour le retenir.

Égaré, il tourna la tête pour découvrir Lucien, le regard grave.

— Ce n'est pas ta place, murmura-t-il.

De fait, Robert passa à côté d'eux et prit les mains de Rosamund dans les siennes avant de déclarer solennellement.

— Ma chère, je suis enchanté de vous voir de retour saine et sauve.

— Je vous remercie, répondit-elle d'un ton parfaitement calme.

Puis ce fut au tour d'Alayna de l'embrasser, et elles rirent ensemble, heureuses de se retrouver. Agravar sentit une petite forme passer en coup de vent à côté de lui et Aric se jeta dans les bras de Rosamund.

Quand Agravar fit un pas de plus dans sa direction, la poigne de Lucien se referma sur son épaule. Il s'en débarrassa d'un mouvement brusque et s'avança sous le regard fixe de la jeune femme qui ne bougeait pas.

— Soyez la bienvenue, ma lady, dit-il enfin.

Le sourire qu'elle lui rendit alors était plein des secrets qu'eux seuls partageaient.

— Merci, Agravar. Je suis si heureuse d'être de retour à Gastonbury, où est ma place.

Agravar sentit plus qu'il ne vit Lord Robert manifester sa surprise à ces mots. Rosamund n'était pas destinée à rester à Gastonbury, et ses paroles devaient sembler étranges à tout le monde.

Lady Veronica se chargea fort heureusement de dissiper la gêne en déclarant :

— Ma chérie, nous avons tous mille questions à vous poser mais, pour l'heure, nous devons simplement remercier le ciel de vous avoir rendue à nous.

Elle entraîna Rosamund à sa suite jusqu'à la grande salle et la fit asseoir sous le dais, un bras protecteur autour de ses épaules. Robert s'installa de l'autre côté de la jeune femme, puis Alayna et Aric prirent place. Lucien jeta un dernier regard d'avertissement à Agravar avant de confier le bébé à sa nourrice et d'emmener sa fille avec lui jusqu'au banc.

Agravar se retrouva debout avec Davey qui ne cessait de poser sur lui un regard plein de ressentiment.

— J'aurais voulu me joindre aux recherches ! s'exclama Aric en agitant son épée de bois. Je sais que j'aurais retrouvé les bandits qui vous ont enlevée.

Rosamund rit pour empêcher les larmes de couler sur ses joues. Elle devait faire face à la première vague d'émotion qui l'envahissait depuis son arrivée ici. Elle était restée comme pétrifiée en revoyant tous les gens qu'elle aimait, elle n'avait même pas pleuré en le revoyant, *lui*.

Elle prit le petit garçon et le serra contre elle. À sa grande surprise, il répondit à son étreinte plutôt que de chercher à s'écarter.

— Chère Rosamund, n'avez-vous pas besoin de vous reposer ? proposa gentiment Alayna.

— Si, en effet, répondit-elle, soulagée d'obtenir ainsi un répit avant le feu de questions qui ne manquerait pas de tomber sur elle.

Cette seule pensée lui fit battre le cœur plus vite, cependant, elle repensa au regard qu'Agravar avait posé sur elle en la voyant apparaître, et elle sut qu'elle avait pris la bonne décision.

Elle ne rentrait pas les mains vides : elle avait un plan. Et il allait fonctionner. Aussi pouvait-elle prendre un peu de répit en attendant de livrer ce combat.

Ils étaient quasiment seuls sur le champ d'entraînement lorsque Lucien plaça l'épée dans la main d'Agravar.

— Je me souviens de ce que cela fait. Tu verras, un peu d'exercice te fera du bien.

Lucien avait parlé d'un ton particulièrement gentil eu égard à son caractère peu tendre. Agravar avait beau lui être reconnaissant de son amitié, il se sentait... atrocement vide, ses doigts n'avaient aucune force et serraient à peine le pommeau de son arme. Lucien lui assena le plat de son épée sur le bras, et n'obtint pour toute réaction qu'un regard embrumé.

— Allez, espèce de chiffe molle ! Laisse-moi voir à quel point ton cœur ensorcelé a fait de toi un mauvais combattant.

— Comment sais-tu ? demanda Agravar.

Son ami leva les yeux au ciel en ricanant.

— Peu importe combien de plaies tu as recousues toi-même. Mais presser du métal brûlant sur de la chair infectée... Le diable lui-même en serait incapable. J'ai compris depuis le début qu'elle était avec toi.

— Tu... Tu l'as toujours su ?

Lucien lui administra un nouveau coup, plus douloureux cette fois.

— Allez, espèce d'idiot, bats-toi !

Après un nouveau coup, les doigts d'Agravar se resserrèrent autour de la garde lorsqu'il leva son épée. Il frappa avec une telle violence que Lucien se retrouva sur un genou. Son ami se contenta de rire et se releva aussitôt pour parer un nouvel assaut.

Lucien avait eu raison, il se sentait déjà mieux.

25

Elles s'étaient toutes réunies dans la chambre de Veronica, après que Rosamund eut surmonté l'épreuve du bain avec une Hilde gémissante et suffoquant d'émotion.

Une fois déjà, Veronica lui avait laissé entendre que Lord Robert demanderait une explication à sa longue absence, mais Rosamund s'était contentée de l'ignorer. Alayna, en revanche, ne s'embarrassa pas de subtilité et vint s'asseoir près d'elle, exigeant de savoir ce qu'elle comptait faire.

Un brusque courant d'air fit frissonner Rosamund, et Hilde lui passa aussitôt une couverture épaisse sur les épaules avant de démêler sa chevelure.

Rosamund sentait peser sur elle tous les regards et elle baissa la tête pour prendre une longue inspiration.

— Lord Robert a le droit de savoir ce qui m'est arrivé. Et je sais que votre curiosité n'est guidée que par votre amour, cependant, j'aimerais ne pas aborder le sujet tant que cela n'est pas absolument nécessaire.

— Si le sujet vous est douloureux, intervint la voix de Lord Robert depuis la porte restée ouverte, alors nous n'en parlerons pas. Pardonnez-moi de venir vous déranger, je venais m'enquérir auprès de lady Veronica de l'état de votre santé et j'ai trouvé la porte ouverte.

— Entrez, mon seigneur, nous en avons fini, déclara Veronica d'une voix étrangement nerveuse.

— Je ne prendrai qu'un petit moment de votre temps. Vous semblez radieuse Rosamund.

— Je vous remercie de votre gentillesse, mon seigneur.

— Je voulais simplement m'assurer que vous sachiez une chose importante. Vos mésaventures aux mains de ces mécréants qui vous ont enlevée n'ont aucune importance à mes yeux. La seule chose qui importe, c'est que vous soyez ici, avec nous. J'imagine combien parler de cette expérience doit être douloureux, en conséquence, je ne vous poserai aucune question.

Le regard qu'il posait sur elle était plein de bonté et de compassion. Elle sentit le remords l'envahir à la pensée qu'elle avait trahi la confiance de cet homme. Honteuse, elle ne répondit rien.

— Si vous choisissez de vous confier à quelqu'un, ce sera votre choix, Rosamund. Et personne, moi y compris, ne vous forcera à donner des explications. Enfin...

Sa voix mourut sur ce mot, et il jeta un bref regard à Veronica avant de reprendre.

— Bien entendu, nos fiançailles tiennent toujours. Nous arrangerons le mariage au plus tôt afin que je puisse vous amener dans votre nouveau domaine et vous laisser commencer une nouvelle vie, loin de ces souvenirs douloureux.

Sans lui laisser le temps de répondre, il fit une révérence un peu raide et sortit de la pièce.

— Oh ! Quel bonheur de voir à quel point il tient à votre bonheur ! s'exclama Hilde.

Alayna serra doucement l'épaule de Rosamund en ajoutant :

— C'est un homme d'une extrême gentillesse.

— En effet, admit-elle en retenant un soupir.

À présent qu'elle le voyait réellement, sans le voile de terreur et d'angoisse qui ne la quittait jamais auparavant, elle découvrait un homme à l'allure noble et altière. Sa douceur et sa bienveillance le rendaient immédiatement amical. Lord Robert était en effet un homme admirable. Tout le monde devait penser qu'elle avait été déshonorée par ses ravisseurs, et un autre que lui n'aurait pas hésité à rompre leurs fiançailles pour ce motif.

Seulement, en dépit de toutes ses qualités, ce n'était pas lui qu'elle voulait. Et son immense bonté n'était finalement pas pour l'arranger. À vrai dire, elle avait espéré qu'il agisse comme l'aurait fait n'importe quel autre homme, en la rejetant. À cause de son pardon magnanime, leur mariage était maintenu et rien n'avait changé.

Enfin, en vérité, tout avait changé. Rosamund était plus déterminée que jamais à devenir libre. Et à obtenir ce qu'elle voulait. Or, c'était Agravar qu'elle voulait. Elle avait tout risqué pour revenir et se battre pour l'avenir qu'elle désirait.

Agravar était installé dans la grande salle, le nez dans sa coupe. Des millions de questions tournoyaient dans sa tête, mais il n'avait pas le moindre début de réponse.

Pas même pour la plus importante : pourquoi était-elle revenue ?

Il était tellement frustrant de ne pas pouvoir le lui demander ! Il était obligé de s'asseoir comme d'habitude au milieu de tous, comme si elle ne représentait rien pour lui. Seigneur, il en devenait fou ! Mentir, faire semblant... Cela lui était insupportable.

Il prit une gorgée d'ale et grimaça devant l'amertume du breuvage. Rester attablé à ressasser ces idées noires ne lui ferait pas le moindre bien.

Il se leva de table et remarqua en s'éloignant que la grande salle se remplissait rapidement. Les serviteurs dressaient les tables à tréteaux, annonçant l'heure du souper. Est-ce qu'il avait sérieusement passé la journée à broyer du noir ? Jamais il ne s'était comporté de la sorte !

Il se dirigea vers les écuries, dans l'espoir de trouver un objectif à son errance. Malheureusement, son étalon était parfaitement propre et nourri. Alors il avança sans but. Il n'y avait plus grand monde dans les allées puisqu'il était l'heure du repas. Dans la cour extérieure, quelques marchands et artisans se hâtaient de finir leur travail pour quitter le château avant que la barbacane ne se ferme jusqu'au lendemain, les empêchant de rejoindre leurs familles. C'était un jour parfaitement... normal en fait. Pourtant, l'existence lui semblait vide de sens.

Agravar ne voulait pas retourner dans la grande salle. Si elle descendait pour le souper, Rosamund serait assise auprès de Robert. Ce simple spectacle lui était insoutenable. Alors il resta sur les remparts jusqu'à ce que l'obscurité soit complète.

Un garde qui faisait sa ronde le salua jovialement :

— Fraîche nuit, capitaine !

— Oui, marmonna-t-il en lui jetant un coup d'œil distrait.

L'homme lui lança un regard perplexe avant de reprendre sa ronde.

Agravar redescendit pour rejoindre sa chambre. Il arrivait à sa porte lorsqu'une silhouette sortit de l'ombre. À la lumière des torches, le beau visage de Rosamund apparut.

— Que fais-tu là ? demanda-t-il d'une voix à peine audible.

Elle lui sourit, et son cœur manqua exploser d'une joie intense.

— Je devais venir.

Elle tenait dans une main la chaussure de cuir dont il conservait toujours la sœur dans ses affaires. Il l'avait cachée dans sa chambre, de sorte que les domestiques ne la découvrent pas en faisant le ménage.

Elle balança la chaussure au bout de son doigt.

— Que voulais-tu que je fasse de cela ? Elle est inutile sans l'autre...

Le cœur battant, il fit un pas vers elle. Comme si elle n'attendait que ce signal, elle courut se jeter dans ses bras. Il la serra contre lui en enfouissant le visage dans le creux de son cou. Son parfum... Seigneur, que c'était bon de s'enivrer de son odeur.

— Je n'aurais jamais cru que je te prendrais à nouveau dans mes bras, souffla-t-il.

Il serra dans son poing sa longue tresse et la tira gentiment pour lui faire renverser la tête en arrière. Elle riait de joie.

— Par Dieu, femme, tu m'as terriblement manqué.

— Tu m'as manqué aussi, Viking.

Elle posa ses mains sur son visage et le contempla un long moment, souriant toujours malgré les larmes qui brillaient dans ses yeux.

— Tu as hanté chacune de mes pensées. Tu as usé de sorcellerie pour m'ensorceler, avoue-le ! Je ne faisais que penser à toi, dans chaque nouvelle cité d'Italie. Et, tu vois, le sort l'a emporté, j'ai fini par rentrer.

Il lui répondit dans un rire.

— Si tu avais vu mon visage lorsque tu as passé la porte, tu saurais que je n'avais aucun espoir de te revoir un jour entre ces murs.

— Oh ! mais je t'assure que je n'ai regardé personne d'autre que toi. J'ai patienté bien trop longtemps pour revoir ces traits tant aimés...

Elle leva son visage vers lui.

— ... pour embrasser ces lèvres adorées. Alors ? Me feras-tu encore attendre ?

— Ton invitation est trop tentante, gronda-t-il avant de se pencher sur sa bouche.

Il s'interrompit à quelques millimètres de ses lèvres pour jeter un regard autour d'eux.

— Pas ici. Nous pourrions être surpris. Viens dans ma chambre.

Ils rentrèrent dans la pièce ensemble et attendirent à peine que la porte fût refermée pour se jeter l'un sur l'autre dans une étreinte sauvage.

— Maintenant, laisse-moi me faire pardonner ton attente, souffla-t-il en prenant possession de sa bouche.

Une faim dévorante envahit tout son être et il l'embrassa avec une passion redoublée. Elle ouvrit la bouche pour lui, et il sentit ses jambes s'amollir lorsque sa langue caressa timidement la sienne. Ses mains parcoururent son dos souple, moulant son corps contre le sien.

À bout de souffle, ils posèrent leurs fronts l'un contre l'autre.

— J'ai rêvé toutes les nuits sans exception que j'étais à nouveau près de toi.

— Et moi, j'ai dû te bannir de mes pensées pour ne pas perdre la raison.

Comme elle émit un petit bruit de protestation, il expliqua :

— Tu as remarqué comme moi la différence entre nos deux corps, Rosamund. Lorsque je me laissais aller à penser à une certaine dame aux cheveux d'or sombre, tout le monde aurait pu remarquer mon... émoi. Je ne pouvais tout de même pas aller et venir à travers le château constamment dans cet état.

— Je ne vois pas du tout de quoi tu veux parler, minauda-t-elle.

Elle lui mordit la lèvre par jeu, et son corps réagit aussitôt à ce baiser sensuel. Malgré la pénombre, il devinait ses jolies dents et brûlait d'en sentir la morsure sur tout son corps. Il s'efforça cependant de refréner son désir et s'écarta pour aller prendre la torche qui illuminait le couloir devant sa porte. Il l'installa sur le porte-torche qui se dressait près de la fenêtre.

— Veux-tu que je prépare un feu ? lui proposa-t-il.

— Je ne pense pas que j'aurai froid, répondit-elle avec un sourire suggestif.

Agravar rit doucement avant de la prendre par la main pour la conduire vers le lit.

— Viens t'asseoir.

Avec un regard faussement choqué, elle le retint.

— Tu n'es pas aussi intelligent que tu le penses, Agravar, si tu comptes m'avoir avec cette ruse !

— Pas de ruse. Je veux d'abord obtenir des réponses.

Elle vint enfin s'asseoir près de lui. Très près. Après une brève inspiration, il se lança.

— C'est bien la première fois que tu fais ce que je te dis de faire...

— Certainement pas la première fois. Je prête beaucoup de valeur à chacune de tes paroles.

— Vraiment ? Je me rappelle pourtant t'avoir demandé de me détacher... sans que tu obéisses.

— Certes, mais il y avait des circonstances particulières...

— Qui étaient... ?

— Tu essayais de réduire à néant tous mes plans !

— Tu parles du plan qui consistait à m'assommer et à me trousser comme une oie ?

Il caressa avec tendresse ses beaux cheveux.

— Doit-on vraiment revenir sur le sujet ? Je t'ai dit que c'était Davey qui t'avait assommé.

Il lui sourit avec amusement.

— Je vois que tu n'essaies pas de nier la partie où tu me ligotes comme une oie...

— D'accord, j'ai aidé pour cette partie-là. Et je t'assure que je me suis montrée très douce. Par ailleurs, je te rappelle que je suis revenue pour prendre soin de toi.

Il se recula légèrement sur le matelas et l'attira vers lui pour qu'elle niche son dos contre son torse.

— C'était bien le moins que tu pouvais faire !

— Si mes souvenirs sont bons, j'ai fait bien plus que te soigner, non ? Il me semble que j'ai largement payé ma dette.

— C'est vrai, tu l'as payée et tu m'as donné bien plus encore.

La chaleur de son corps l'embrasait.

— Alors, dis-moi Rosamund, après tout ce que tu as fait pour être libre, pourquoi es-tu revenue ?

— Je n'avais pas d'autre choix. Tu vois, j'ai découvert que j'étais tout à fait comme cette chaussure...

— La chaussure... ?

— Oui : inutile sans sa voisine. Rien n'avait de saveur sans toi, Agravar.

— Alors tu es revenue pour moi ? demanda-t-il sans oser y croire.

— J'aime Gastonbury, bien sûr, j'aime les gens d'ici. Mais ce n'est pas ce qui m'a fait revenir. J'ai fini par comprendre que j'avais échangé une existence misérable contre une autre, tout aussi vaine. Je ne pourrai jamais être heureuse sans toi. Je t'aime et je croyais que j'avais été assez claire à ce propos la dernière fois que nous nous sommes vus.

Les yeux clos, Agravar buvait ses paroles qui l'emplissaient d'un bonheur presque douloureux, à la fois merveilleux et étrange. Lui qui n'avait jamais eu personne dans sa vie, à l'exception de Lucien, était aimé à ce point-là. Au point qu'elle avait affronté sa peur du mariage, son rêve de liberté pour revenir vers lui.

— Je doute que Davey ait été très heureux de te ramener.

— Davey s'est montré... difficile, en effet, mais je n'ai pas réagi face à lui comme je l'aurais fait face à Cyrus. Lorsque j'ai insisté pour rentrer, il a fini par accepter, non sans m'assurer que c'était le dernier service qu'il me rendait. Il ne m'a pas adressé la parole pendant toute la durée du voyage. Il a seulement promis de me ramener à la forteresse sans encombre. À mon avis, il est sans doute déjà reparti.

— Et Robert ? Savais-tu qu'il serait là ? Prêt à t'épouser ?

Elle poussa un lourd soupir.

— Non, cela a été un choc de le voir même si je savais que je devrais l'affronter un jour prochain.

Elle serra nerveusement ses mains l'une contre l'autre.

— C'est un homme bon, gentil. Je sais à présent que je n'ai aucune raison d'avoir peur de lui. C'est un cadeau de plus que tu m'as fait, Agravar. J'ai appris que tous les hommes ne sont pas comme Cyrus, grâce à toi. J'irai donc parler à Robert. J'espère qu'il ne voudra pas d'une épouse qui ne consent pas au mariage. Je vais simplement lui dire la vérité, voilà tout... D'accord... Peut-être pas toute la vérité, ajouta-t-elle en penchant adorablement la tête de côté.

À cette insinuation, Agravar émit un grondement affamé et lui tira la tête en arrière pour prendre sa bouche. Leur baiser les entraîna tous les deux sur le matelas.

Il prit cependant le temps de s'écarter pour lui demander :

— Es-tu certaine de vouloir parler à Robert ?

— Oui, je veux me montrer honnête avec lui. N'est-ce pas le Seigneur qui l'a dit ? Seule la vérité peut nous libérer.

Elle leva ses longs cils et plongea son regard dans le sien.

— Une fois que ce sera fait, je n'aurais plus qu'à partir en quête d'un autre époux. Connaîtrais-tu un candidat volontaire ?

Il fit glisser ses mains jusqu'à ses hanches, le cœur lourd.

— Comment pourrais-je t'infliger d'être la femme d'un Viking bâtard de naissance, sans aucune possession et qui a prêté allégeance à un seigneur au caractère impossible que tu n'apprécies même pas ?

— Tu n'es pas obligé de présenter les choses sous un jour aussi peu flatteur !

Il la serra contre lui.

— Vraiment ? Quel maladroit je fais ! D'autant que t'épouser est tout ce que je désire au monde...

Il prit le temps de contempler son beau visage adoré avant de reprendre d'une voix rauque.

— Rosamund, tu es toute ma vie. Est-ce que tu comprends ce que je veux te dire ? Je ne suis rien sans toi.

— Alors, sois quelque chose avec moi, murmura-t-elle. Sois mon amour.

— Toujours.

Il posa les yeux sur ses lèvres tandis qu'elle s'approchait sensuellement. Il n'aurait pu résister un instant de plus. Son corps brûlait d'une soif inextinguible, pourtant, il s'efforça de ne pas bouger lorsqu'elle vint sur lui, légère et délicate sur son grand corps puissant.

Il resta immobile et se concentra sur toutes les sensations merveilleuses qui l'assaillaient : ses seins ronds qui frottaient son torse, ses cheveux défaits qui leur faisaient un rideau intime, la pression douce de ses doigts sur son cou, le contact sensuel de sa bouche le long de sa mâchoire.

— Je ne suis revenue que pour toi, Agravar.

Son expression était presque dure lorsqu'elle prit son visage entre ses paumes.

— Rien n'a changé. Je t'appartiens.

L'émotion serrait la gorge d'Agravar. Ses mains tremblaient tant il avait besoin de prendre possession de cette femme merveilleuse qui promettait d'être à lui, de l'aimer, de ne pas l'abandonner, jamais.

Elle s'écarta soudain pour se redresser, debout à côté du lit. Il allait lui demander ce qu'elle faisait lorsqu'il eut le souffle coupé en la voyant retirer les manches de sa robe.

Il se redressa à demi pour admirer le spectacle. Son sexe pulsait douloureusement dans ses chausses. Elle ôta sa robe et sa chemise. Puis elle avança entièrement nue pour remonter sur le lit. D'un geste, il lui fit signe de s'arrêter. Il embrassa du regard son corps parfait, puis il passa une main légère sur la surface de sa peau soyeuse qui brillait doucement à la lueur du flambeau. Lorsqu'il passa les doigts sur son sein, la pointe en était déjà dressée. Il la vit contracter le ventre lorsque ses doigts descendirent lentement.

— Fais-moi de la place, Viking, dit-elle entre ses dents.

À genoux près de lui, elle tira sur sa chemise dont il se débarrassa impatiemment.

— Nous ne sommes toujours pas à égalité, commenta-t-elle en passant paresseusement les doigts sous la ceinture de ses chausses.

— Ces mois loin d'Angleterre t'ont rendue bien autoritaire, rétorqua-t-il, amusé.

Elle se mordit la lèvre pour ne pas rire.

— Et dire que c'est à toi que je le dois. Maintenant, déshabille-toi.

— Je ne compte pas désobéir à tes ordres, ma douce.

Une fois qu'elle l'eut débarrassé de ses vêtements, elle le repoussa à plat dos. Ses mains se posèrent près de la cicatrice, sur son flanc.

— J'ai été maladroite, tu garderas une cicatrice.

— Elle tiendra compagnie aux nombreuses autres qui marquent mon corps. Si tu m'as ordonné de me mettre nu seulement pour les inspecter, je serai atrocement déçu.

Elle eut un rire de gorge sensuel et le surprit en saisissant entre ses doigts son sexe rigide. Elle le caressa audacieusement de haut en bas, provoquant des frissons de plaisir sur sa peau.

— Ce n'est pas de tes cicatrices que j'ai rêvé, crois-moi, susurra-t-elle.

Sa peau était tellement chaude contre la sienne.

— Je vois que tu as passé du temps à rêver.

— Et toi, Agravar ? Ne pensais-tu jamais à moi ?

— Oh ! de temps à autre, quand l'ennui menaçait...

Elle abattit son petit poing frêle sur sa poitrine.

— Attends, laisse-moi développer. L'ennui guettait la plupart du temps !

Elle lui jeta un regard coquin.

— Vraiment ?

— Tout le temps, en fait.

— Hum.

— Eh bien ? Qu'attends-tu pour m'embrasser ?

— Pardon, c'était un malencontreux oubli de ma part.

— Tais-toi, gronda-t-il en prenant l'arrière de sa tête pour l'attirer à lui.

Un long frisson langoureux les traversa tous deux.

— J'ai attendu trop longtemps, haleta-t-il. Nous discuterons plus tard. Pour l'heure, j'ai besoin de toi.

— Oui, mon amour, gémit-elle, le souffle court.

Il l'installa sur lui, une jambe de part et d'autre de ses hanches et caressa son dos. Avec délectation, il prit la pointe d'un sein entre ses dents et l'aspira jusqu'à ce qu'elle crie de plaisir. Il prit ses fesses à pleines paumes et la pressa contre sa virilité avant de la soulever au-dessus de lui.

Son sexe gorgé de désir était large, mais il entra en elle sans peine tant elle était prête pour lui. Dressée au-dessus de lui, elle arqua les reins en gémissant.

Les mains sur ses hanches, il guida le rythme de ses va-et-vient. Bientôt, elle n'eut plus besoin de lui pour imprimer son propre rythme. Elle le chevauchait comme une amazone, superbe et indomptable. Lorsqu'elle baissa le regard sur lui, il se sentait ensorcelé. Leurs doigts s'emmêlèrent et il laissa son corps lui exprimer les sentiments qui emplissaient son cœur. Il n'était plus dirigé que par un désir pur, sauvage, puissant. Rosamund s'arqua au-dessus de lui, emportée par son propre plaisir, et il eut la sensation qu'ils allaient se consumer dans la force de leur étreinte.

Il la vit atteindre l'extase et, lorsque ses muscles intimes se serrèrent convulsivement autour de son membre, il s'abandonna à son tour. Elle poussa un long gémissement de volupté tandis qu'il prolongeait leur jouissance par de lents coups de reins.

Lentement, Agravar revint à lui. Rosamund s'était effondrée contre son torse et il referma ses bras sur son corps délicat. Il posa les lèvres sur ses cheveux, sur la courbe de son oreille — tout ce qu'il pouvait atteindre.

— Tu comprends ce que je voulais dire ? Rien n'est bon quand nous ne sommes pas ensemble, murmura-t-elle.

— Tu parles trop.

— J'ai été patiente, silencieuse et docile toute ma vie. Je peux enfin parler et j'ai envie de parler.

Il fit mine de pousser un soupir.

— Bon, alors parle, s'il le faut.

Il y eut un court silence.

— C'est tout ce que j'avais à dire.

Il pouffa et la serra dans ses bras.

— Je t'aime.

— Hum. Je ne me fatiguerai jamais d'entendre ces mots. Promets-moi, lorsque nous serons vieux et que nos petits-enfants courrons autour de nous, que tu me le diras encore.

Il passa une main sur ses cheveux et l'incita à tourner le regard vers lui, l'air soudain grave.

— Rosamund, tu sais que je te veux, maintenant et pour toujours. Je t'épouserai dans l'instant sans réfléchir... Seulement, il y a Robert.

— Je te l'ai dit, mon amour, je lui parlerai. J'avais espéré qu'il ne serait plus intéressé par ce mariage, après mon prétendu enlèvement, parce qu'il supposerait que ma vertu était compromise.

Elle s'interrompit dans un rire.

— Ce qui est le cas, en l'occurrence. Seulement pas pour les raisons qu'il imagine. Quoi qu'il en soit, j'espérais vraiment qu'il me libère de notre engagement.

— Robert estimerait une telle action parfaitement déshonorante. Or, il se conforme toujours à l'honneur.

— Oui, je le vois bien, maintenant. Et c'est ce qui me fait croire qu'il ne voudra pas d'un mariage si je ne le souhaite pas. Et puis, ce n'est pas comme s'il avait la moindre inclination pour moi. Nous avons à peine échangé douze paroles depuis que nous nous sommes rencontrés. Il est toujours en compagnie de Lucien ou de Veronica, et il préfère largement leurs compagnies à la mienne. J'ai du mal à croire que notre mariage soit à ce point-là avantageux pour lui. Cyrus n'a pas un pouvoir particulièrement grand et ma dot n'est pas énorme. En vérité, je devais être un choix plutôt médiocre pour un homme de sa qualité. Il se montrera raisonnable.

— Quand comptes-tu lui parler ?

— Je dois attendre le bon moment. Fais-moi confiance, Agravar, je ne te décevrai pas. Ce ne sont pas des paroles en l'air. Bien sûr, j'ai toujours peur mais, désormais, je sais que je peux la surmonter. Je ne fuirai pas comme je le faisais auparavant.

Il embrassa sa tempe avant de poser son front contre le sien.

— Parle-lui dès que possible. Je ne sais même pas comment je fais pour patienter davantage. Si tu as besoin d'aide...

— J'ai besoin de toi, mon amour. Seulement, en l'occurrence, je dois me débrouiller seule.

26

Rosamund quitta la chambre d'Agravar juste après l'aube. Ils étaient fous d'être restés si longtemps ensemble mais ils avaient parlé pendant des heures. Elle lui avait raconté ses voyages, les choses qu'elle avait vues et apprises, les façons de vivre différentes qu'elle avait découvertes dans d'autres pays.

Ils avaient refait l'amour, aussi, avant de s'endormir, comblés et épuisés. Lorsqu'elle s'était réveillée, elle n'avait pu le quitter sans lui donner un long baiser d'adieu. Évidemment, Agravar avait réagi avec passion, et ils avaient à nouveau perdu la notion du temps dans les bras l'un de l'autre.

À présent, alors qu'elle regagnait sa chambre sur la pointe des pieds, son cœur cognait à grands coups à l'idée d'être surprise. Arrivée dans sa chambre, elle défit son lit pour faire croire qu'elle y avait dormi. Il était encore tôt, cependant, elle n'avait aucune envie de retourner se coucher. Elle était bien trop euphorique.

Lorsque Hilde arriva, une heure plus tard, elle était lavée et habillée.

— Seigneur Dieu, qu'est-ce qui vous a fait lever aussi tôt ? s'étonna Hilde.

— Je n'ai pas réussi à dormir.

— Encore des cauchemars ?

Rosamund se rappela à temps qu'elle était supposée renvenir tout juste de plusieurs mois aux mains de ravisseurs.

— Non, seulement beaucoup de choses en tête.

— J'imagine, ma pauvre enfant. Arrivée à Berendsfore auprès d'un tel seigneur et comme lady du château, vous devez avoir beaucoup en tête ! Je suis d'ailleurs étonnée que vous ne flottiez pas littéralement de bonheur.

Rosamund retint un gémissement exaspéré.

— Je vais me rendre dans le salon des dames en attendant la rupture du jeûne.

Et elle quitta la pièce en hâte pour échapper aux remarques de sa servante qui la mettaient mal à l'aise.

Dans la large pièce bien exposée, Veronica était assise seule sur un rebord de fenêtre.

— Bonjour, Rosamund. Vous êtes bien matinale, mon enfant.

— C'est vrai. Alayna n'est pas encore réveillée ?

— Si, elle est avec les enfants.

Rosamund alla s'asseoir en prenant un bout de laine à tirer en pelote.

— Rosamund...

Veronica s'interrompit pour prendre une longue inspiration.

— J'aimerais vous parler...

Elle fut interrompue par l'arrivée d'Alayna qui portait Leanna dans ses bras.

— Bonjour, les salua-t-elle avec un grand sourire joyeux. Eh bien, vous vous êtes réveillées avant le chant du coq toutes les deux !

Après avoir salué son amie, Rosamund lança un regard interrogateur à Veronica. Celle-ci sembla hésiter, avant de se détourner.

— Pardonnez-moi, j'ai quelque chose à faire, marmonna-t-elle avant de quitter la pièce.

Plus tard ce jour-là, Rosamund avançait dans l'un des corridors sombres de l'aile ouest lorsqu'une main se posa sur sa bouche pour l'entraîner dans une alcôve.

— Si tu restes calme, je promets de t'embrasser, gronda une voix familière à son oreille.

Elle se retourna brusquement dans ses bras.

— Agravar ! À quoi penses-tu !

— J'avais besoin de toi.

Il fit taire ses protestations d'un langoureux baiser. Lorsqu'il la libéra enfin, ce fut pour la questionner :

— As-tu parlé à Robert ?

— Je ne l'ai pas vu de tout le jour. Sais-tu où il est ?

— Non. Cela dit, j'étais occupé avec Lucien toute la matinée. Les écuyers vont être adoubés chevaliers aujourd'hui.

Il fit courir ses larges paumes le long de sa colonne vertébrale. Son regard embrasé disait assez qu'il aurait aimé lui faire bien plus que cela.

— Parle-lui vite.

— Je le ferai dès que l'occasion se présente, je te le promets. Cesse de me harceler, maintenant, le gronda-t-elle en passant les bras autour de ses épaules.

— Seulement si tu arrêtes de faire pareil.

— Je n'ai rien fait pour t'importuner !

— Oh si, femme, tu n'arrêtes pas de m'importuner. À chaque seconde, je suis assailli par le désir. Tu m'as réduit à un état pitoyable de manque permanent.

— C'est ta faute, pas la mienne !

— Bien sûr que si ! Après tout, c'est bien à toi qu'appartiennent ces yeux rieurs et ces magnifiques cheveux et...

Sa main glissa le long de ses côtes, et seuls deux doigts s'attardèrent en dessous de son sein. Elle le poussa en riant.

— Sir, vous êtes un débauché !

— Hum, en effet, souffla-t-il en la rattrapant.

Des bruits de pas leur firent brusquement cesser leur petit jeu.

— Je pense que vous devriez en parler à Lady Alayna, elle saura vous conseiller, dit-il bien fort tandis qu'un serviteur passait à côté d'eux.

Dès qu'ils furent seuls, Agravar la reprit contre lui mais elle s'écarta.

— Nous ne pouvons pas faire cela ! Et si quelqu'un nous voyait ?

— Parle à Robert, et cela n'aura plus aucune importance !

— Je lui parlerai, mais tu dois me laisser un peu de temps.

Il reprit un air grave et soupira.

— Pardonne-moi, j'ai tort de te presser de la sorte.

— Non, tu es adorable de me presser de la sorte, rectifia-t-elle doucement. J'aime que tu sois si impatient.

— Je suis ravi de te plaire, rétorqua-t-il en feignant une révérence.

— Arrête ces bêtises, s'esclaffa-t-elle. Tu es bien trop grand pour de telles flatteries. Maintenant, laisse-moi.

Il lui adressa un immense sourire.

— Tu as vraiment changé, sais-tu ?

— Et tu désapprouves ?

Il l'embrasa d'un lent regard, la parcourant des pieds à la tête.

— Je t'assure au contraire que j'approuve de tout mon cœur.

— Quelqu'un d'autre vient ! Je te parlerai plus tard !

— Rejoins-moi dans ma chambre ce soir, souffla-t-il avant de déposer un rapide baiser sur ses lèvres.

— Certainement pas ! Laisse-moi partir, quelqu'un vient !

— Promets !

— Agravar !

— Promets !

— Très bien, je viendrai.

Alors, seulement, il la libéra. Il était temps : un autre domestique arrivait. En les découvrant dans le couloir, il s'arrêta.

— Capitaine, je vous cherchais. Mon seigneur vous fait appeler dans sa chambre.

Agravar acquiesça et remercia. Pour donner le change, Rosamund ajouta :

— Merci capitaine, je tiendrai compte de vos conseils. Je vous souhaite une bonne journée.

Lorsque Agravar parvint dans la chambre seigneuriale, il n'y trouva qu'Alayna.

— Lucien arrive-t-il ?

La jeune femme semblait tendue lorsqu'elle répondit :

— Non. J'ai demandé à Lucien de te parler d'abord seule. Agravar, nous avons reçu des informations qui pourraient te causer un choc. Il faut que tu te prépares.

Il sentit un poids tombé sur sa poitrine à ces mots et serra les mâchoires. Ces mauvaises nouvelles avaient-elles un lien avec Rosamund ?

— Je suis prêt, assura-t-il entre ses dents.

Elle lui tendit un petit parchemin.

— Cela vient tout juste d'arriver. Des nouvelles de Tannyhill. Agravar… Ta mère est morte.

Il demeura interdit. La disparition de sa mère, avec laquelle il n'avait jamais échangé une parole ni un instant agréable n'aurait même pas dû être une mauvaise nouvelle pour lui. Et pourtant… Il sentit quelque chose se serrer en lui.

— Je… Je crois que je dois m'asseoir, balbutia-t-il.

Alayna posa une main sur son bras et le conduisit vers une chaise.

— Je suis tellement navrée, Agravar. Il n'y avait hélas aucun moyen délicat de t'apprendre cette triste nouvelle.

— Je te remercie, il n'y a pas de quoi s'inquiéter. Je ne partageais pas avec ma mère le même amour dévoué qui te lie à la tienne.

Néanmoins, la sensation dans sa poitrine ne s'apaisait pas, c'était comme si un feu ravageait l'intérieur de son corps sans laisser aucun signe de brûlure au-dehors.

Alayna garda une main compatissante posée sur son épaule.

— Je crois comprendre. Lucien ne m'a jamais rien raconté, mais j'ai pu glaner une ou deux informations au détour d'une phrase. En tout cas, j'ai compris qu'elle avait eu du mal à t'accepter.

Il acquiesça et se releva comme un somnambule pour faire quelques pas à travers la pièce. Il alla ouvrir la fenêtre et resta posté devant, même s'il ne voyait rien du paysage qui s'étendait devant lui. Seules défilaient devant ses yeux des images du passé.

— Elle n'était rien pour moi.

— Agravar, parfois, ce que nous ressentons n'a aucun sens à nos propres yeux. Ta mère, aussi peu maternelle qu'elle ait été, reste la femme qui t'a porté et mis au monde. En dépit de tous ses manquements, elle n'était pas rien pour toi.

— C'est tellement étrange, dit-il avec ahurissement. Tu as raison et je viens seulement d'en prendre conscience.

— C'est normal que tu la pleures.

Il se tourna vers son amie et prit ses mains dans les siennes.

— Merci pour ta gentillesse, Alayna.

— C'est tout naturel, répondit-elle avec émotion. Tu sais à quel point nous t'aimons tous ici.

Il avala avec difficulté la boule qui lui obstruait la gorge.

— Oui, je suis incroyablement chanceux de vous avoir.

Il ne disait que la simple vérité. Il était incroyablement

chanceux, et son bonheur n'avait plus de limites à présent qu'il avait également l'amour de Rosamund.

La femme qu'il aimait avait toujours rêvé d'être libre mais, lui, il avait désiré par-dessus tout l'amour. La mort de sa mère lui apparut soudain comme un symbole. Le passé avait disparu et il était prêt pour un avenir radieux, enfin. Certes, la tristesse de sa perte ne disparaissait pas pour autant, toutefois, il était prêt à l'accepter.

— Je vais dire à Lucien de te rejoindre, à présent.

Elle rit doucement avant d'expliquer :

— Bon, ce n'est pas tout à fait vrai que je lui ai « demandé » de te parler la première. En vérité, j'ai ordonné à cette brute de ne pas mettre un pied dans la pièce. Je n'ose même pas imaginer avec quelle délicatesse il t'aurait appris la nouvelle !

Agravar lui sourit en retour, sans préciser que son époux pouvait se montrer étonnamment subtil et sensible parfois.

27

Rosamund le rejoignit dans sa chambre ce soir-là. Alors, il la prit dans ses bras et lui fit l'amour lentement, tendrement. Ce n'est qu'après l'avoir aimée, alors qu'ils reprenaient leurs souffles, qu'il lui apprit la mort de sa mère.

Il fut lui-même surpris de découvrir qu'il avait tant à dire. C'était comme s'il ressentait le besoin impérieux de se purger de toutes les émotions confuses qui avaient hanté son âme depuis des années. Soudain, son cœur s'ouvrait à la seule personne sur terre à qui il pouvait se confier.

— Lorsqu'elle était près de moi, elle était toujours si pâle... Elle ressemblait à un fantôme et cela m'effrayait lorsque j'étais enfant. Quand j'ai grandi, j'ai pris l'habitude de l'épier. J'imagine que, d'une certaine façon, elle me fascinait. Je voulais désespérément qu'elle me remarque, qu'elle me jette seulement un regard.

— C'est tellement triste, chuchota-t-elle en le serrant plus fort contre elle.

Il eut un rire triste, les yeux fixés au plafond.

— Elle ne m'avait rien donné d'autre que la vie, et pourtant, je l'aimais. Et j'étais malheureux qu'elle me haïsse.

— Non, ce n'est pas toi qu'elle haïssait.

Elle caressa doucement son torse en un geste apaisant.

— Toi, tu es l'homme le plus aimant, le plus généreux

que je connaisse. Elle ne t'a jamais connu, elle n'a jamais découvert la bonté qui était en toi.

— Tu dis cela parce que tu m'aimes.

— Je t'aime, en effet, et je ne mens pas pour autant. Qui sinon un homme d'une extrême bonté aurait pu voler à mon secours trois fois ? Quatre, si l'on compte la façon dont tu m'as sauvée de mes peurs.

Il lui sourit tendrement. La douleur n'avait pas disparu, mais elle s'était apaisée. Avec Rosamund, même les épreuves lui semblaient plus faciles.

Rosamund aurait sincèrement aimé tenir sa promesse de parler au plus tôt à Robert, seulement, il était sans cesse absent. Par une ironie du destin, il avait laissé un message à Agravar en lui demandant de veiller sur sa promise puisqu'il s'était montré tellement capable de la protéger par le passé.

Il était donc devenu facile, avec la complicité inconsciente de Lord Robert, de ne plus penser à la conversation angoissante qu'elle devait avoir avec lui. L'intérêt de Rosamund pour les plantes guérisseuses leur offrait le prétexte parfait pour s'éloigner dans les bois alentour, à l'écart de tout regard indiscret pendant des heures entières.

Chaque jour, ils discutaient et plaisantaient, rêvaient à leur avenir et faisaient l'amour, avant de remplir en hâte le panier de Rosamund avec les premières plantes qu'ils trouvaient pour rentrer au crépuscule. Quiconque aurait jeté un œil sur leur collecte de mauvaises herbes et de fleurs des champs, aurait sérieusement douté des dons de guérisseuse de Rosamund.

Un soir, tandis qu'ils passaient les portes de la barbacane, l'un des hommes d'Agravar l'appela. Rosamund continua à avancer vers le château, souriant rêveusement en se remémorant le plaisir qu'ils s'étaient donné. Ses yeux tombèrent sur son panier et elle rit toute seule. Ils s'étaient particulièrement occupés l'un de l'autre, aujourd'hui, et leur cueillette était alarmante.

— Rosamund ! Rosamund ! cria le jeune Aric en courant vers elle. Où est Agravar ? Mon père le demande !

— Il s'est arrêté à la garnison, dit-elle en froissant les boucles brunes du garçon.

— Devine quoi... Luke n'a pas arrêté de sourire aujourd'hui. C'était dégoulinant de bave, mais maman a dit qu'il était adorable.

— Ton petit frère est adorable, approuva-t-elle.

— Père ne l'a pas vu. S'il l'avait vu, je suis sûr qu'il aurait été d'accord avec moi. Et puis, il n'arrête pas de m'attraper par les cheveux et de tirer.

— Ton père ? se moqua-t-elle tandis qu'ils passaient ensemble sous les remparts intérieurs.

— Faites place ! cria une voix dans leur dos.

Elle se mit hâtivement sur le côté en entraînant Aric avec elle. Une troupe de soldats passa tout près d'eux.

— C'est étrange... Il est bien tard pour l'arrivée de visiteurs.

— Les gardes les avaient repérés, Père cherchait à prévenir Agravar.

— Ah. C'est sans doute pour cela qu'il a été retardé à la garnison. Cette troupe a dû arriver juste après lui.

Ce n'est qu'à cet instant précis qu'elle remarqua les couleurs que portaient les soldats. Vert, pourpre et or. Elle s'immobilisa, soudain pétrifiée d'horreur.

Ses yeux parcoururent le groupe. C'est alors qu'elle le vit, monté sur un splendide destrier, vêtu avec une élégance qui aurait semblé ridicule sur un autre homme... Cyrus était à Gastonbury.

Elle entendit à peine le cri d'alarme d'Aric lorsqu'elle tomba sur le sol.

Lorsqu'elle ouvrit les yeux, Rosamund découvrit qu'elle se trouvait dans son propre lit. Elle cligna des paupières. Elle portait toujours sa robe poussiéreuse.

Quelqu'un bougea près d'elle, Alayna ou Veronica, sans doute. Elle tourna le visage vers le bruit et se raidit brusquement, glacée jusqu'aux os.

Cyrus se pencha vers elle avec un sourire mauvais.

— Eh bien, eh bien, petite vipère. Me voilà. Et nous sommes seuls, j'ai renvoyé les autres.

D'instinct, elle se redressa et voulut se lever, lorsqu'il la cloua au matelas d'un ordre sec.

— Reste où tu es.

— Allez-vous en. Partez où je crie.

— Vas-y, je pourrais alors expliquer que tu es hystérique et que j'ai dû t'asséner une claque pour te calmer. Et, si ça ne marche pas, je pourrai toujours essayer avec le poing.

Il avait débité ses menaces d'un ton parfaitement monocorde, plus terrifiant encore.

— Ils ne vous croiront pas. Ils...

— Tu penses t'être trouvé des champions ici, n'est-ce pas ? Oui, oui, le brave Davey m'a tout raconté par le menu.

Son visage s'étira en un rictus odieux. Il n'était pas à proprement parler laid, pourtant, il ne lui inspirait que de la répulsion.

— Il m'a raconté combien tu aimais Gastonbury, combien tu avais changé. Il m'a même parlé du Viking. Oui, petite putain, il m'a tout raconté de tes vices.

Rosamund ne parvenait plus à respirer.

— Je... Je ne vous crois pas. Davey ne m'aurait jamais trahie, balbutia-t-elle.

— Il n'était qu'un esprit faible, ensorcelé par les ruses d'une vipère.

— Pourquoi me trahirait-il ?

Cyrus se pencha plus près encore, lui coupant le souffle.

— Je me suis posé la même question, Rosamund. Quand il m'a supplié de ne rien dire, j'ai compris. Et toi aussi, j'en suis sûr. Oui, le pauvre garçon était pris au piège que tu lui as tendu.

— Je n'ai rien fait d'autre que lui offrir mon amitié, protesta-t-elle tout bas.

— Menteuse ! Il était amoureux de toi. Ne prétends pas que tu l'ignorais. Une femme sait ces sortes de choses puisque c'est elle qui les provoque.

— Davey n'était qu'un jeune garçon loyal à mon frère.

— Sa loyauté aurait dû me revenir, coupa-t-il durement. Au lieu de quoi, cet idiot t'a aidée à t'échapper. Puis il s'est imaginé pouvoir m'utiliser à sa guise. Une erreur fatale. Il savait, bien sûr, que je viendrais aussitôt à Gastonbury te rappeler qui est ton maître. Il espérait qu'ainsi débarrassé du Viking il aurait la voie libre pour revenir auprès de toi. Un plan malin, je dois bien le reconnaître. Avec un homme moins intelligent que moi, cela aurait pu marcher.

Rosamund demanda d'une voix étonnamment calme.

— Qu'entendez-vous par « erreur fatale » ?

— Il est mort, petite idiote. Pourquoi poses-tu toujours des questions dont tu connais la réponse ? Comme si j'allais le laisser vivre après sa trahison.

Rosamund posa une main devant sa bouche ouverte sur un cri d'horreur muet.

— Vous l'avez tué... Non ! Je...

— Je l'ai tué, et tu es en seule responsable. Ton comportement de putain a provoqué sa mort.

Elle releva brusquement la tête.

— C'est vous qui l'avez tué ! Vous êtes le diable. Vous avez assassiné ce pauvre garçon comme vous avez tué ma mère.

Cyrus sembla surpris par sa déclaration.

— Je n'ai pas tué ta mère. Quels mensonges as-tu répandus sur mon compte, petite catin ?

— Nul besoin de mentir quand la vérité parle d'elle-même.

— Eh bien, eh bien… Tu es devenue bien impudente depuis ton départ. Le père Léon m'avait prévenu. Il m'en a dit beaucoup lui aussi. Mais j'ai voulu croire que l'arrivée de ton fiancé allait régler rapidement les problèmes que tu me posais. Croyais-tu vraiment que je te laisserai épouser un Viking bâtard sans famille ni argent ? Quel avantage pourrais-je en tirer ? Tu t'es déshonorée en vain, idiote ! Je te promets que tu seras punie. Et je sais déjà comment…

Terrorisée, elle voulut se lever. Comme au ralenti, elle le vit lever la main pour la frapper. Elle s'immobilisa à mi-chemin. La peur engluait ses veines, paralysait ses muscles, anéantissait son instinct.

— Assieds-toi immédiatement et écoute attentivement. Tu es sous mon contrôle pour le moment, et ce, jusqu'à ce que tu épouses Robert.

Ses doigts se refermèrent comme une serre autour de son bras.

— Et il te prendra pour femme. Je lui ai déjà parlé. J'ai bien senti cependant qu'il était hésitant. J'ai dû lui forcer un peu la main pour qu'il accepte.

Rosamund ferma les yeux en songeant à la tragique ironie qui l'avait empêchée de parler à Robert, alors qu'il aurait été si près de renoncer à leur mariage. Si elle avait eu plus de courage, elle aurait pu régler la question avec Robert et épouser Agravar avant l'arrivée de Cyrus.

— J'ai dû lui rappeler que son dédit serait perçu comme une grave insulte, poursuivit Cyrus. Or, il fait grand cas de l'honneur, ce qui m'a été bien utile.

— Vous êtes un être vil et méprisable, siffla-t-elle entre ses dents.

Sa main partit si vite qu'elle ne vit pas venir la gifle qui lui embrasa la joue.

— Je ne t'ai pas appris à te comporter de la sorte, putain !

Ce n'est pas parce qu'un homme est passé entre tes jambes que tu as soudain le droit de me manquer de respect. Tu peux oublier ton Viking, il ne te viendra pas en aide.

Rosamund massa sa joue douloureuse, le cœur au bord des lèvres.

— Robert a accepté de t'épouser à la seule condition que tu sois consentante. Il affirme que tu ne semblais guère enthousiaste à la perspective de ce mariage et il a l'air de tenir à ton avis, encore que je ne comprenne pas pourquoi. En conséquence, il s'en tiendra à notre accord si tu te montres plus engageante avec lui.

— Pourquoi tenez-vous tellement à ce que je l'épouse ? Qu'est-ce que cela vous apporte ?

— Du pouvoir, idiote ! N'as-tu rien appris des leçons du père Léon ? Tu n'as qu'une seule utilité : accroître mon pouvoir. Ensuite, tu appartiendras à Robert qui fera ce que bon lui chante d'une catin comme toi. Certains hommes sont d'une indulgence stupide. Il semble être l'un d'eux. Ta chance insolente de tomber sur un tel époux m'écœure.

Rosamund ne sut pas par quel miracle elle parvint une fois de plus à relever le menton pour le défier.

— Vous ne pouvez pas me forcer. Je ne suis plus la fillette effrayée d'autrefois. Je refuse d'épouser Robert et je le lui dirai.

Cyrus eut un lent sourire, comme s'il avait attendu précisément ce moment.

— Si tu me désobéis, Rosamund, je le tue.

La panique lui serra le ventre, anéantissant en elle toute velléité de rébellion.

— Vous... Vous n'oseriez pas tuer Robert ? balbutia-t-elle.

— Tuer Robert ? Intéressant... Surtout maintenant que je vois l'angoisse dans laquelle cette idée te plonge. Non, ma chère, je ne parlais pas de Robert mais de ton maudit Viking.

Des paroles de défi, des menaces passèrent dans son esprit choqué mais, hélas, elle était trop secouée par seulement les exprimer. Cyrus mettrait sa menace à exécution, de sa manière vile et sournoise, elle n'en doutait pas un seul instant. N'avait-il pas tué Davey, un pauvre garçon qui avait commis l'erreur de tomber amoureux d'elle ? N'avait-il pas tué sa mère, alors même qu'elle portait un enfant ?

Soutenue par l'amour d'Agravar, elle parvint cependant à articuler.

— Vous ne pouvez pas le vaincre. Et... Je dirais tout à Lucien... Vos menaces...

Il haussa les épaules d'une manière théâtrale.

— Dans ce cas, tu agrandis le cercle de la mort, très chère. Veux-tu vraiment faire de Lucien mon ennemi ? Ce pauvre homme a des enfants. Et une femme, à laquelle il accorde des libertés incroyables d'après ce que j'ai entendu dire... Ils seront faciles à éliminer.

Elle ravala la bile qui montait dans sa gorge.

— Pourquoi faites-vous cela ? murmura-t-elle.

— Parce que c'est ma volonté, répondit-il avec arrogance. Le mariage aura lieu demain matin. Je n'accepterai pas le moindre délai. Tu viendras à la chapelle et prononceras tes vœux. Et, si qui que ce soit suspecte que tes larmes sont autre chose qu'une manifestation de joie, tu le regretteras.

Agravar se tenait en retrait à l'entrée de la grande salle et observait tout à loisir l'homme assis à la table d'honneur. Cyrus de Hallscroft portait une tunique couleur émeraude, et une barbe parfaitement taillée couvrait son visage. Ses petits yeux étaient à demi fermés sous des paupières lourdes.

— Arrête de le fixer, le mit en garde Lucien en le rejoignant.

— Lucien, cet homme est un monstre, comment as-tu pu le laisser entrer chez toi ?

— Calme-toi. Je n'avais aucune raison de lui refuser l'hospitalité, tu le sais bien.

— Après ce qu'il a fait à Rosamund ?

— Il ne lui a rien fait sous mon toit. Alayna m'a raconté que Rosamund s'était évanouie en le voyant, or il s'est montré très prévenant en insistant pour rester à son chevet jusqu'à ce qu'elle se réveille. Je ne vois rien de sinistre dans cette attitude protectrice.

La fureur qui explosa dans son crâne aveugla Agravar l'espace d'un instant.

— Seigneur ! Tu l'as laissé seul avec elle ?

Il serra les poings, prêt à frapper son ami.

— Frappe-moi et j'ordonnerai à tes hommes de t'enfermer jusqu'à ce que tu retrouves ton sang-froid, le prévint Lucien.

— Tu ne comprends pas ce qu'il lui a fait...

— Je ne peux rien faire, Agravar ! Il ne s'en est pas pris à elle devant quiconque, et Rosamund n'a pas émis la moindre plainte. Il n'a offensé personne ici, et l'honneur me dicte de respecter l'hospitalité. Je suis le seigneur de ces lieux, je suis lié par ma position.

Les yeux noirs affrontèrent les yeux bleus un long moment.

— Très bien, finit par répondre Agravar. Mais, s'il touche le moindre de ses cheveux, je me charge de lui.

— Parfait, admit Lucien avant de pousser un léger soupir, témoin de la tension de ces derniers instants. Allons-y, alors. Tu sais ce qu'il te reste à faire.

Agravar acquiesça, le visage fermé.

— Je sais parfaitement ce que je dois faire.

Cyrus se comporta en hôte raffiné. Lorsque Agravar et Lucien arrivèrent à la table d'honneur, il se leva pour les saluer courtoisement et fit l'éloge de l'accueil qu'il avait reçu.

Pendant qu'il discutait avec Lucien, toujours stoïque, Agravar se remémora la description que Rosamund en avait faite. Il était aimé de ses gens et personne n'avait jamais suspecté sa face sombre. De fait, il était bien forcé d'admettre que l'homme était doté d'un charisme indéniable. Néanmoins, même si Rosamund ne s'était pas confiée à lui, il aurait senti que quelque chose n'allait pas chez Cyrus. Peut-être dans la façon dont justement, il faisait trop d'efforts pour sembler aimable.

Lucien n'était pas dupe, lui non plus. Il resta poli mais froid au cours du souper et des festivités. Alayna aussi demeurait sur la réserve, mais seuls ceux qui connaissaient son tempérament extraverti et la générosité chaleureuse dont elle faisait preuve envers ses hôtes auraient pu le remarquer.

Rosamund ne descendit pas. Agravar était rongé d'inquiétude. Que lui était-il arrivé ? Hélas, il ne pouvait pas demander directement de ses nouvelles sans éveiller les soupçons. Miné par la frustration, il finit par prendre congé tôt.

Il s'éloignait dans le couloir lorsque la voix de Cyrus l'arrêta.

— Capitaine, puis-je vous dire un mot ?

Agravar masqua sa surprise et hocha la tête.

— Ah, vous êtes plus jeune et vaillant que moi, déclara Cyrus en marchant à côté de lui.

Ils arrivaient dans le couloir qui menait aux escaliers lorsque, de la même voix parfaitement maîtrisée, Cyrus poursuivit :

— Je me demande pourquoi vous êtes si pressé. Cela aurait-il un lien avec ma belle-fille ? Avez-vous convenu d'un rendez-vous secret avec cette catin ?

Agravar s'arrêta, glacé. Lentement, il fit face à l'homme qui continuait d'afficher son sourire de serpent.

— Je vois que vous êtes surpris, mon cher. Ne vous a-t-elle donc rien dit de moi ? De la façon dont je compte réparer ses errements ?

Avec un grognement de fureur, Agravar se jeta sur lui, le saisit au col et le leva contre le mur. Il appuya le bras sur la gorge de son ennemi qui émit un gémissement mais parvint à articuler :

— Si vous voulez la voir morte, allez-y, étranglez-moi.

Agravar sentit sa fureur refluer sous la montée de la peur. Malgré sa position de faiblesse, Cyrus témoignait d'une trop grande assurance. Un malaise désagréable l'envahit. Il desserra légèrement son étreinte. Les yeux de Cyrus brillaient d'une joie mauvaise lorsqu'il reprit :

— Vous devez me croire fou de me présenter sans défense face à vous sans aucune garantie pour ma sécurité. Or, je ne le suis pas. J'ai payé une armée d'assassins pour régler mes comptes s'il devait m'arriver quoi que ce soit. Si vous vous en prenez à moi, Rosamund mourra. D'autres personnes auxquelles vous tenez mourront également. Je vous jure, barbare, que ma vengeance vous détruira.

La menace frappa Agravar de plein fouet. Quelque chose chez cet homme — son regard froid, son sourire de serpent, son assurance — lui rappelait quelqu'un d'autre. Cet homme, comme son père, ne s'interdisait aucune cruauté ni aucune injustice. Pour eux, le pouvoir était tout et la mort un simple instrument utile à leurs désirs ou à leur amusement.

— Je peux garder les miens à l'abri de vos manigances, gronda-t-il sans parvenir à cacher parfaitement l'incertitude dans sa voix.

— Quelle croyance ridicule ! Il y a tant de moyens de tuer, n'est-ce pas ? Le poison, un coup de couteau discret au milieu de la foule, une flèche malencontreuse au cours d'une partie de chasse, la chute malheureuse d'un enfant... La liste serait interminable.

Cette fois, Agravar sentit la peur lui serrer la poitrine.

En voyant son expression haineuse, Cyrus se mit à rire, comme s'il l'avait mené exactement là où il le voulait.

— Oh ! cela n'arrivera pas tout de suite, bien sûr... Je suis un homme patient, et j'aurai l'éternité pour attendre ma vengeance. Mais vous... Imaginez toute une vie à attendre le pire. Et le pire finit par arriver. Imaginez, alors, que vous êtes responsable de la mort de ceux que vous prétendiez aimer.

Agravar refusa de la regarder.

— Vous ne pourrez pas... Vous n'oserez pas.

— Vous ne savez pas de quoi je suis capable, lança-t-il en se dégageant brutalement de la poigne d'Agravar.

— Que voulez-vous ?

Cyrus prit le temps de brosser son manteau froissé avant de déclarer :

— Rosamund est résignée à son sort. Vous ne ferez rien pour changer son état d'esprit. Pas plus que vous n'interférerez avec Lord Robert. Si je vous vois communiquer avec l'un ou l'autre, cela leur coûtera la vie.

— Allez au diable.

— En temps voulu. Allons, capitaine, inutile de me haïr. Croyez-le ou non, ce sont les femmes, lorsqu'elles empoisonnent notre sang, qui nous rendent faibles. Oh ! j'oubliais. Davey vous envoie ce message : il voulait que vous sachiez que je suis mortellement sérieux. Il en savait quelque chose.

Agravar comprit parfaitement le message.

— Vous avez tué ce gamin. Seigneur, il n'était encore qu'un enfant.

— Enfants, femmes, vieillards, je m'en moque. Il était sur mon chemin. Alors ne vous mettez pas en travers vous aussi, Viking.

Empli de frustration et démuni face à la folie meurtrière

de cet homme, Agravar restait impuissant. Il savait parfaitement quel genre d'homme il avait face à lui.

Lorsqu'il avait fait route pour le Danemark afin de retrouver son géniteur, il avait découvert le mal à l'état pur. L'existence de telles créatures, qui ne vivaient que pour le plaisir de la destruction, était sans aucun doute l'œuvre du Malin. Cyrus de Hallscroft était exactement comme Hendron le Viking, un monstre, et ce constat le terrifiait.

— Votre folie m'écœure, gronda-t-il.

— Peu importe, mon cher, après tout je ne recherche nullement votre approbation.

Cyrus ricana méchamment avant de s'éloigner. Il n'avait fait que quelques pas lorsqu'il lança par-dessus son épaule :

— Ne cherchez pas à assister à la cérémonie. En fait, absentez-vous pour la journée, tout sera beaucoup plus simple si vous n'êtes pas tenté de faire un éclat. Et ne la revoyez jamais. Si vous me désobéissez... Je saurai vous faire comprendre que je ne plaisante pas.

Agravar le regarda disparaître avant d'envoyer un coup de poing rageur dans le mur. Malheureusement, il ne ressentit même pas la douleur physique tant son âme était éprouvée. Pour la première fois, Agravar le Viking était véritablement vaincu.

Non... C'était impossible. Il n'abandonnerait pas Rosamund. Il devait garder la tête froide et réfléchir.

Il releva la tête. Il allait trouver comment riposter.

28

À l'aube, Agravar réunit trois de ses plus fidèles soldats. Lorsqu'ils furent face à lui, anxieux de voir leur capitaine dans un état de nervosité inhabituel, il prit conscience qu'il ne pouvait rien leur dire sans risquer de déclencher la folie meurtrière de Cyrus. Il leur donna congé, ignorant leurs mines stupéfaites et se dirigea vers les remparts.

Du haut de la muraille, il vit les lueurs de l'aube rougir le ciel et sentit son cœur sombrer. L'heure du mariage de la femme qu'il aimait était arrivée. Elle allait en épouser un autre et lui n'était pas parvenu à trouver une échappatoire à ce destin tragique.

Malgré l'interdiction de Cyrus, il se rendit à la cérémonie, caché dans une alcôve. Le cœur déchiré, il vit Rosamund prononcer les vœux qui la liaient à un autre. Elle était magnifique et incroyablement calme. Robert, stoïque et majestueux, prononça les siens d'un ton grave et sérieux. Lorsque Rosamund plaça sa main fine dans celle de celui qui était désormais son époux, Agravar sentit son âme se vider de tout bonheur.

Les nouveaux époux reçurent poliment les félicitations, qui n'avaient rien d'enthousiaste, de leurs amis. Alayna rejoignit aussitôt Rosamund, tandis que Robert se dirigeait vers une dame cachée derrière un voile épais. À sa stature,

Agravar reconnut avec surprise Lady Veronica, dont le mouvement nerveux de ses épaules indiquait qu'elle pleurait.

Le masque de Robert tomba lorsqu'il s'approcha d'elle. Ses traits se tordirent de chagrin et il leva la main un instant, comme pour toucher la dame, avant de la laisser retomber. La frêle silhouette fut secouée de nouveaux tremblements, et il se détourna sans un mot pour retourner auprès de son épouse.

Stupéfait, Agravar comprit tout. Robert aimait Veronica. Il n'avait jamais voulu épouser la jeune femme.

Sans se faire remarquer, il quitta l'église et rejoignit sa chambre, l'esprit en ébullition. Tout en faisant les cent pas comme un fauve en cage, il ne cessait de repenser à ce qu'il venait de découvrir.

Robert était la clé. Il aimait Veronica. S'il avait épousé Rosamund, c'était en croyant que Cyrus était un protecteur bienveillant, et non un conspirateur sans âme. Il avait été piégé et manipulé, lui aussi. Cyrus avait tiré sur ses cordes sensibles : son honneur et sa bonté.

Seulement, si Robert découvrait la vérité, s'il apprenait ce que ce monstre avait fait, il ne voudrait pas maintenir un mariage forcé, d'autant moins si son cœur appartenait à une autre femme.

Robert était trop honorable pour conserver son amitié et son respect à un homme tel que Cyrus, qu'il soit marié à sa belle-fille ou pas. Il le mépriserait, et Cyrus ne gagnerait rien à cette union. Ce tyran odieux perdrait tout ce qu'il convoitait.

Bon sang ! Pourquoi n'y avait-il pas pensé plus tôt ? À présent, les vœux étaient prononcés, ils étaient bel et bien mariés. Néanmoins, leur union n'avait pas été consommée. Pour le moment...

Oui, il avait encore un peu de temps. Le mariage ne serait définitif qu'après sa consommation. Il n'était pas impossible de le dissoudre, du moment que la vertu de Rosamund était intacte, du moins aux yeux de Robert.

Il se précipita vers la porte et faillit rentrer dans deux de ses hommes.

— Caspar, Desmond, que diable faites-vous ici ? Que se passe-t-il ?

Les deux hommes échangèrent un regard coupable et Caspar balbutia :

— Euh... Rien du tout, sir. Rien... Nous...

Il jeta un regard désespéré vers Desmond.

— Rien du tout ! renchérit Desmond, l'air terrifié.

— Ça suffit ! Expliquez vous !

Ils restèrent muets une seconde.

— C'est toi qui lui dis, lança Caspar à son camarade.

— Non, toi !

— Je suis l'aîné, je décide et c'est toi qui lui dis !

— Desmond ! tonna Agravar, de plus en plus irrité.

— Lord Lucien nous a envoyés pour vous surveiller, débita le pauvre soldat d'une traite. Il nous a ordonné de ne pas vous laisser quitter votre chambre.

— Qu'est-ce que c'est que cette histoire ? rugit-il. Écartez-vous de mon chemin sur l'heure !

Desmond déglutit.

— Sir, dit-il d'un ton suppliant.

— Je suis votre capitaine ! Et je vous ordonne de vous écarter !

— Je vous en prie, sir, Notre seigneur nous a donné l'ordre de ne pas vous laisser sortir.

Agravar aurait pu se débarrasser d'eux sans problème, et ils le savaient aussi bien que lui. Mais il était trop humiliant et grotesque de battre les hommes qu'il avait lui-même formés. Il grinça entre ses dents :

— Allez me chercher votre seigneur, dans ce cas, je réglerai la question directement avec lui.

Les deux gardes échangèrent un regard pour se mettre d'accord, et Caspar s'éloigna pour aller chercher Lucien. Il revint peu après en annonçant qu'ils devaient le conduire dans la chambre seigneuriale.

Agravar ne s'épargna pas le plaisir de leur jeter un regard assassin qui plaqua les deux soldats penauds contre le mur. D'un pas leste, il monta les marches qui menaient au sommet de la tourelle et ouvrit la porte d'un seul coup, si bien que le battant alla s'écraser contre le mur.

— Agravar ! s'emporta Lucien. J'espérais te voir plus calme à présent !

Malgré ses remontrances, son vieil ami semblait relativement serein, en dépit d'une veine qui saillait sur sa tempe. De toute façon, Agravar n'en tint pas compte lorsqu'il déclara :

— Je dois parler à Robert. Il ne doit pas consommer le mariage.

Le visage de Lucien parvint à exprimer la compassion sans bouger un seul muscle.

— C'est trop tard, Agravar. Je t'en prie, mon ami, crois-moi lorsque je te dis...

— Non ! C'est toi qui dois m'écouter !

En trois pas, il était sur Lucien et le saisit par le col.

— Cyrus nous a tous piégés mais il reste encore un peu de temps ! On ne doit pas les laisser...

— Arrête, Agravar ! Regarde-toi ! Regarde ce que tu es devenu, pour l'amour du ciel !

— Et toi ? Qu'aurais-tu fait pour Alayna, Lucien ? Quand aurais-tu considéré que tu allais trop loin pour elle ?

Lucien laissa échapper un soupir et secoua la tête.

— Jamais, admit-il dans un souffle.

Il lissa sa tunique froissée et se mit à faire les cent pas. Agravar mit ses doigts devant ses yeux pour tenter de retrouver un semblant de calme. Il devait convaincre Lucien et, pour cela, il devait paraître le plus calme possible.

Il sentit une main se poser sur son épaule et se retourna pour découvrir Lucien juste devant lui.

— Je suis désolé, mon ami, j'agis dans ton intérêt.

L'espace d'une demi-seconde, Agravar eut le temps de voir le poing de Lucien venir vers lui.

Il murmura un bref « non » avant que la douleur n'éclate, aussitôt suivie de l'obscurité.

Lorsqu'il se réveilla, la première chose qu'il vit était Lucien, penché au-dessus de lui.

— C'était supposé me remettre les idées en place ? grommela-t-il, agacé.

Il se redressa, et son ami lui tendit une flasque de vin. Il en prit une gorgée, avide.

— Mon poing, non, mais le somnifère qu'Eunice t'a administré ensuite, oui.

Agravar sentit son sang quitter son visage. D'une voix blanche, il balbutia :

— Lucien, qu'as-tu fait ? Oh Seigneur, quelle heure est-il ?

Il était déjà remis sur ses pieds, le cœur au bord des lèvres.

— La nuit est tombée.

— Quoi ? tonna-t-il. Lucien ! Pour l'amour du ciel ! Je devais... Pourquoi ne m'as-tu pas écouté ?

Il avait déjà levé le poing, livide de rage et s'apprêtait à l'abattre sur son ami.

— Tu n'aurais rien pu dire qui aurait changé l'évidence, Agravar : ils sont mariés. Et Robert est un homme bon, il prendra soin d'elle.

Agravar ne parvint à maîtriser sa fureur qu'à grand-peine. Ses membres tremblaient d'une colère inimaginable.

— Comment oses-tu me dire cela ?

Comme s'il prenait conscience de l'inutilité et de la cruauté de ses paroles, Lucien secoua la tête.

— Je suis tellement désolé. Tu... Tu sais que je n'ai jamais été très doué avec les mots.

— Maudit sois-tu, gronda Agravar en faisant volte-face pour sortir de la pièce.

— Reste loin d'elle, le prévint Lucien.

La main sur la poignée, Agravar se tourna vers celui qu'il considérait comme son frère et qui venait, sans le savoir, de le condamner à une vie de solitude.

— Je le ferai. Tu ne m'as pas laissé d'autre choix. Je l'ai perdue.

Lorsqu'il pénétra dans sa chambre, il ne prit pas la peine d'allumer une torche. Il marcha jusqu'à la fenêtre étroite et contempla la lune. Son cœur lui faisait atrocement mal.

Parviendrait-il seulement à pleurer après tant d'années sans l'avoir jamais fait ? Il n'avait pas pleuré depuis qu'il était petit garçon. À l'époque, il pleurait souvent sur l'indifférence de sa mère jusqu'à ce qu'il comprenne que ses larmes ne servaient à rien. Après quoi, il s'était interdit toute manifestation de faiblesse.

Mais peut-être des larmes seraient-elles bénéfiques en cet instant ? Cela ne résoudrait rien, évidemment, néanmoins, les pleurs pouvaient empêcher son cœur d'exploser de peine.

Dans le silence de la pièce, il n'entendait que sa respiration laborieuse. Les larmes ne vinrent pas, mais la rage grandit peu à peu en lui. La rage et un regret insupportable.

Il envoya sa paume frapper le mur. Il n'avait pas de larmes, toutefois, la douleur physique le soulageait. Oui, cette douleur était nette, tangible, précise. Elle le distrayait de la souffrance qui ravageait son âme.

Il continua à asséner des coups sur le mur et poussa un

grondement sourd avant de se laisser glisser à genoux, la joue sur les pierres froides du mur. C'est alors qu'il entendit un bruit derrière lui.

— Agravar ?

Il se raidit, incrédule. Avait-il finalement perdu la raison en raison du choc émotionnel éprouvé ? Sa voix résonna une seconde fois dans la pénombre opaque.

— Agravar, c'est toi ?

Il se retourna vers son lit, estomaqué.

— Rosamund ?

Ses yeux s'étaient habitués à l'obscurité, et il discerna sa forme assise dans le lit. Elle était vêtue d'une chemise blanche et se frottait les yeux pour se débarrasser des derniers lambeaux de sommeil.

Le temps de comprendre qu'il ne délirait pas, il l'avait rejointe et la serrait fiévreusement contre lui.

— Que fais-tu ici ? Oh Seigneur, comment as-tu pu venir jusqu'ici ?

Ses bras s'enroulèrent autour de son cou, et elle enfouit son visage dans son cou.

— Je me suis enfuie avant... avant qu'il n'arrive. J'étais... Oh Agravar, je sais que je me suis vantée de mon courage, mais je n'ai pas pu. Imaginer qu'il puisse me toucher comme tu l'as fait...

— Chut, mon amour, murmura-t-il en fermant les paupières.

Il avait honte de la joie intense qui le traversait en cet instant. Elle s'était rendue coupable d'un crime de déloyauté et tout ce qu'il parvenait à faire, c'était se réjouir qu'elle n'appartienne pas à un autre.

— Tu as bien fait, ma douce, et tu t'es montrée très courageuse.

— Non, j'ai été lâche. J'aurais dû parler à Robert. Si je

lui avais dit... Mais Cyrus... Je n'arrêtais pas de penser aux menaces de Cyrus et j'étais tellement terrifiée.

— Mon amour, ne t'affole pas. Je crois que Robert sera heureux d'apprendre tes sentiments à l'égard de ce mariage.

Comme elle s'écartait pour lui jeter un regard confus, il expliqua :

— Robert est amoureux de Veronica. Je crois qu'il n'avait pas plus envie de t'épouser que toi.

Les yeux écarquillés, elle ne put que souffler :

— Comment ?

— C'est vrai. Je l'ai vu aller vers elle juste après la cérémonie et j'ai été témoin de leur chagrin. Plus tard, j'ai enfin compris pourquoi tu n'arrivais jamais à le trouver pour lui parler ces derniers jours. Nous étions tellement occupés par nos petites escapades que nous n'avons même pas remarqué qu'ils en faisaient de même.

— Robert et Veronica ? répéta-t-elle. Dans ce cas, comment a-t-il pu accepter de m'épouser ?

— Cyrus en a appelé à son sens de l'honneur et a affirmé que tu étais consentante. Robert a dû se sentir obligé de respecter son engagement.

Il la sentit frissonner entre ses bras et resserra son étreinte. Il caressa lentement son dos pour l'apaiser.

— Avec moi, il a usé d'une tactique bien plus brutale, expliqua-t-elle. Il a menacé de te faire tuer. Et comme si cela ne suffisait pas déjà, il a ensuite menacé la vie d'Alayna, d'Aric et des bébés si je persistais dans mon refus de me soumettre.

— Il a fait de même avec moi. Il est efficace à défaut d'être imaginatif.

— Il aurait mis ses menaces à exécution, je le sais, c'est pour cela que j'ai dû obéir.

— Oui, dit-il en jouant avec ses boucles. Il est suffisamment mauvais pour le faire.

Elle se raidit et posa une main tremblante sur sa bouche.

— Oh Seigneur, Agravar, qu'ai-je fait ? Lorsque Cyrus découvrira que j'ai fui la chambre nuptiale, que fera-t-il ? Comment ai-je pu ne pas y penser ? s'alarma-t-elle, des sanglots dans la voix.

— Non, mon amour, écoute-moi. J'ai compris quelque chose en voyant Robert et Veronica ensemble. Robert a été manœuvré par Cyrus pour croire qu'il avait une dette à honorer envers toi. C'est la seule raison pour laquelle il a pu accepter ce mariage dont il ne voulait pas. Il ne sait rien de ce que Cyrus a fait pour te forcer à accepter ce mariage.

— Que suggères-tu ? Que nous le lui disions ?

— Oui, nous devons le faire. Robert est notre ami et un allié puissant. Rappelle-toi que ce mariage n'apportera rien à Cyrus si Robert devient son ennemi. C'est l'appui de Robert qu'il recherchait en te fiançant à lui.

— Mais qu'est-ce que cela nous apportera de mettre Robert au courant alors que le mariage a déjà eu lieu ? Il est trop tard, nous avons prononcé nos vœux devant Dieu.

— Robert voudra la même chose que nous : dissoudre le mariage afin d'épouser Veronica. Ce que je trouve absolument incompréhensible quand je vois tes charmes innombrables, ajouta-t-il avec un sourire en coin.

Néanmoins, Rosamund n'était pas encore d'humeur à plaisanter.

— Je ne comprends pas, Agravar. En quoi faire tout cela nous évitera tout danger ? Si le mariage est dissous, Cyrus sera fou de rage et il n'hésitera pas à mettre ses menaces à exécution.

— Si ce n'est que l'annulation se fera à la demande de Robert. Or, je ne crois pas que Cyrus soit assez stupide pour user de ses tactiques brutales sur un homme aussi puissant que Robert. Son vrai visage serait découvert et il n'en tirerait aucun avantage.

Il vit les yeux de Rosamund s'agrandir d'un soulagement émerveillé tandis qu'elle aussi prenait conscience des conséquences d'un aveu à Robert.

— Tu as raison, souffla-t-elle, Robert est puissant et possède des amis influents jusqu'à la Cour. Cyrus ne le menacera pas. Et il ne pourra pas non plus s'en prendre à nous une fois que Robert aura eu vent des menaces qu'il a proférées. Notre mort serait un trop grand risque. Oh ! comment avons-nous pu ne pas le voir plus tôt ? Robert sera notre protection.

Elle se serra fougueusement contre lui.

— Je n'ose pas y croire, souffla-t-elle avec des sanglots d'émotion dans la voix. Allons-nous vraiment pouvoir nous extirper de son piège ?

— Si Robert agit comme je le suppose, oui, mon amour, nous avons trouvé la solution à nos problèmes. Il nous suffit de lui parler. Après quoi, je t'épouserai et personne n'y trouvera rien à redire.

— Robert nous aidera, affirma-t-elle avec une assurance toute neuve. Je le sais. S'ils s'aiment autant que nous, il sera infiniment heureux de pouvoir épouser Veronica.

— J'y compte bien, murmura-t-il en prenant son visage entre ses mains. Même si j'avoue que ma fierté serait moins douloureusement atteinte si je pouvais me charger de Cyrus moi-même.

Du pouce, il caressa ses pommettes hautes.

— Comment pourrais-tu tuer l'esprit du mal avec une épée ? Cyrus est trop veule pour t'affronter dans un combat honorable. Et puis quelle importance ? Nous avons trouvé un chemin vers notre liberté ! Enfin, Agravar, il n'y aura plus d'obstacle entre nous.

Il la contemplait, et une émotion profonde, primitive, l'envahit. Cette femme magnifique était là, avec lui, dans cette chambre à l'abri du monde pour quelques heures encore. Dans ce lit où ils s'étaient aimés tant de fois.

Il plongea ses yeux dans les siens et son sourire juvénile disparut, remplacé par un regard de braise. Il prit le temps de savourer le spectacle de ses lèvres entrouvertes et pulpeuses avant de se pencher lentement pour prendre sa bouche. Lorsque leurs langues se mêlèrent, il oublia tout, comme il l'avait fait tant de fois auparavant.

Seulement, cette fois était différente. Quels que soient leurs plans pour l'avenir, il n'en demeurait pas moins que, pour l'heure, elle était mariée à un autre. Et ce jusqu'à ce que l'Eglise la libère de ces liens. C'était sa nuit de noces — la nuit qu'elle aurait dû passer avec son époux pour sceller leur union.

Pourtant, ses mains délicates parcouraient sa peau avec fièvre. Trop heureux de l'obliger, il lui retira sa chemise et se pencha sur sa poitrine exposée. Il embrassa et caressa les pointes de ses seins jusqu'à ce qu'elle gémisse. Ses cris de volupté l'excitaient délicieusement.

Tout au fond de son esprit enfiévré, un vague vestige de l'honneur se rappela à lui. Cet honneur auquel il avait juré fidélité pour se démarquer de la sauvagerie de son père. Cette petite voix lui rappelait à quel point il était indécent de faire l'amour avec elle alors qu'il n'en avait pas le droit.

Mais alors, le besoin primitif qui nourrissait son amour répondit à l'honneur. Cette femme était à lui, peu importaient les vœux qu'elle avait prononcés sous la contrainte, elle était sienne. Ils s'appartenaient en vertu de la vérité du cœur, sinon selon la loi des hommes. Bientôt, l'honneur se tut, emporté par son baiser.

Il n'y pensait même plus lorsqu'elle fut entièrement nue sous lui. Et, lorsqu'il entra en elle, rien n'aurait pu troubler le plaisir enivrant qui monta en lui. Il lui fit l'amour longuement, jusqu'à ce qu'ils soient tous deux repus. Après quoi, il s'endormit, ignorant toujours la voix de la raison qui aurait dû le mettre sur ses gardes.

Lorsque les coups sur sa porte retentirent, il était trop tard pour réagir. Il sortit d'un seul coup du sommeil, et la panique explosa en lui. Sa première pensée catastrophée fut qu'il n'avait pas fermé sa porte. Ses pieds touchaient le sol lorsque celle-ci s'ouvrit en grand sur Lucien.

— Agravar, tu ne vas le croire, cette petite chipie a encore une fois disparu…

La fin de sa phrase mourut dans sa gorge. Le regard de Lucien venait de tomber sur le corps dénudé de Rosamund qui reposait sur les fourrures. Lentement, Agravar se leva et se plaça devant elle, de façon à cacher sa silhouette.

Pendant tout ce temps, Lucien ne dit rien, il resta parfaitement immobile. Ce fut Agravar qui rompit le silence.

— Je sais qu'en tant que frères nous n'avons guère l'habitude d'user de formalités, mais je pense qu'il serait bon que tu toques avant d'entrer à l'avenir.

— Sors-la d'ici, gronda soudain Lucien. Robert est juste derrière moi.

L'avertissement était inutile. Robert se tenait déjà dans l'encadrement de la porte.

29

Avec l'impression de vivre un cauchemar éveillé, Rosamund tendit la main pour prendre sa chemise sur le sol. Son humiliation était inimaginable et elle ne parvenait pas à croire que la scène qu'elle vivait était bien réelle.

Protégée de la vue des autres par le corps massif d'Agravar, elle enfila son vêtement et se pelotonna dans les fourrures dans l'espoir de disparaître.

Robert finit par rompre le silence qui s'éternisait.

— J'étais venu à la recherche de ma femme, dit-il d'une voix dépourvue de toute colère. Lucien m'a suggéré que vous pourriez en savoir plus. Je doute qu'il s'imaginait que votre connaissance allait jusque-là, néanmoins.

Agravar fit un pas en avant, les bras levés en signe de paix.

— Laissez-moi vous expliquer.

— Pour l'amour du ciel, Agravar, ton explication a intérêt à être convaincante, cracha Lucien d'une voix dure.

Rosamund se sentit un peu moins mal après qu'Agravar eut enfilé ses chausses. Leurs nudités, parce qu'elle exposait leur péché, lui faisaient atrocement honte.

Agravar s'était retourné face à Robert.

— Je l'aime, et elle m'aime. Elle ne voulait pas vous épouser. C'est Cyrus qui l'y a forcée.

Le regard de Robert passa sur elle.

— Si tout cela est vrai, pourquoi ne pas être venue me le dire ?

Le cœur au bord des lèvres, elle s'extirpa enfin du lit et se tint devant lui, bien droite afin de ne pas s'écrouler sous le poids de sa honte. Néanmoins, elle était incapable de refréner ses tremblements convulsifs ou sa voix vacillante.

— Tout est ma faute. Je... J'avais peur de vous le dire. Je n'ai aucune excuse pour ce que j'ai fait. J'ai été lâche et faible.

— Rosamund, non, dit Agravar en se plaçant devant elle comme pour la protéger. Ce n'est pas elle qu'il faut blâmer, mais moi. J'aurais dû mettre les choses au clair.

D'une main douce mais ferme, Rosamund l'obligea à s'écarter pour avancer jusqu'à son époux.

— J'ai agi d'une façon déplorable. Vous avez le droit de me punir comme vous le jugerez bon.

Le regard de Robert était empli de pitié lorsqu'il croisa le sien.

— Oh ! mon enfant, vous êtes seulement malheureuse ! Est-ce pour cela qu'il y avait toujours tant de tristesse dans votre regard ? Parce que vous l'aimez ? Parce que vous aviez peur de moi ? Comment pouviez-vous croire que je vous ferais le moindre mal ?

Elle laissa tomber sa tête sous le poids de la honte.

— La peur m'empêchait de voir votre bonté. Je...

— Répondez-moi, petite. Est-il vrai que vous l'aimez ?

D'une certaine façon, la trahison de son cœur lui semblait pire encore que celle de son corps. Elle lutta pour prononcer les mots bloqués dans sa gorge.

— De tout mon cœur.

— Pour l'amour du ciel, pourquoi ne pas me l'avoir dit ? Tant de malheurs auraient pu être évités si vous aviez parlé.

Son visage trahissait une telle misère que Rosamund ne parvenait même plus à respirer. Agravar parla pour elle.

— Elle avait trop peur.

— Pourquoi, enfin ? Qu'ai-je fait pour lui inspirer une telle peur ?

— Cyrus la terrorisait, expliqua-t-il. Toute sa vie, elle a entendu — et vécu — des choses innommables qui lui ont donné la terreur du mariage et des hommes. Lorsqu'elle s'est enfin résolue à vous parler, Cyrus est arrivé à Gastonbury. Pour la soumettre, il a menacé de nous tuer, vous et moi.

En se tournant vers Lucien, il ajouta :

— Il comptait également s'en prendre à Alayna et aux enfants, et à Veronica — à tous ceux qui comptaient pour Rosamund en fait.

— Quoi ? Ma femme et mes enfants étaient en danger et tu ne m'as rien dit ? s'exclama-t-il, le regard furibond.

Le regard d'Agravar lançait aussi des éclairs lorsqu'il rétorqua.

— As-tu oublié mon père ? Il aurait massacré un village par caprice. Il trompait son ennui en faisant torturer l'un de ses esclaves. Combien de fois as-tu toi-même été victime de ses amusements cruels ? Cyrus et lui sont faits du même bois pourri. Cyrus m'a dit qu'il avait engagé des assassins à sa solde, prêts à nous exécuter un par un après sa mort. J'ai fait ce que je pensais le mieux pour vous protéger.

Robert força Rosamund à affronter son regard bienveillant.

— Vous a-t-il menacée pour vous forcer à m'épouser ?

— Oui… je suis tellement désolée.

Il resta silencieux un long moment avant de reprendre la parole.

— Peut-être n'y a-t-il aucune excuse pour ce que vous avez fait, en revanche, il y a des explications. Et je peux comprendre que l'amour soit l'une d'elle, Rosamund.

Il ferma les yeux un instant et prit une douloureuse inspiration avant de poursuivre.

— Hélas, je suis tenu par l'honneur d'agir comme il se doit en pareille circonstance. Capitaine, sachez que je n'éprouve aucun plaisir à faire cela, mais je vous défie en combat singulier car vous avez une dette d'honneur à mon égard.

Interdite, Rosamund ne parvenait pas à réaliser pleinement ce qui se passait. Elle regarda un à un les protagonistes de la scène. Lucien se passa une main furieuse dans les cheveux, tandis qu'Agravar semblait incroyablement calme.

— Je relève le gant, bien sûr. J'ai cependant une faveur à vous demander. Si vous avez le dessus, pouvez-vous me jurer de ne jamais vous venger de Rosamund ? Vous devez en apprendre encore beaucoup pour comprendre d'où elle vient et les choix qu'elle a faits. Rien de tout cela n'est sa faute et je vous demande de lui pardonner.

Robert eut un petit rire sans joie.

— Je peux sans hésiter vous promettre une telle chose capitaine, mais soyons réalistes, voulez-vous ? Je suis un excellent combattant à l'épée, je puis le dire en toute humilité. Mais, pour l'amour de Dieu, regardez-nous. Considérez votre métier, votre stature, votre force. Je suis plus âgé, proche de la vieillesse à présent. Vous, vous êtes un guerrier dans la force de l'âge.

Il s'arrêta un instant avant d'ajouter avec un sourire :

— Je ne triompherai pas. Mon honneur me dicte de vous combattre et je m'y soumets, mais je ne triompherai pas, nous le savons l'un comme l'autre.

— Nous verrons bien, répondit doucement Agravar. Les hommes de foi croient que les causes justes triomphent toujours par l'entremise de Dieu. C'est moi qui ai commis une lourde faute à votre égard, c'est moi qui devrais être puni. Aussi, je veux que vous vous rappeliez toujours votre promesse, Robert, au cas où la Providence vous soutiendrait.

La terreur écrasa brutalement la poitrine de Rosamund lorsqu'elle comprit enfin ce qui se passait : Agravar avait l'intention de se laisser tuer.

Rosamund était assise seule dans le salon des dames lorsque Veronica y entra. Les autres se préparaient à assister à un combat à mort entre deux hommes bons et valeureux qui n'avaient aucun désir de s'en prendre l'un à l'autre. Et tout était sa faute.

Veronica s'approcha de son corps prostré. Elle trouva enfin la force de relever la tête pour affronter la femme qui avait un jour été son amie et devait à présent la mépriser.

— Est-ce fini ? Agravar est-il mort ? souffla-t-elle.

Veronica se pencha et la saisit par un bras pour la mettre sur ses pieds sans ménagement.

— Non, il n'est pas mort, et il ne mourra pas si je peux l'empêcher.

Elle entraîna Rosamund vers la porte.

— Non, je vous en prie ! Je ne veux pas y aller. Je ne veux pas le voir mourir !

— Si, vous irez.

Pour une si petite femme, Veronica était dotée d'une force étonnante, mais c'était surtout sa volonté implacable qui rendait si difficile toute résistance. Cependant, Rosamund était elle aussi déterminée à ne pas être spectatrice de l'horreur.

— Je ne peux pas ! Je ne peux pas assister à ce spectacle alors que je suis responsable de sa mort.

— Rosamund, écoutez-moi ! J'ai besoin que vous trouviez en vous du courage. L'un de ces deux idiots est sur le point de mourir et la vie de l'autre sera de toute façon ruinée si nous n'agissons pas !

— Vous pensez pouvoir les arrêter ? murmura Rosamund alors qu'un espoir presque insupportable renaissait en elle.

Cette fois, elle ne chercha plus à résister et emboîta le pas à Veronica. Celle-ci ne relâcha pas pour autant sa poigne tandis qu'elle l'entraînait presque au pas de course à travers les escaliers puis la grande salle. Elles atteignaient la cour intérieure lorsque Rosamund n'y tint plus.

— Veronica, je vous en supplie, que comptez-vous faire ?

— Je n'ai pas cessé de me poser cette question depuis l'instant où j'ai appris cette situation impossible. Puis l'évidence m'est apparue, enfin. J'espère seulement qu'il n'est pas trop tard.

— Eh bien, quoi ? Quel est votre plan ?

— Pas mon plan, non. Personnellement, je ne peux rien faire. C'est vous, Rosamund, qui devez les arrêter.

— Moi, mais comment ?

— N'en avez-vous pas assez d'être toujours une victime, mon enfant ?

Le ton était dur, alors même que sa voix tremblait d'émotion contenue. Pourtant, dans les yeux de la dame, Rosamund ne lut rien d'autre que de la compassion et de la peur.

— Il faut vous battre, Rosamund ! Pour l'amour du ciel, battez-vous de toutes vos forces. Vous devez le faire, sans quoi l'homme que vous aimez se laissera tuer et celui que j'aime deviendra son meurtrier. Pour une fois dans votre vie, ma petite, battez-vous !

Rosamund sentit sa gorge se déchirer dans un sanglot.

— Comment me battre ? Je n'ai pas d'arme face à eux !

— Les femmes ont dû apprendre à survivre grâce à leur intelligence depuis l'origine du monde. Parce que nous sommes plus petites et plus faibles physiquement. Vous avez les armes nécessaires au fond de vous. Cherchez en vous-même et vous trouverez les mots.

— Je ne peux pas, j'ai trop peur, hoqueta-t-elle.

Veronica s'immobilisa pour lui faire face.

— Alors il mourra. C'est votre choix. Décidez-vous.

30

Les rares spectateurs réunis dans les lices étaient silencieux. Vue l'heure matinale, le château s'éveillait à peine et tous les habitants n'étaient pas encore informés du drame qui se préparait.

Face à lui, Robert enfila ses gantelets et prit son épée pour l'inspecter. Agravar était déjà prêt. Il attendait sans bouger que son opposant apaise sa nervosité.

Là-haut, sous le dais d'honneur, il observait l'homme qu'il aurait voulu transpercer de sa lame. Son ennemi ne semblait guère heureux de la tournure des événements, depuis que Robert lui avait clairement fait comprendre qu'en dépit de son union avec Rosamund il n'était question d'aucune alliance entre leurs deux maisons.

Cyrus de Hallscroft le fixait avec haine. Il voulait sa vengeance. Il voulait voir couler son sang. Et il l'aurait, ce qui laissait un goût amer à Agravar.

Il détourna la tête et son regard tomba sur Lucien qui était assis à côté d'Alayna, tous deux très pâles. *Elle* n'était nulle part en vue, cependant. Il était déçu de ne pas pouvoir se réchauffer une dernière fois à la lumière de son beau visage même s'il comprenait sa décision. Mieux valait qu'elle reste à l'écart, bien que son âme ne cessât pas de la réclamer.

— Je suis prêt, annonça Robert.

Agravar commença à faire tournoyer son épée pour

délasser son bras. Lucien le rejoignit, blême et le visage figé. Il déglutit avec difficulté avant de prononcer lentement ces mots :

— Tu as intérêt à te battre, satané Viking. Si tu ne le fais pas, je ne te le pardonnerai jamais.

Agravar ne releva pas le visage, étudiant avec attention la terre battue à ses pieds.

— Je t'ai aimé comme un frère, Lucien. Tu as été ma seule famille.

Et, sans tarder davantage, il entra dans la lice. Robert l'y attendait. Ils levèrent chacun leur épée en guise de salut. Ses muscles étaient tendus dans l'attente du signal de départ.

Soudain, un mouvement à la périphérie de son champ de vision le déconcentra. Il tourna le regard vers les gens rassemblés au bord du champ de bataille. Une femme criait. C'est alors qu'il vit Rosamund se détacher de la foule.

Elle courut vers eux si vite qu'elle finit sa course à genoux dans la poussière. Derrière elle, Veronica fit une entrée nettement plus composée. La rumeur stupéfaite s'apaisa rapidement lorsque Rosamund se remit sur ses pieds et demanda le silence de ses paumes levées.

— Je vous demande de mettre un terme à cette infamie ! déclara-t-elle d'un ton clair.

En dépit de la situation dramatique, Agravar dut retenir un rire. Ce petit bout de femme semblait à la fois ridicule et adorable, ainsi dressé devant deux chevaliers en armure.

Posément, il ordonna :

— Rosamund, écarte-toi.

Elle se contenta de l'ignorer et se tourna vers Robert.

— Seriez-vous prêt à le tuer, mon seigneur ?

Sous la visière de son heaume, il cligna des yeux, visiblement stupéfait.

— Je l'ai défié parce que l'honneur me commandait de le faire.

— Vous savez cependant qu'il n'essaiera pas de vous combattre. Il a décidé de mourir aujourd'hui. Aussi, je vous le demande, pour le bien de qui comptez-vous le tuer ? Le vôtre ou le mien ?

Robert articula d'une voix rauque.

— Pour la sauvegarde de l'honneur.

Elle laissa retomber ses épaules, défaite.

— Quel prix ignoble à payer pour la vie d'un homme.

— Le devoir exige…

— Quel devoir, mon seigneur ? Le devoir chrétien ?

Robert secoua la tête à nouveau.

— Je ne peux pas ignorer ce qui s'est passé.

— Et pourquoi non ? Ce qui s'est produit n'a aucune importance pour vous. Vous ne ressentez rien pour moi, sinon de la pitié, et vous en aimez une autre. Alors, dites-moi, mon seigneur, vous qui essayez d'agir toujours avec bonté et justice, vous agissez au nom de l'honneur, mais que faites-vous au nom de l'amour ?

— Je ne comprends pas.

Rosamund fit un pas vers lui. Cette fois, sa frêle silhouette fièrement dressée n'avait plus rien de ridicule, et Agravar posa sur elle un regard non plus attendri, mais plein de respect. Elle était magnifique. Le dos droit, le menton haut, elle se tenait avec dignité devant la pointe de l'épée encore levée du chevalier. Des deux mains, elle saisit la lame et en posa la pointe sur sa poitrine. D'une voix forte, elle déclara :

— Au nom de l'amour, je mourrais pour Agravar, et lui pour moi. Alors, je vous le demande, Lord Robert, que feriez-vous par amour ?

Elle leva son bras gauche et le pointa en direction du dais d'honneur, sous lequel Cyrus était installé. Agravar faillit avoir un mouvement de recul face au masque de terreur qu'il arborait.

— Son esprit diabolique nous a tous salis. Laisserez-vous

son poison se répandre dans tout ce que vous aimez ? Et ceux qui vous aiment, Lord Robert ? Les laisserez-vous souffrir au nom de l'honneur ? Regardez Lady Veronica, voyez ce que votre honneur a provoqué comme misère sur son visage. Ensuite seulement, dites-moi quel maître vous servez : Lui ? demanda-t-elle, le doigt pointé vers Cyrus. Ou l'amour ?

Veronica vint se placer debout près de Robert.

— Écoute cette enfant, Robert, elle a plus de raison que vous deux. Il est temps de calmer les esprits parce que toute cette histoire est allée bien trop loin.

Le silence qui suivit était assourdissant. Tout le monde semblait suspendu aux lèvres de Lord Robert pour entendre sa réponse. Le regard du seigneur de Berendsfore passa de Rosamund à Veronica. Agravar lui, ne parvenait pas à détacher ses yeux du filet de sang qui coulait le long du bras de Rosamund. Elle ne semblait même pas se rendre compte qu'elle serrait si fort la lame que celle-ci lui avait entaillé la paume.

Lucien s'approcha de leur petit groupe pour intervenir d'une voix douce qu'Agravar ne lui connaissait pas :

— Elle a raison, Robert. Ce combat ne sert aucun honneur, parce qu'aucun honneur n'a été bafoué. Nous avons été les pantins d'un homme à l'esprit diabolique.

Le silence perdura encore. Agravar ne quittait pas des yeux le ruisselet rouge qui se détachait sur la peau pâle de Rosamund. Il devait puiser dans ses dernières ressources pour ne pas bouger alors qu'il brûlait d'envie de l'écarter de cette lame.

— Il n'y a pas d'honneur au meurtre, déclara enfin Robert en baissant son épée. Et je suis un hypocrite de chercher à venger un tort qui ne m'a causé aucun mal. Vous avez raison mon enfant, comme vous, je refuse d'être l'instrument du diable.

Il jeta un regard plein de mépris à Cyrus avant de lui tourner ostensiblement le dos.

— J'en ai fini avec tout cela, conclut-il en prenant les mains abîmées de Rosamund dans les siennes. Agravar, je libère cette femme. Dès que l'Église aura déclaré la nullité de notre mariage qui s'est fait sous la contrainte et n'a pas été consommé, vous l'épouserez avec ma bénédiction.

Agravar avança en gardant miraculeusement un pas tranquille alors qu'il brûlait de courir jusqu'à elle. Enfin, il fut près d'elle, et Robert plaça ses mains dans les siennes.

Rosamund leva ses grands yeux vers lui, et il y lut de la consternation et une fierté immense.

— J'y suis arrivée, souffla-t-elle.

— Tu y es arrivée, ma belle dame sans-peur.

— J'avais tellement peur.

— Tu ne dois plus avoir peur, jamais. Tous les dangers sont derrière nous.

Elle lui sourit alors. Seigneur, il avait tellement envie de l'embrasser, hélas, cela lui était interdit. Il était hors de question d'insulter ainsi la générosité de Robert.

— Allons, lança Lucien, sortons de la lice avant que je ne sois tenté d'offrir aux spectateurs le bain de sang auquel ils s'attendaient.

Il s'avança vers le dais, et son regard autoritaire fusilla Cyrus.

— Vous, partez. Mes soldats vous escorteront jusqu'aux frontières de mon domaine. Vous pouvez être reconnaissant que je vous laisse la vie sauve après vos méfaits.

Agravar passa devant Lucien pour s'approcher de son ennemi.

— Une menace proférée à la vue de tous, pour changer, serait un prétexte parfait pour un combat d'honneur. Alors, mon seigneur, cracha-t-il, allez-vous donner à la foule le divertissement qu'elle attend ?

À voix basse, Cyrus proféra :

— On dirait que vous avez oublié notre petit arrangement, sir. Je vous promets que ma mort ne vous allégera pas l'existence. Mes hommes se chargeront de vous poursuivre jusqu'à avoir satisfait chacun de mes souhaits. La terre de Gastonbury sera rouge de sang.

Agravar répondit à ses menaces avec un large sourire.

— Mon père était un homme comme vous. En fait, non, c'était un Viking, un homme de guerre puissant. Il était aussi cruel que vous, aussi vil, mais bien plus riche. Savez-vous ce qu'il est advenu de lui ? Lucien et moi l'avons tué. Je l'ai tenu pendant que Lucien lui tranchait la gorge.

À sa grande satisfaction, Cyrus sembla troublé.

— Je ne… Pourquoi me confier cela ? demanda-t-il, décontenancé.

— Pour que vous sachiez… En partant, nous avons pris son or. Des montagnes d'or, des coffres entiers emplis de bijoux et d'écus. Je veux que vous sachiez, Cyrus, que je suis immensément riche, bien plus que vous le serez jamais.

Il posa le pied sur le rebord du siège occupé par Cyrus et se pencha sur lui, le dominant de sa haute taille.

— J'aurai bien assez de tout mon or pour racheter vos agents. Je ferai colporter l'information que tout assassin qui aura été employé par vous recevra le double pour venir à moi en paix. Alors, je vous le demande, quel homme, aussi fourbe et mauvais soit-il, prendrait le risque d'être pendu pour la moitié de la somme qu'il pourrait toucher en devenant mon allié ?

Les lèvres de Cyrus bougèrent sans qu'aucun son n'en sorte.

— Brillant, n'est-ce pas ? Je peux bien le dire, même si la modestie est ma plus grande qualité selon beaucoup, ajouta gaiement Agravar. Je regrette simplement que mon esprit ait été aussi lent. Il m'a fallu bien trop de temps pour trouver cette solution évidente.

Il se redressa et déclara d'une voix cassante.

— Je vous défie en combat singulier, Cyrus de Hallscroft. Ici et maintenant. Allez mettre votre armure et rejoignez-moi sur le champ de bataille.

Un sourire de triomphe aux lèvres, il se détourna et appela un écuyer.

— Prépare ma monture, je vais me battre en fin de com...

Sa phrase fut interrompue par la souffrance qui lui vrilla le flanc, exactement là où Davey l'avait frappé. La douleur le terrassa et il tomba à genoux. Son regard chercha et trouva le visage interdit de Rosamund.

— Depuis que je t'ai rencontrée, j'ai été abattu plus de fois que dans le reste de ma vie..., parvint-il à balbutier avant qu'un bourdonnement assourdissant ne martèle son crâne.

Il vit ses lèvres bouger. L'expression désespérée, elle appelait son nom.

Il tomba en avant.

Rosamund se pencha sur le corps étendu, et ses mains tremblantes le parcoururent pour évaluer la gravité de sa blessure. Elle sanglotait et hurlait qu'on appelât Eunice, la guérisseuse. Ses mains étaient maculées de leurs sangs mêlés et elles glissaient sur sa peau, incapables de lui venir en aide.

Un mouvement brusque la fit lever le menton et elle entrevit Lucien qui se ruait vers elle, l'épée levée. Son esprit engourdi ne parvenait plus à suivre un raisonnement logique. Pourquoi Lucien l'attaquait-il ? La croyait-il responsable de l'effondrement d'Agravar ?

C'est alors qu'elle comprit que son regard noir de rage n'était pas fixé sur elle mais sur un point juste derrière elle.

Elle suivit son regard et découvrit la face congestionnée de Cyrus qui la fixait de ses yeux brillants de folie. Son instinct la fit heureusement réagir face à la menace imminente et elle leva ses bras en croix devant elle pour se protéger.

Cyrus l'empoigna par les cheveux et la tint devant lui en guise de bouclier. La pointe froide de sa dague pressa contre sa gorge. Rosamund ne parvint qu'à grand-peine à reprendre son souffle. L'odeur du sang imprégnait tout et menaçait de la faire sombrer dans l'inconscience.

Alayna poussa un cri terrifié, et Lucien dérapa durement pour s'arrêter tout prêt du corps prostré d'Agravar. Face à son regard de haine, Cyrus se contenta d'éclater d'un rire dur.

— Approchez encore et je tranche la gorge de cette vipère, lança-t-il en poussant Rosamund vers l'avant pour faire quelques pas vers Lucien. Jetez votre épée !

Rosamund eut un hoquet affolé lorsqu'elle sentit la lame de la dague s'enfoncer dans sa chair. Le regard sombre de Lucien ne les quittait pas, et elle vit une veine battre à sa tempe.

— Contourne-le, ordonna Cyrus dans son oreille.

La coupure à sa gorge la piquait, et Rosamund poussa un cri de douleur lorsque la lame s'enfonça davantage. Terrifiée, elle émit un sanglot qui accrut la pression du couteau contre sa gorge.

— Et maintenant, cracha Cyrus à l'adresse de Lucien, vous allez faire exactement ce que je vous dis. Elle vient avec moi. Je veux qu'on me rende mon cheval et mes hommes, qu'ils soient préparés juste devant les portes. Tout de suite.

Robert intervint.

— Vous ne pourrez pas vous en sortir.

— La fille est à moi puisque vous ne voulez plus d'elle. J'admets que mes méthodes sont... expéditives, mais je suis dans mon droit ! Nous savons tous qu'une femme a besoin de savoir qui est le maître de temps à...

Sa phrase se termina dans un râle, et Rosamund fut soudain libérée de la menace du couteau. Elle se retourna pour se retrouver face à Agravar, qui tenait toujours entre ses doigts une dague ensanglantée. Son autre main appuyait sur sa blessure. Et ses yeux étaient sur elle.

Comme dans un rêve, elle vit la forme à ses pieds s'immobiliser. Autour de Cyrus, la terre battue se gorgea du sang qui coulait de sa gorge. Agravar lui accorda à peine un regard. Il essuya la lame avant de la lancer en direction d'un jeune chevalier.

— Merci, Pelly.

Alors, Agravar la saisit par le bras et l'écarta du corps gisant pour la conduire vers la forteresse.

— Que fais-tu ? lui demanda-t-elle, toujours engourdie par le choc.

Elle ne parvenait pas à assimiler les événements tant ils s'étaient enchaînés avec rapidité.

— Eh bien, nous sommes tous deux couverts de sang. Je suggère donc que nous commencions par nous laver — séparément, hélas — avant de nous faire soigner. Et j'aurai peut-être besoin d'un moment de repos. Tu es épuisante, tu le sais ? Combien de fois vais-je devoir te sauver ?

Brusquement, les sensations revinrent dans son corps, l'emplissant d'un intense soulagement. Elle était dans les bras de l'homme qu'elle aimait, entourée de ses amis, et elle se mit à rire.

— Je vais faire de mon mieux pour que cela n'arrive pas trop souvent à l'avenir, promit-elle.

— Oui, veilles-y. Je me fais trop vieux pour toutes ces émotions.

Épilogue

Rosamund se réveilla en sursaut. Cela faisait bien longtemps que son rêve récurrent n'était pas revenu la hanter. Et, cette nuit, il avait changé.

À côté d'elle, son époux se retourna.

— Rosamund ? dit-il d'une voix rauque de sommeil.

— Je vais bien, assura-t-elle.

— C'est le bébé ?

— Non.

Il s'assit et entoura ses épaules de ses bras protecteurs. Sa main caressa la proéminence de son ventre.

— Tu n'es pas malade, n'est-ce pas ? Tu as réussi à dormir ?

— Oui, oui, j'ai dormi. Je me suis réveillée en sursaut, c'est tout.

Elle le sentit se raidir dans son dos.

— Est-ce que ce sont les douleurs des contractions qui commencent ?

Elle s'appuya contre son grand corps et rit doucement.

— Non, tout va bien, rendors-toi.

— Tu veux que je t'apporte à boire ?

— Si tu veux, concéda-t-elle en devinant qu'il ne se rendormirait pas tant qu'il n'aurait pas fait quelque chose pour atténuer son inconfort.

Lorsqu'il se leva, elle contempla avec tendresse ses cheveux ébouriffés de sommeil. À la lumière de la lune, elle pouvait voir chaque muscle glisser souplement sous sa peau dorée. Elle profita donc du spectacle tandis qu'il se dirigeait vers la table pour lui servir un verre d'ale.

Les fenêtres étaient ouvertes pour laisser entrer un peu l'air nocturne qui conservait cependant sa chaleur estivale. Elle avait du mal à croire que six ans déjà avaient passé depuis leur première rencontre.

Agravar revenait vers elle, le verre à la main, lorsqu'il perdit l'équilibre. Le verre lui tomba des mains et s'écrasa au sol dans un bruit sourd, aussitôt suivi d'un juron.

Rosamund se mordit l'intérieur des joues pour ne pas éclater de rire. Elle devinait déjà ce qui avait causé le déséquilibre de son mari. De fait, il se baissa pour ramasser une petite épée en bois.

— C'est la dernière fois que cela arrive ! gronda-t-il.

— Très bien, affirma-t-elle en faisant de son mieux pour conserver un air sérieux.

— Il ne prend pas soin de ses affaires !

— Tout à fait.

— J'aurais pu être estropié !

— Oh ! non, pas le valeureux Agravar...

Son compliment l'apaisa aussitôt, et il marmonna quelques paroles dans sa barbe avant de ramasser la coupe pour la remplir à nouveau. Revenu à son chevet, il vérifia qu'elle en vidait consciencieusement le contenu. Alors, elle n'y tint plus et se mit à pouffer.

— Qu'est-ce qui t'amuse ?

— Rien. Rien du tout.

— Dis-moi.

— Toi, mon amour, admit-elle. Regarde-toi, toujours à me couver comme une poule ses poussins. Tu es fou de me protéger constamment de la sorte.

— Je ne peux pas m'en empêcher, argua-t-il. Lorsque Lucien s'inquiétait pour Alayna, je le prenais pour un fou.

Et me voilà à mon tour incapable de ne pas agir de même. L'inquiétude m'embrouille les idées.

Elle tendit sa main pour la poser sur sa joue légèrement rugueuse.

— Ce sera notre troisième. Tu devrais t'y être habitué, à présent.

Il poussa un lourd soupir.

— Le troisième est le plus difficile. Au premier, j'étais trop excité et impatient pour m'inquiéter vraiment. Au deuxième, j'étais encore trop engourdi pour réaliser ce qui se passait. Mais le troisième... c'est seulement maintenant que je réalise pleinement tous les dangers qui te guettent, ma douce.

— Dans ce cas, le problème sera vite réglé.

— Réglé ? Comment cela ?

— Eh bien, ce sera notre dernier enfant. Après sa naissance, nous ne ferons plus l'amour et...

— Si tu te moques de moi, je t'assure que tu te montres bien trop cruelle.

Il lui adressa un sourire lumineux et s'allongea auprès d'elle. Ses mains parcoururent sa poitrine pleine et son ventre rond.

— Tu sais bien que je ne peux pas m'empêcher de te toucher.

— Comment peux-tu encore me regarder avec envie ? s'exclama-t-elle en levant les yeux au ciel. Je suis énorme et maladroite.

— Tu es magnifique à mes yeux.

Elle ne répondit rien, savourant en silence la douceur de ses mots. Agravar retapa la pile de ses oreillers et insista pour qu'elle s'allonge.

— Essaie de te rendormir, pria-t-il d'une voix qui trahissait l'assoupissement.

— Agravar ?

— Hum ?

— J'ai encore fait ce rêve.

— Hum ?

— Mais, cette fois, c'était différent. Cette fois, j'entendais ce qu'elle me disait.

— Ta mère ?

— Oui. Lorsque j'ai porté nos enfants, j'ai eu peur que le rêve ne revienne. Me retrouver dans le même état de grossesse qu'elle au moment de sa mort, j'étais sûre que cela allait relancer le cauchemar. Ce qui n'est pas arrivé. Je l'avais presque oublié en vérité. Et voilà qu'il est revenu.

Il prit le temps d'étudier son visage.

— Tu n'as pourtant pas l'air bouleversé...

— Je ne le suis pas. Je suis en paix, à présent.

— Comment cela ? Je ne comprends pas.

— Ce rêve est un souvenir réel. Ce soir-là, elle est venue dans ma chambre et s'est penchée au-dessus de moi. Elle croyait que je dormais et elle a prononcé des paroles à mon oreille. Pendant toutes ces années, je ne suis jamais parvenue à les entendre clairement, parce que je crois que je n'étais pas prête à affronter la vérité.

— Et quelle est cette vérité, ma douce ?

Il la couvait du regard, son beau visage empreint d'inquiétude. Elle caressa son torse — ce torse qui lui appartenait et qu'elle aimait toucher sans cesse comme le reste de son corps.

— Elle m'a dit au revoir parce qu'elle savait qu'elle allait mourir cette nuit-là. J'ai toujours cru que Cyrus l'avait tuée mais, en vérité, je pense qu'elle est montée seule sur les remparts pour se libérer enfin.

— Tu penses qu'elle s'est jetée de là-haut de son propre chef ?

— N'aie pas l'air aussi horrifié. Oui, je le pense. En fait, je le sais. Je crois même que je l'ai toujours su.

— Oh ! mon amour, je suis tellement désolé.

— Non, ce n'est plus si terrible de le savoir. Elle était profondément malheureuse et elle a trouvé sa propre voie vers la liberté. La seule que Cyrus lui ait laissée, en fin de compte. Il reste son meurtrier, aussi sûrement que s'il l'avait poussée lui-même. D'une certaine manière, je crois que ma tristesse s'est apaisée. Je l'ai pleurée pendant des années et je crois que mon rêve me protégeait quand j'étais trop fragile pour accepter la vérité. Seulement, aujourd'hui que je suis profondément heureuse...

Elle lui sourit, et il la serra plus étroitement contre lui.

— Aujourd'hui, je suis en sécurité parce que je sais que le passé ne peut pas revenir, qu'il ne peut pas me blesser.

Il parcourut du doigt la fine cicatrice qui marquait son cou.

— Il reste cependant des cicatrices, gronda-t-il.

— Oui, elles sont là, mais elles ne me perturbent pas.

— Quelle épouse courageuse j'ai là, murmura-t-il avant de l'embrasser.

Ils restèrent enlacés dans un silence serein jusqu'à ce que Rosamund se mette à rire. Agravar s'écarta pour l'étudier.

— Tes changements d'humeur sont vraiment perturbants, ma chérie. Je me rappelle qu'Alayna était incroyablement sensible les derniers temps de sa troisième grossesse. Crois-tu que ce soit normal ?

— Je ne deviens pas folle, mon amour. Je repensais seulement au jour de notre mariage.

— Et qu'est-ce que tu as bien pu trouver de drôle à notre mariage ? Certainement pas notre nuit de noces..., murmura-t-il à son oreille. Je m'en souviens parfaitement. Et toi ?

Elle frissonna de plaisir et répondit :

— Je m'en souviens très bien. Seulement, comme je sais que tu es doté d'une grande modestie, puisque tu te plais à me le rappeler si souvent, je sais que tu ne cherches pas du tout les compliments pour tes exploits de cette nuit-là.

Il poussa un grognement et enfouit son visage dans son cou.

— Ce qui m'a amusée, reprit-elle en gloussant sous ses chatouilles, ce sont les jérémiades et les grincements de dents qui ont empli l'église ce jour-là.

— Rosamund, je t'ai déjà demandé de ne plus jamais me parler de ces trois insupportables bonnes femmes.

— Allons, mon époux, je te rappelle qu'il t'est interdit de devenir aussi sombre et sérieux que ton seigneur. Même si j'ai appris à apprécier sa bonté et sa droiture, ajouta-t-elle en hâte. Je vois désormais son bon cœur sous ses abords terrifiants, néanmoins, Lucien est vraiment toujours tellement... sombre.

— Sérieusement, ma chérie, les tours et détours de ton esprit son épuisants. Comment diable en es-tu arrivé à me parler de Lucien et de mes trois admiratrices ?

— Eh bien, je songeais à ma mère et à ma nouvelle vie, si différente du passé.

— Différente dans le bon sens.

— Certainement ! Alors, évidemment, penser à mon bonheur présent implique de penser à toi, et c'est comme cela que, par un mystérieux lien, j'en suis arrivée à penser à ces pauvres filles qui ne sont pas parvenues à attirer le valeureux Viking Agravar dans leurs lits.

— Par pitié, cesse de m'appeler comme cela ! Et c'est bien ce que je disais... Ton esprit est un puits sans fond.

— Il était temps que tu t'en rendes compte. Tu ne prêtes pas assez d'attention à mon esprit, en effet. Tes yeux sont toujours sur le point de descendre un peu plus bas.

— Est-ce ma faute si tu as des seins magnifiques ?

— Seigneur, tu es impossible.

Ils rirent ensemble avant de s'endormir dans les bras l'un de l'autre.

Au matin, Rosamund se réveilla en sentant la première contraction. Le travail fut rapide et, à midi, ils étaient les parents d'une petite fille qu'ils prénommèrent Isabella, le nom de sa propre mère.

Leurs deux garçons, Brice et Ranulf, vinrent peu après rendre visite à leur petite sœur que leur père tenait avec fierté entre ses bras.

Brice, du haut de ses cinq ans, jeta un regard intrigué au nourrisson avant de déclarer :

— Elle n'a même pas de dents.

Ranulf, quatre ans, ajouta :

— Et elle est toute rouge et fripée.

Agravar jeta vers son épouse un regard exaspéré qui la fit sourire. Elle tendit les mains vers ses enfants qui s'approchèrent avec précaution.

— Tout va bien, leur assura-t-elle gentiment.

Ils grimpèrent sur le lit, et elle les serra contre elle. Brice revint se pencher sur le berceau dans lequel Agravar venait de déposer la petite et la regarda avec circonspection.

— Elle n'est peut-être pas si horrible que ça.

— Elle n'a quand même pas de cheveux, protesta Ranulf, ce qui lui valut un coup d'épaule de son frère.

— Aïe ! s'écria-t-il avec colère avant d'intercepter le regard d'avertissement de son aîné. Oh ! Hum... Oui, euh, elle est plutôt jolie.

— Merci, les garçons, d'apprécier votre sœur, ironisa Agravar.

Il avait conservé un air sérieux mais ses yeux riaient. Rosamund faisait elle aussi de son mieux pour ne pas rire, alors qu'elle sentait le regard de son époux sur elle.

— Vous savez, les garçons, votre sœur va avoir besoin que vous veilliez sur elle.

Ils redressèrent tous deux la tête, intrigués.

— C'est vrai, renchérit Agravar. Elle n'est qu'un tout petit bébé et, dans notre monde, une fille a besoin du soutien de ses frères.

Les garçonnets gonflèrent le torse, pleins de fierté.

— Lorsqu'elle aura votre âge, vous serez devenus pages et vous serez prêts à apprendre l'art de la chevalerie. Votre mère et moi, nous compterons sur vous pour protéger et aider Isabella.

Ranulf fronça le nez.

— Isabella ? Qu'est-ce que...

Les sourcils froncés de son père et le coup de coude de Brice le firent bien vite taire.

— Oui, père, dit-il, penaud.

— Allez, vous pouvez retourner à vos jeux, lança Rosamund. Brice, ton père a l'épée que tu as oubliée dans notre chambre hier.

Agravar lui tendit le morceau de bois en faisant les gros yeux.

— Je te préviens que, la prochaine fois, tu ne la récupéreras pas.

— Oui, père, assura le petit garçon qui ne semblait pas contrit le moins du monde. Merci de l'avoir retrouvée, j'en aurai besoin aujourd'hui. Nous partons au combat.

— Au combat ? Et contre qui vous battez-vous ?

— C'est Aric, Luke et nous deux contre les garçons d'écurie.

Et, sur ces explications, les deux garçons sortirent en courant de la chambre.

— Ne blessez personne, cria Rosamund dans leurs dos.

— Quels petits démons, murmura tendrement Agravar en posant sur elle un regard amoureux.

Il la rejoignit dans leur lit et ils se câlinèrent et plaisantèrent, à tel point que leurs éclats de rire finirent par réveiller le bébé. Rosamund mit sa fille au sein, confortablement blottie entre les bras de son mari.

La vie était décidément merveilleuse depuis qu'elle n'avait plus peur.